A Perversa

Série Amor & mentiras

A Oportunista

A Perversa

O Impostor

TARRYN FISHER

A Perversa

TRADUÇÃO
CHICO LOPES

COPYRIGHT © 2012 BY TARRYN FISHER
COPYRIGHT © FARO EDITORIAL, 2016

Todos os direitos reservados.
Nenhuma parte deste livro pode ser reproduzida sob quaisquer meios existentes sem autorização por escrito do editor.

Diretor editorial **PEDRO ALMEIDA**
Preparação **TUCA FARIA**
Revisão **GABRIELA DE AVILA**
Capa e diagramação **OSMANE GARCIA FILHO**
Imagem de capa **YURIYZHURAVOV | SHUTTERSTOCK**

Dados Internacionais de Catalogação na Publicação (CIP)
(Câmara Brasileira do Livro, SP, Brasil)

Fisher, Tarryn
    A perversa / Tarryn Fisher ; tradução Chico Lopes. — Barueri, SP : Faro Editorial, 2016. — (Love me with lies ; 2)

    Título original: Dirty red.
    ISBN 978-85-62409-65-3

    1. Ficção norte-americana I. Título. II. Série.

15-11052   CDD-813

Índice para catálogo sistemático:
1. Ficção : Literatura norte-americana 813

1ª edição brasileira: 2016
Direitos de edição em língua portuguesa, para o Brasil, adquiridos por **FARO EDITORIAL**

Alameda Madeira, 162 – Sala 1702
Alphaville – Barueri – SP – Brasil
CEP: 06454-010 – Tel.: +55 11 4196-6699
www.faroeditorial.com.br

Para Maryse Couturier Black
& seus alcoviteiros de livros
(Jenny Aspinall, Patricia Nesbitt, Gitte Doherty &
a grande Rebecca Espinoza)
Obrigada por mudarem minha vida

CAPÍTULO 1

Presente

AO BAIXAR O OLHAR SOBRE A CRIATURA DE PELE COR-de-rosa que grita em meus braços, entro em pânico.

O pânico é um redemoinho. Ele se agita vividamente em seu cérebro como um turbilhão e vai ganhando velocidade ao descer, se afunilando, pelo resto de seu corpo. Segue girando e girando, fazendo seu coração disparar. Girando e girando, vai se retorcendo, dando um nó em seu estômago e deixando-a nauseada. Girando e girando, alcança seus joelhos, enfraquecendo-os, antes de chegar aos dedos de seus pés. Você puxa seus cabelos, toma alguns fôlegos profundos e se agarra ao círculo de sanidade para preservar o que resta de vida antes que ele a engula.

Estes são meus primeiros dez segundos como mãe.

Eu entrego a criatura de volta ao seu pai.

— Temos que contratar uma babá. — Me abano com um exemplar da *Vogue*, até que ele fica muito pesado e, então, deixo meu pulso amolecer, o que faz com que a revista tombe no chão. — Pode passar minha água?

Agito os dedos em direção à garrafa, que está fora do meu alcance, e encosto a cabeça no travesseiro chato fornecido pelo hospital. Estes são os fatos: um ser humano acaba de sair de meu corpo depois de eu tê-lo criado lá por nove meses. As semelhanças parasitárias são suficientes para me fazer agarrar o médico pela gola e exigir que ele ligue minhas trompas definitivamente. Minha barriga — que eu já examinei — parece um balão, cor de pele, esvaziado. Estou cansada e dolorida. Quero ir para casa. Quando minha água não vem, arregalo um olho. As pessoas não deveriam estar correndo em círculos em torno de mim depois do que acabei de realizar?

O bebê e o pai estão diante da janela, emoldurados pela luz opaca da tarde como uma propaganda cafona do hospital. Tudo de que precisam é de uma frase apelativa para criar uma legenda: *Comece sua família com a gente.*

Faço um esforço para analisá-los. Ele a está embalando em seus braços, sua cabeça tão curvada para baixo que os narizes dos dois quase se tocam. Deveria ser um momento terno, mas ele a olha com tanto amor que eu sinto o ciúme dar um pequeno aperto pronunciado em meu coração. O ciúme é algo forte e eu me contorço sob seu toque, incomodada por perceber isso.

Por que não poderia ter sido um menino? Ele... meu bebê. O desapontamento recém-chegado faz com que eu pressione o rosto contra o travesseiro, bloqueando a cena diante de mim. Duas horas atrás, o médico disse a palavra *menina* e lançou sobre meu peito o corpo azulado, coberto de muco viscoso. Fiquei sem saber o que fazer. Meu marido me observava e, por isso, ergui a mão para tocá-la; durante este tempo todo, a palavra *menina* caía esmagadora sobre meu peito, como um elefante de mil toneladas.

Menina.

Menina.

Menina.

Vou ter que dividir meu marido com outra mulher... novamente.

— Que nome vamos dar a ela? — Ele nem mesmo olha para mim quando fala.

Sinto que ganhei um breve olhar. Nossa! Já fui posta para escanteio.

Eu não havia escolhido um nome de menina. Tinha tanta certeza de que seria um menino! Charles Austin — como meu pai.

— Não sei. Alguma sugestão? — Eu aliso os lençóis, analiso as pontas das unhas. Um nome é um nome, certo? Eu nem mesmo atendo pelo nome que meus pais me deram.

Ele olha para ela por vários minutos, sua mão segurando em concha a cabeça da menina. Ela parou de agitar os punhos e está tranquila e contente em seus braços. Conheço essa sensação.

— Estella. — O nome sai de seus lábios como se ele viesse esperando para dizê-lo a vida toda.

Minha cabeça balança. Eu estava esperando alguma coisa menos... antiga. Torci o nariz.

— Isso soa como o nome de uma velhinha.

— É de um livro.

Caleb e seus livros.

— Qual? — Não costumo ler... a não ser revistas. Mas se esse livro virou filme, há a possibilidade de eu ter visto.

— *Grandes esperanças*, de Charles Dickens.

Aperto os olhos e tenho aquela sensação de afundamento no estômago. Tem alguma coisa a ver com ela. Eu sei disso.

Não verbalizo esses pensamentos. Sou inteligente demais para chamar a atenção para minhas inseguranças, de modo que dou de ombros displicentemente e sorrio na direção dele.

— Algum motivo específico? — pergunto com doçura.

Por um minuto, penso ver alguma coisa passar pelo rosto dele, uma sombra descendo sobre seus olhos, como se Caleb estivesse vendo um filme se desenrolar a sua frente. Engulo em seco. Conheço essa expressão.

— Querido...?

O filme termina e ele se volta para mim.

— Sempre gostei desse nome. E ela tem carinha de Estella — diz Caleb com a voz embargada.

Ela se parece com um homem careca e velho para mim, mas faço que sim. Sou incapaz de dizer *não* ao meu marido, de modo que parece que a garotinha acabou de se ferrar.

Quando ele vai embora para casa para tomar banho, puxo meu celular de baixo do travesseiro e digito no Google: Estella, de *Grandes esperanças*.

Um *website* a descreve como de encantadora beleza, diz que ela tem uma personalidade emocionalmente fria e com complexo de superioridade.

Outro diz que ela era a representação física de tudo que Pip, o personagem principal, desejava e não podia ter.

Ponho o celular de lado e examino o berço em que ela está. Caleb faz tudo com um propósito. Fico pensando... Há quanto tempo ele devia querer uma garota? Será que, nos nove meses em que eu planejei ter um filho, Caleb estaria planejando uma filha?

Eu não sinto nada — nada — das devoradoras coisas maternais das quais minhas amigas me falaram sobre seus próprios filhos. Elas usaram palavras como: incondicional, totalmente dominador, amor da minha vida. Eu sorrira e concordara, armazenando as palavras para referência quando tivesse meu próprio filho. E aqui estou eu agora, desprovida de emoções. Essas palavras não significam nada para mim. Eu teria me sentido diferente se fosse um menino?

O bebê começa a gemer e eu aperto o botão para chamar a enfermeira.

— Precisa de ajuda? — uma mulher, em seus cinquenta anos, usando um uniforme cirúrgico entra rapidamente no quarto.

Eu examino seu sorriso escancarado e faço que sim.

— Pode levá-la para o berçário? Preciso dormir um pouco.

Estella é levada num carrinho para fora do meu quarto e eu solto um suspiro de alívio.

Não vou ser boa nisso. O que eu estava pensando? Respiro pelo nariz, soltando pela boca, como faço na ioga.

Quero um cigarro. Quero um cigarro. Quero matar a mulher que meu marido ama. Isso tudo é culpa dela. Eu engravidei para segurar o homem com quem já havia me casado. Uma mulher não deve fazer isso. Ela deve se sentir segura em seu casamento. É por isso que você se casa — para se sentir segura contra todos os homens que estavam tentando sugar sua alma. Eu entreguei minha alma a Caleb de boa vontade. Ofereci-a como um cordeiro em sacrifício. Agora, eu não teria que competir com a lembrança de outra mulher, mas com um bebê murcho. Ele já olhava para os olhos dela como se pudesse ver o Grand Canyon guardado em suas íris.

Eu suspiro e me enrosco em formato de bola, enfiando os joelhos sob o queixo e agarrando os tornozelos.

Tenho feito um bom número de coisas para manter esse homem. Mentido e trapaceado. Tenho sido sexy e dócil, feroz e vulnerável. Tenho sido tudo, exceto eu mesma.

Caleb é meu neste momento, mas eu nunca sou suficiente para ele. Posso sentir isso — ver no modo como ele me olha. Seus olhos, sempre inquiridores, vivem procurando alguma coisa. Não sei o que ele procura. Bem que eu gostaria de saber. Não posso competir com um bebê — meu bebê.

Eu sou quem eu sou.

Meu nome é Leah, e farei tudo para manter meu marido.

CAPÍTULO 2

DEPOIS DE QUARENTA E OITO HORAS ESTOU RECEBENDO alta do hospital. Caleb está comigo, aguardando minha liberação. Ele segura Estella e eu estou quase com ciúmes, apesar de ele me tocar o tempo todo — uma das mãos em meu ombro, seu polegar traçando círculos nas costas da minha mão, seus lábios em minha testa de modo carinhoso.

A mãe de Caleb chegou mais cedo com o padrasto dele. Ficaram por uma hora, se revezando para segurar o bebê, antes de saírem para almoçar com amigos. Fiquei aliviada quando foram embora. Gente pairando sobre mim enquanto meus seios vazavam lentamente me fazia encolher de desconforto. Trouxeram uma garrafa de Bruichladdich para Caleb, um cofre de porquinho da Tiffany para o bebê e um conjunto de moletom da Gucci para mim. A despeito de sua arrogância, a mulher tem excelente gosto. Estou usando o moletom. Esfrego o material entre os dedos enquanto espero para ser levada de cadeira de rodas até o térreo.

— Não posso acreditar que a fizemos — Caleb diz pela milionésima vez, baixando os olhos sobre Estella. — Nós a fizemos.

Tecnicamente, fui eu que fiz. É incrível como os homens conseguem imprimir seus nomes nessas criações sem fazer mais do que ter um orgasmo e montar um berço. Ele estende a mão e puxa meu cabelo, brincando. Eu sorrio debilmente. Não posso ficar brava com ele. Caleb é perfeito.

— Ela tem o cabelo vermelho — ele diz, como se para estabelecer a credibilidade dela como minha filha.

Ela é uma ruiva clara, com certeza. O pobre cara vai ter trabalho cortando o cabelo dela. Não é fácil lidar com cabelo ruivo.

— O quê? Essa penugem? Isso não é cabelo — eu provoco.

Caleb trouxera consigo uma manta lavanda de pelúcia. Não tenho a menor ideia de onde ele a conseguiu, já que a maior parte de nossas coisas de bebê é verde ou branca. Eu o observo enrolar Estella na coberta, como as enfermeiras lhe ensinaram.

— Você telefonou para a agência de babás? — pergunto, tímida.

Este é um assunto doloroso entre nós, junto com amamentação, que Caleb defende vigorosamente e eu não poderia achar menos importante. Nosso acordo consiste em eu tirar leite por alguns meses e depois colocar silicone.

Ele franze a testa. Não sei se é por causa do que eu disse ou se a manta está lhe causando problemas.

— Não vamos contratar uma babá, Leah.

Odeio isso. Caleb tem todas essas convicções sobre como as coisas devem ser.

— Você mesma disse que não ia voltar a trabalhar.

— Minhas amigas... — eu balbucio, mas ele me interrompe.

— Não dou a mínima para o que aquelas cabeças de bagre fazem com os filhos delas. *Você* é a mãe da Estella, e *você*, não uma estranha, vai criá-la.

Mordo o lábio para me impedir de chorar. Pela expressão no rosto dele, percebo que não vencerei essa batalha. Eu deveria saber que alguém como Caleb Drake se ergue com ferocidade em defesa do que possui, arreganhando os dentes.

— Eu não sei nada sobre bebês, Caleb. Só pensei que poderia ter alguém para ajudar... — Lanço minha última cartada: — ...a relaxar um pouco. Relaxar sempre funciona bem para mim.

— Daremos um jeito — ele diz friamente. — O restante das pessoas do mundo não tem a opção de uma babá e simplesmente se vira. E nós faremos assim.

Ele termina de enrolar Estella e a estende para mim. Uma enfermeira entra para levar-me até o carro. Mantenho os olhos fechados durante todo o trajeto, com medo de olhar para ela.

Quando Caleb estaciona meu novo carro "da mamãe" no meio-fio, descobrimos que não se pode colocar o bebê na cadeirinha todo envolvido em cobertas. Eu teria ficado imediatamente azeda. Quando as coisas não saem do meu jeito, fico perdida. Diferente de mim, Caleb dá risada e conversa com Estella sobre o quão bobo ele é, enquanto a desenrola. Ela está dormindo, mas ele continua falando com a menina. É tão babaca um homem crescido se comportando desse jeito... Após acomodá-la com segurança, ele me ajuda a entrar. Antes de fechar a porta, Caleb me dá um beijo suave nos lábios. Há poucos beijos que fazem eu me sentir ligada a ele. Caleb está sempre em alguma outra parte... com outro alguém. Se o bebê puder nos unir, então, talvez, eu tenha acertado no que fiz.

É minha primeira vez em meu novo carro, que Caleb escolheu na loja esta manhã. Minhas amigas todas têm utilitários simples. Eu consegui o melhor. Parece uma sentença de prisão de noventa mil dólares, apesar de minha excitação inicial por tê-lo. Caleb aponta as coisas enquanto dirige. Eu ouço com atenção o som de sua voz, mas não as palavras que pronuncia. Continuo pensando sobre o que está no banco do carro.

Em casa, Caleb ergue Estella do bebê-conforto e a coloca delicadamente em seu novo berço. Ele já a está chamando de Stella. Eu me espreguiço em nossa grande sala de estar, zapeando entre os canais da televisão. Caleb me traz uma bomba de amamentação e eu me encolho.

— Ela tem que se alimentar. A menos que você queira fazer isso da maneira tradicional...

Apanho a bomba e me ponho a trabalhar.

Eu me sinto como uma vaca sendo ordenhada enquanto a máquina zumbe e ronrona. Como isso pode ser justo? Uma mulher carrega um bebê por quarenta e duas semanas estafantes apenas para ser enganchada a uma máquina e forçada a alimentá-lo. Caleb parece apreciar meu desconforto. Ele tem um estranho senso de humor. Está sempre me provocando e fazendo algum gracejo espirituoso que eu costumo não saber responder, mas, agora, com ele me observando com aquele sorrisinho pairando nos lábios, eu dou risada.

— Leah Smith — ele diz. — Agora uma mãe.

Reviro os olhos. Ele gosta dessas palavras, mas elas me causam palpitações. Quando termino, há uma grande quantidade de leite de aparência aquosa nas duas mamadeiras. Espero que Caleb faça o resto, mas ele retorna com uma Estella gemente em seus braços e a estende para mim. Esta é apenas a terceira vez que a seguro. Tento parecer natural para impressioná-lo e isso parece funcionar, porque, quando Caleb me estende a mamadeira, sorri e toca no meu rosto.

Talvez seja essa a chave — fingir amar essa tal de maternidade. Talvez seja o que ele precise ver em mim. Eu a encaro enquanto ela suga a mamadeira. Seus olhos estão fechados e ela faz barulhos horríveis, como se estivesse quase morrendo de fome. Isso não é terrível. Eu relaxo um pouco e analiso seu rosto, procurando nele algum traço de mim mesma. Caleb estava certo; ela tem as características essenciais de uma ruiva. O resto dela se parece mais com ele — lábios cheios, perfeitamente definidos sob um estranho narizinho. Sem dúvida, ela será bonita.

— Você se lembra de que tenho uma viagem de negócios na segunda-feira? — Caleb se senta à minha frente.

Minha cabeça se ergue e eu não faço nada para disfarçar o pânico no semblante. Caleb está sempre longe em viagens de negócios, mas pensei que ele tiraria algumas semanas de folga para que eu me restabelecesse.

— Você não pode me deixar.

Ele pisca para mim lentamente e toma um gole de alguma coisa num copo de conhaque.

— Não quero deixá-la ainda, Leah. Mas Estella veio antes do planejado. Ninguém mais pode ir em meu lugar, eu já tentei achar alguém. — Caleb se inclina diante de mim, beijando a palma da minha mão. — Você ficará bem. Sua mãe virá na segunda-feira. Ela poderá ajudá-la. Ficarei fora só por três dias.

Tenho vontade de gemer ao ouvir esse detalhe da informação. Minha mãe é viciada em dramas, além de, ainda por cima, ser uma insuportável narcisista. Um dia com ela parece uma semana. Caleb vê a minha cara e se zanga.

— Sua mãe está tentando, Leah. Ela queria vir. Leve-a numa boa.

Mordo o lábio para me impedir de dizer um tremendo palavrão. Há um lado maldoso em mim que Caleb acha ofensivo, de modo que o reprimo quando ele está por perto. Quando não está, eu xingo como um marinheiro e atiro as coisas longe.

— Por quanto tempo ela vai ficar? — resmungo.

— Faça-a arrotar...

— O quê? — Estou tão distraída pela visita iminente de minha mãe que não percebo que Estella está quase sufocando, com leite borbulhando de seus lábios de botões de rosa.

— Não sei como fazer isso.

Caleb se aproxima, toma-a de mim e a coloca contra seu peito. Faz um afago em suas costas em curtas batidinhas que soam como um coração batendo.

— Ela ficará aqui por uma semana.

Eu rolo para o lado e escondo o rosto numa almofada, com a bunda se erguendo no ar. Caleb me beija no traseiro e ri.

— Não vai ser tão ruim assim.

Meus dentes rangem.

— Ahã.

Sinto o sofá ceder quando ele senta perto de mim. Eu o espio através de meu cabelo, que está enrolado em torno do rosto numa máscara ruiva. Caleb segura o bebê com uma das mãos e usa a outra para afastar o cabelo do meu rosto, varrendo-o delicadamente para trás do meu ombro.

— Olhe para mim — ele diz.

Eu olho, mantendo meu único olho exposto longe do montinho sobre seu peito.

— Você está bem?

Engulo em seco.

— Ééé...

Ele aperta os lábios e faz um sinal de assentimento com a cabeça.

— "Ahã" e "Éééé". Já lhe disse que você só fala assim quando está vulnerável?

Dou um gemido.

— Não me psicanalise, escoteiro.

Ele ri e me empurra de tal modo que rolo de costas. Adoro quando ele brinca comigo. Costumava acontecer com muito mais frequência, mas ultimamente...

— Tudo vai dar certo, Vermelha. Se você precisar de mim, eu entro correndo num avião e volto para casa.

Sorrio e confirmo com a cabeça.

Mas Caleb está enganado. Eu não vou ficar bem. A última vez que vi minha mãe foi quando estava no sétimo mês de gravidez. Ela voou para o chá de bebê e se queixou durante o trajeto inteiro sobre o local horrível que minhas amigas tinham escolhido.

— É um salão de chá, mãe. Não um bar.

No evento, ela se recusou a falar com todo o mundo e sentou-se num canto, aborrecida porque ninguém a tinha anunciado como a mãe de uma futura mamãe. Quase aconteceu uma troca de socos com o dono do salão de chá porque eles não serviram mel orgânico brasileiro. Eu me recuso a vê-la desde então.

Caleb — sempre complacente e compreensivo — me encoraja a ignorar os defeitos dela e ajudá-la a entender como ser uma mãe melhor para mim. Eu adoro isso nele, mas aprendi há muito tempo que tentar ser como Caleb está fora do meu alcance. Finjo entender o que ele está me dizendo e faço as coisas do meu jeito, o que costuma acarretar alguma espécie de agressão passiva. Assim, concordo com ele entusiasticamente. Prometo fazer um esforço com minha mãe e vou para o andar de cima para me desvencilhar dele e do bebê barulhento.

Quero tanto um cigarro que isso está me matando. Vou ao banheiro e tiro a roupa, depois olho para mim mesma longa e duramente no espelho. Minha barriga, graças aos céus, desinchou. Uns quilos a menos e voltarei ao normal. Agora, tudo de que preciso é conseguir que minha vida volte ao normal.

CAPÍTULO 3

MINHA MÃE CHEGA NA SEGUNDA-FEIRA, COMO PROGRA-mado. Nós todos vamos ao aeroporto para recebê-la. Caleb está relutante quanto a tirar o bebê de casa tão depressa, mas eu o convenço de que Estella ficará bem se nós a mantivermos no carrinho. Estou cansada de ficar em casa, cansada de segurar mamadeiras e de fingir que quatro quilos de carne humana que berra são uma coisa bonitinha. Além do mais, quero um suco da Jamba Juice.

Bebo meu suco aos golinhos seguindo Caleb e o carrinho perto da esteira de bagagens, quando avistamos sua irritante cabeça loira descendo pela escada rolante. Reviro os olhos. Ela está usando terninho e calça brancos. Quem viaja toda de branco? Minha mãe acena para nós, toda animada, e corre em nossa direção, primeiro abraçando Caleb e em seguida a mim.

Ela se inclina sobre o carrinho e bate a mão na boca como se estivesse transtornada de emoção.

Deus, quero vomitar.

— Ooooh — ela comenta. — Ela se parece com Caleb.

Isso é uma grande mentira. Concluí ontem mesmo que ela se parece totalmente comigo. A garotinha tem cabelo ruivo fofo e um rosto em formato de coração. Independente disso, Caleb abre um sorriso largo e eles se envolvem numa conversa de cinco minutos sobre os hábitos de comer e fazer cocô de Estella. Fico confusa ao pensar em como é que ela sabe qualquer coisa sobre comida e cocô de nenê, já que eu e minha irmã fomos criadas por uma babá. Bato com o pé impacientemente no pegajoso carpete tropical e olho ansiosa para a saída. Agora que estou aqui, tudo o que quero é ir embora. Por que pensei que isso seria uma boa ideia?

Quando a atenção de Caleb é distraída pelo bebê, minha mãe me cutuca, acusadoramente, na barriga e balança a cabeça. Eu encolho a barriga e olho ao redor, cheia de culpa. Quem mais notou? Verdade, eu tive o bebê há apenas três dias, mas estava sendo muito cuidadosa em permanecer ereta — encolhendo a gordura abdominal. Meu lapso momentâneo me embaraça. É tudo em que consigo pensar na volta para casa. Fiz um pacto comigo mesma de parar de comer até retomar meu corpo anterior.

Em casa, minha mãe insiste em ficar com um quarto perto ao de Estella, muito embora eu tivesse preparado o aposento maior de hóspedes para ela.

— Mãe, para que ficar nesse quarto? — pergunto, enquanto Caleb deposita a bagagem dela junto à cama.

— Quero ajudar você, Leah. Acordar com ela no meio da noite e todas aquelas boas coisas. — Minha mãe fala olhando para Caleb, que sorri para ela.

Faço um esforço para não revirar os olhos.

Ela está fingindo estar apaixonada pelo bebê, mas eu sei a verdade. Paixonite pública é o que minha mãe faz para realçar sua imagem; e quando a plateia se vai, também lá se vai o seu amor. Eu me lembro que, quando criança, ela afagava meu cabelo, beijava meu rosto, comentava quão bonita eu era — tudo em frente a seus amigos. Depois que eles saíam, eu era mandada de volta para meu quarto para estudar ou praticar violino — basicamente, sair de perto dela, até o seu próximo desempenho de "boa mamãe".

— É mesmo, mãe? — Digo por entre os dentes. — Como você vai escutá-la depois de tomar suas pílulas para dormir?

O rosto dela fica pálido. Caleb me dá uma cotovelada nas costelas. Não devia falar sobre seu vício em soníferos.

— Não vou tomá-los esta noite — ela diz, determinada. — Eu faço as comidinhas para que você possa descansar.

Caleb dá um beijinho no rosto dela antes de todos descermos.

Eu observo desconfiada de meu banquinho na cozinha minha mãe carregar Estella de lá para cá, cantarolando para ela. Ora conversamos fiado, ora Caleb e ela conversam entre si. Eu arrumo as pontas quebradas dos cabelos.

— Vamos nos divertir muito quando papai for embora — ela conversa com o bebê. — Você, mamãe e eu.

Caleb me lança um olhar de advertência antes de subir para o segundo andar para apanhar as suas coisas para a viagem. Eu estou me segurando para não fazer um comentário irritado, mas lembro de minha promessa para ele e controlo a língua. Além do mais, se minha mãe quer brincar de "vovó" e decidiu cuidar de todas as necessidades de Estella enquanto Caleb estiver ausente, que seja. Isso vai me poupar o trabalho.

— O cabelo dela é ruivo — minha mãe diz assim que ele se encontra fora do alcance das conversas.

— Sim, eu reparei.

Ela estala a língua em desaprovação.

— Sempre imaginei que meus netos seriam morenos como Charles.

— Ela não é — eu rebato — porque é minha.

Minha mãe me dispara um olhar de canto de olho.

— Não seja tão suscetível, Johanna. Não combina com você.

Sempre crítica. Mal posso esperar até que ela vá embora.

Mas, então, me ocorre algo. Quando ela se for, Caleb não ficará em casa com o bebê. Eu é que ficarei. Essa viagem de negócios é a primeira de muitas em que terei de permanecer acordada a noite toda e trocar... excremento humano... e — oh, Deus! — dar banhos. Quase caio do banquinho. Uma babá; eu tenho que dobrar Caleb nesse aspecto e fazê-lo ver o quanto preciso da ajuda.

— Mãe — digo docemente, quase docemente demais, porque ela me olha com as sobrancelhas arqueadas. — Caleb não quer que eu contrate uma babá — me queixo. Espero fazê-la ficar ao meu lado o suficiente para que converse com meu marido sobre isso.

20

Os olhos dela disparam para a escadaria onde Caleb desapareceu há apenas alguns momentos. Minha mãe lambe os lábios e eu me inclino para ouvir melhor o que ela vai dizer. Minha mãe é uma mulher muito engenhosa. Isso provém de ter sido casada com um homem manipulador e controlador. Ela teve que aprender como conseguir as coisas do seu jeito sem parecer manipuladora.

Quando minha irmã, Court, tinha dezoito anos, ela quis ir à Europa com os amigos. Meu pai recusou. Bem, na verdade, ele nunca recusou verbalmente. Ele chicoteava o ar com a mão assim que as palavras saíam de sua boca. A CHICOTADA. Era uma ocorrência comum em nosso lar grego. Não gostou do jantar? CHICOTADA. Teve um dia ruim no trabalho e não queria conversar com ninguém? CHICOTADA. Leah bateu seu carro de cinquenta mil dólares pela quinta vez? CHICOTADA. No fim de todos os golpes, Court acabou indo para a Europa.

Minha mãe: — *Lembra quando você era um garoto pobre? Lembra o quanto você queria viajar?*

Meu pai: — *Ela ainda é uma criança.*

Minha mãe: — *É bom que ela vá enquanto ainda podemos controlá-la. Pagamos pela viagem, pelos hotéis, e da forma mais segura... muito melhor do que ela ir quando estiver na casa dos vinte anos, como mochileira, dormindo no caminho pela França afora.*

Meu pai odiava os franceses.

Ele ficou pensativo. A lógica de minha mãe era atraente. Meu pai programou tudo uma semana depois. Court esteve sob vigilância cuidadosa e controlada, mas, por Deus, ela *tinha* que ir à Europa. Enquanto isso eu fui para a faculdade comunitária. Court me trouxe uma pequena pintura que comprara de um vendedor de rua. Era um guarda-chuva vermelho suspenso na chuva como se uma mão invisível o sustentasse. Eu pus de lado o papel e entendi imediatamente o que ela estava querendo dizer. Comecei a chorar e Court riu e beijou-me a bochecha.

— Não chore, Lee. É o significado desta pintura, né?

Dois meses na Europa e ela estava dizendo "né?" no fim de todas as suas sentenças.

Court é... era tão bonita. Quero puxar assunto sobre ela, perguntar à mamãe sobre seu último namorado, mas o assunto é ainda terreno minado.

— O que seu marido não sabe não vai feri-lo. — A voz de minha mãe me traz de volta à questão abordada.

É isso? Eu a encaro, perplexa. Como posso converter essa besteira numa ajuda *full-time* para o bebê?

Ela suspira.

— Leah querida... Caleb viaja a negócios na maior parte do tempo, não é?

Eu capto sua dica e concordo lentamente com a cabeça, meus olhos se arregalando com a possibilidade. Será que consigo fazer isso? Contratar alguém para vir tomar conta do bebê nos dias em que Caleb está fora?

Minha mãe é uma profissional na arte de enganar. Uma vez, antes que Caleb e eu nos casássemos, tiramos uma folga a seu pedido. Ele tinha acabado de sofrer um terrível acidente de carro e enfrentara grande perda de memória devido a um golpe na cabeça. Para meu horror absoluto, Caleb não se lembrava de mim. Lembro-me de ter pensado: *Como isso pode ter acontecido comigo?* Eu estava prestes a noivar com o homem dos meus sonhos e ali estava ele, olhando para mim como se eu fosse uma perfeita desconhecida.

Logo, recuperei o ânimo e resolvi dar-lhe assistência até que sua memória retornasse. Era apenas uma questão de tempo até que Caleb se lembrasse do quanto queria estar comigo e colocasse em meu dedo a enorme pedra preciosa da Tiffany que eu havia encontrado em sua gaveta de meias. Mas, em vez de se aproximar de mim enquanto eu esperava que sua memória retornasse, ele se afastou, optando por passar mais e mais tempo sozinho. Logo, anunciou que estava... vendo outra garota, se *ver* é a palavra certa para a duvidosa situação que transcorria, e *garota* é a palavra certa para a intrigante e indigna vagabunda que quase arruinou minha vida. Eu chamei minha mãe na hora para contar o que ele me falara.

— Siga-o — ela disse. — Descubra quão sério isso é e faça com que ele dê um fim nisso.

Segui a recomendação ao pé da letra e fui atrás dele certa noite. Caleb entrou em um sujo conjunto de apartamentos num bairro ainda mais sujo. Os edifícios em bloco eram pintados numa cor salmão viva. Dei uma olhava na miserável tentativa de paisagismo que nada fazia para animar o lugar e estacionei a um quarteirão de distância do Audi de Caleb.

Eu enfrentava um caos emocional, sabendo que iria, provavelmente, ver a garota. Pelo espelho retrovisor, vi quando ele subiu até uma porta e bateu. Caleb não consultara um pedaço de papel ou o celular para encontrá-la. Era como se soubesse exatamente aonde ir. A porta se abriu e, embora eu não pudesse ver quem estava lá dentro, senti que devia ser ela, porque ele logo se abriu num sorriso que costumava dirigir a mim: quente e sexy. Deus, o que estava acontecendo ali?

Esperei por vários minutos antes de descer do carro e me aproximar da porta. Só para ter certeza de que estava fazendo a coisa certa, mandei uma mensagem para minha mãe, que respondeu com um firme: "Entre lá e pegue-o antes que ele faça alguma coisa estúpida!"

Que foi seguida, alguns minutos depois, por uma única palavra: "Chore!"

Fiz as duas coisas e Caleb voltou comigo naquela noite. Mas foi uma vitória de curta duração. A garota que ele estava vendo era uma antiga namorada da faculdade. Sem que eu e Caleb soubéssemos, ela estava fingindo ter acabado de conhecê-lo, tentando dar um jeito de se enfiar outra vez em sua vida para um segundo *round*. Eu descobri isso depois de invadir o apartamento dela. Fui direto ao apartamento dele com a prova em mãos, preparada para revelar o esquema dela. A garota parecia ser um problema. Eu devia ter sabido no momento em que pus os olhos nela que não era uma coisa acidental com alguma garota que ele conhecera acima de qualquer suspeita. Demorei um pouco para descobrir.

Ele não estava em casa quando cheguei lá. Consegui entrar com uma chave que Caleb não sabia que eu tinha e analisei a bagunça que ele deixara para trás como se fosse uma habilidosa integrante da csi. Caleb cozinhara um jantar para dois. Havia no ar ainda o cheiro inconfundível de bife pairando nos corredores. Será que ela estivera lá com ele? Senti-me nauseada. Encontrei duas taças de vinho na sala de estar e, em pânico, corri para o quarto para verificar se eles haviam estado juntos. A cama dele estava desfeita, mas não vi nenhum sinal de sexo em nenhum ponto. Que rastros ele deixaria, afinal? Caleb não usava, nem usaria, camisinhas. Por causa disso, eu ingressara no uso de pílulas pouco depois que começamos a namorar. Ele dizia que ver camisinhas lhe revirava o estômago, de modo que eu não iria encontrar nenhum preservativo jogado por ali.

Dando um suspiro de alívio, fui até sua cômoda e abri uma gaveta, passando as mãos pelo fundo dela até que encontrei a caixa quadrada da Tiffany's que guardava meu anel de noivado. Eu a abri e senti lágrimas subirem aos meus olhos. Quase acontecera. Ele estava se preparando para me pedir em casamento quando aquele maldito acidente apagou-me de sua memória. Eu merecia ficar com Caleb, usando meu anel de diamante de dois quilates, com lapidação princesa.

Eu me livrei dela.

Por uns tempos.

Deixo Caleb no aeroporto e vou às compras. Parece um tanto superficial, como se eu devesse me sentir culpada... mas não me sinto. Quero sentir as sedas cremosas sob os dedos. Resolvi que, já que não tinha mais uma bola de basquete presa a minha cintura, precisava de um guarda-roupa inteiramente novo.

Estaciono meu novo SUV num espaço na Gables e rumo direto para a Nordstrom. No provador, eu desvio os olhos de minha barriga. É bom poder entrar em vestidos novos com cinturas apertadas. Quando rumo para as portas, estou carregando cerca de três mil dólares em mercadorias. Jogo tudo no banco de trás do carro e resolvo encontrar Katine para um drinque.

— Você não está amamentando? — Katine pergunta, deslizando para a cadeira perto de mim. Ela analisa meus seios inchados enquanto apanha uma cereja da bandeja de guarnições do garçom.

Eu dou de ombros.

— Tirando o leite. E daí?

Ela sorri, toda condescendente, e mastiga sua cereja. Katine se parece com uma desleixada com cara de lua, loira, com botox, quando está sendo irritante. Eu lambo o sal da borda de meu copo de margarita e sinto pena dela.

— Bem, você não deve beber enquanto estiver amamentando.

Reviro os olhos.

— Tenho um estoque enorme em minha geladeira em casa. Quando eu precisar tirar de novo, o álcool estará fora do meu organismo.

Katine arregala os olhos, o que a faz parecer ainda mais burra do que de costume.

— Como vai a Mamãezinha Querida?

— Está tomando conta do Bebezinho Querido — eu digo. — Podemos não conversar sobre isso?

Ela dá de ombros como se não pudesse se importar menos, afinal. Pede um gim-tônica ao garçom e o toma inteiro, rápido demais.

— Você já transou com Caleb?

Eu me encolho. Katine não tem filtro. Ela tenta atribuir isso ao fato de ser de uma cultura diferente, mas ela vive aqui desde quando ainda não podia andar. Eu faço um sinal pedindo outra margarita. O garçom é atraente. Por algum motivo, não quero que ele saiba que sou mãe. Baixo minha voz:

— Acabei de ter um bebê, Katine. Devemos esperar, no mínimo, seis semanas.

— Eu fiz cesariana — ela proclama.

Claro que eu sei disso. Katine me presenteou com a repugnante história de seu parto uma dúzia de vezes. Desvio o olhar, aborrecida, mas as palavras que ela diz a seguir fazem minha cabeça girar:

— Sua vagina vai ficar toda esticada e inútil agora.

Primeiro, eu fito ao redor para ver se o garçom a ouviu, depois, estreito os olhos.

— Do que você está falando?

— De partos, lógico. Você acha que tudo volta ao devido lugar, sem problema algum? — Ela dá uma risada de verdadeira hiena.

Eu vejo sua garganta exposta quando ela joga a cabeça para trás para acabar de rir. Quantas vezes me peguei pensando em como seria dar uma bofetada na minha melhor amiga? Quando ela se acalma, suspira dramaticamente.

— Deus, só estou brincando, Leah. Devia ter visto sua cara. Foi como se eu tivesse dito que sua filha morreu.

Eu brinco com o meu guardanapo de bebida. E se ela estiver certa? Meus dedos começam a comichar para que eu puxe o celular e veja o Google. Faço alguns exercícios pélvicos por precaução.

Caleb notaria uma diferença? Começo a suar só de pensar nisso. Nosso relacionamento sempre foi baseado em sexo. Éramos o casal sexy; aqueles que mantinham as coisas vivas enquanto todos os nossos amigos estavam se aposentando numa vida de transa obrigatória, sonolenta, no início da madrugada, depois que os filhos iam dormir. Por meses, no começo do nosso relacionamento, ele ostentava uma expressão aliviada no rosto quando me procurava e eu cedia. Nunca o rejeitei. Eu nunca quis fazê-lo. Agora, tinha que levar em conta que ele podia me rejeitar.

Pedi outra bebida.

Isso iria causar todos os tipos de ansiedades novas. Eu teria que agendar uma hora com meu terapeuta.

— Olhe — diz Katine. Ela se inclina em minha direção e seu perfume exagerado de baunilha penetra em minhas narinas. — As coisas mudam quando você tem um bebê. Seu corpo muda. A dinâmica entre você e seu marido muda. Você tem que ser inventiva, e, pelo amor de Deus, perca o peso do bebê... logo.

E ela estala seus dedos para um garçom e faz um pedido de uma cesta de peixinhos e lulas fritos.

Puta.

CAPÍTULO 4

PASSADO

CONHECI CALEB NA FESTA DE ANIVERSÁRIO DE VINTE E quatro anos de Katine. A comemoração transcorreu dentro de um iate, o que foi consideravelmente melhor que o local de minha festa de vinte e quatro anos num dos clubes noturnos chiques de South Beach. Convidei duzentas pessoas; ela convidou trezentas. Mas, considerando-se que o aniversário de minha melhor amiga é quatro meses depois do meu, Katine tem a vantagem de me superar em brilho todo ano. Considero "elas por elas", já que sou mais bonita e meu pai está doze pontos acima da posição do pai dela na revista *Forbes*.

Eu usava um vestido Lanvin de seda preta que vira Katine observando na semana anterior quando fazíamos compras na Barney's. Os quadris dela eram um tanto amplos demais para acomodar o corte esguio do vestido, de modo que eu o comprei quando ela não estava olhando. Katine teria feito o mesmo comigo, naturalmente.

Depois de circular entre nossos amigos, rumei para o bar para tomar um novo martíni. Eu o avistei sentado num dos banquinhos. Suas costas estavam voltadas para mim, mas eu podia notar, pela amplidão de seus ombros e o corte de seu cabelo, que ele devia ser lindo. Deslizei para o banquinho vago perto dele e lancei-lhe um olhar discreto. A primeira coisa que notei foi a mandíbula forte. Nozes podiam ser quebradas com aquela mandíbula. Seu nariz era um pouco esquisito, uma ligeira curva na estrada. Era elegante, do modo que um velho revólver seria. Seus lábios eram sensuais demais para um homem. Se não fosse por aquele nariz — aquele nariz elegantíssimo —, seu rosto seria bonito demais. Esperei alguns minutos regulamentares que ele me olhasse. Em geral, eu não tinha que me esforçar muito para atrair atenção masculina, mas, quando ele não olhou, dei uma tossida. Seus olhos, focalizados na televisão no alto do bar, se viraram lentamente para mim como se eu fosse uma imposição. Eles eram da cor do xarope de bordo disposto contra a luz. Esperei que ele ostentasse no rosto aquele ar de felizardo que todos os homens ostentavam quando se deparavam com minha atenção. Mas não foi desse modo.

— Sou Leah — me apresentei, enfim, estendendo a mão.

— Oi. — Ele meio que sorriu ao apertar minha mão e depois, displicente, tornou a olhar para a TV.

Eu conhecia aquele tipo. É preciso muito esforço para ganhar rapazes com sorrisos tortos. Eles gostam da caçada.

— Como conheceu Katine? — eu perguntei, sentindo-me, de repente, desesperada.

— Quem?

— Katine... a garota de cuja festa de aniversário você está participando.

— Ah, Katine... — Ele tomou um gole de seu copo. — Não a conheço.

Esperei que ele explicasse que viera com um amigo ou falasse de alguma relação distante com alguém da festa, mas não me foi oferecida explicação nenhuma. Decidi tentar uma nova rota.

— Você precisa de um *bourbon* e uma cerveja para engolir esse uísque?

Ele olhou para mim pela primeira vez, piscando como se estivesse tentando clarear a vista.

— Esta é sua melhor frase para abordar alguém? A letra de uma música country?

Vi um sinal de humor em seus olhos e sorri, encorajada.

— Ei, todos temos um vício, o meu é a música country.

Ele me analisou por um minuto, seu olhar vagueando por sobre meu cabelo e parando em meus lábios. Passou os dedos pela condensação em seu copo, recolhendo a umidade no topo deles. Eu olhei fascinada quando ele usou o polegar para retirar a umidade da ponta de seus dedos.

— Certo. — Ele se virou para mim. — Que outros vícios você tem?

Eu poderia ter respondido *você* bem ali, naquela ocasião.

— Uh-uh... — Balancei a cabeça de um jeito sedutor e me inclinei para a frente só o suficiente para conceder-lhe uma visão do alto de meu decote. — Eu já revelei um. Agora é a sua vez.

Ele pigarreou e deu uma olhada em seu copo suado. Girou-o devagar ao olhar para mim, como se estivesse resolvendo se valeria a pena ou não continuar com a conversa. Depois de uma longa pausa, seu olhar ficou gelado e ele disse:

— Mulheres venenosas.

Recuei, sobressaltada. Era perfeito. Eu era quase dez na escala do veneno. Se ele precisasse de veneno, eu poderia injetá-lo direto em seu pescoço.

Ele tomou um longo e forte gole de seu uísque. Eu avaliei a situação. Estava claro que aquele homem acabara de iniciar uma partida num jogo emocional com uma profissional. Tomava um drinque muito forte e caro numa festa de iate a que preferia não ter comparecido. A despeito do fato de eu estar oferecendo meus dotes, usando um vestido que deixava pouco para a imaginação, ele mal me olhava.

Homens ressentidos não costumavam me assustar. Podiam oferecer sexo apaixonado e casual depois de passarem por alguma mágoa amorosa. Eles viam apenas as melhores coisas em você; aquilo que os faziam se lembrar de dias melhores com suas ex-mulheres, banhando-a de cumprimentos e apegando-se a você com gratidão por uma ou duas semanas repletas de diversão. Eu aprecio homens ressentidos. Mas esse era diferente. Ele não questionava seu valor como ser humano porque seu relacionamento acabara. Ele estava questionando o equilíbrio mental dela. Tentando descobrir em qual ponto exatamente as coisas começaram a se desfazer.

Ele estava imaculadamente vestido, sem fazer esforço. Vestia-se daquele modo por natureza, o que significava que tinha dinheiro — e eu amava dinheiro. Reconheci pelo sinal de realeza do Rolex, pela fina textura do terno Armani, pelo modo à vontade com que ele olhava para o mundo. Também reconheci pelo modo como disse "obrigado" quando o garçom tornou a encher seu copo e por ter se encolhido ao ouvir o casal perto dele praguejar repetidamente. Homens assim não costumavam ser solteiros. Fiquei me perguntando que piranha estúpida o teria deixado escapar. Quem quer que ela fosse, eu a apagaria da memória dele sem perda de tempo. Por quê? Porque eu era a melhor entre todas: a Godiva, o Maserati, o perfeito diamante incolor. Eu podia melhorar a vida de qualquer um — sobretudo a desse homem.

Com minha recém-descoberta confiança em nosso futuro relacionamento, sorri para ele e cruzei as pernas de modo que minha saia exibisse minha coxa.

— Ok — eu disse devagar. — Calhou de hoje ser seu dia de sorte.

— Por quê? — Ele nem sequer olhou para as minhas pernas.

Suspirei.

— Bem, eu ia dizer alguma coisa interessante sobre ser venenosa também, mas acho que, pela sua expressão, você precisa de um copo de Jamba Juice ou algo assim.

Ele ficou sem jeito.

— Viu? Eu sou engraçada — gracejei.

— Sim. — Ele sorriu. — Um pouquinho.

Tomada de audácia, pus os cotovelos para trás e girei meu banquinho para encará-lo. Meus joelhos estavam agora tocando a coxa dele e ele não fez tentativa alguma de desviá-la.

Otário.

— Então... — Retirei uma cigarreira perolada de minha bolsinha. — Este é meu outro vício, você permite?

Ele olhou para o cigarro pousado sobre meus lábios e assentiu. Acendi e traguei num movimento elegante que eu conseguira aperfeiçoar.

— Qual é seu nome, senhor Olhos Tristes?

Aquela boca linda se retorceu nos cantos quando suas sobrancelhas se arquearam quase dançando.

— Caleb — ele disse. — Caleb Drake.

Experimentei juntar Drake ao meu nome e concluí que gostava.

Soprei minha baforada de fumaça em direção ao oceano.

— Sou Leah... E se você jogar suas cartas direitinho, poderei virar Leah Drake. — Ergui uma sobrancelha.

— Ora, ora... Isso quase me reanima.

— Ela não quis se casar com você? — perguntei, simpática.

— Ela não quis fazer um monte de coisas. — Caleb engoliu o resto de seu uísque e se levantou.

Era maravilhosamente alto. Calculei que eu alcançava seu ombro, portanto, ele devia ter um metro e noventa.

Esperei por seu próximo movimento. O que quer que ele fizesse, seria meu de qualquer modo.

Ele se aprumou e beijou minha mão. Fiquei confusa.

— Boa noite, Leah. — Depois, para meu total espanto, Caleb se afastou.

Fiquei desconcertada.

Achei que nós tínhamos química.

Pensei nele no dia seguinte, ao cuidar de minha ressaca. Quem era aquele homem? Por que ele fora lá? O que a tal mulher fizera com Caleb para que ele me desprezasse? Desprezar logo a mim!

Por um momento acalentei a ideia de que sua ex era uma celebridade. Deus sabe que ele era atraente o bastante para partir o coração de uma celebridade. Recordei sua fria displicência, a palpitação que senti quando ele finalmente olhou para mim. Eu já me esforçara tanto assim na vida para fazer um homem me olhar? Não. E quando ele olhava de fato, você queria que ele parasse. Caleb olhava para a gente como se já nos conhecesse — diretamente, um tanto entediado, crítico. Ele fazia com que uma mulher pensasse em como seria estar do outro lado daquele olhar, ter os olhos dele sobre ela porque ele os queria assim.

Pesquisei um pouquinho, tentando saber quem ele era e a que lugares frequentava. Eu era uma detetive talentosa. Minha rede social era ampla e, com apenas duas ligações telefônicas, descobri onde encontrar Caleb Drake. Mais duas ligações e fiz com que alguém nos colocasse num encontro às escuras.

— Espere ao menos um mês — eu disse à minha prima. — Dê-lhe mais um tempo para lamber suas feridas antes que eu o salve.

Um mês depois, eu subia para uma espelunca de sushi chamada Tatu, o calor se agarrando às minhas pernas expostas, meu coração batendo forte contra as costelas.

— Sem chance — ele disse, assim que me viu.

Fingi surpresa. Baixando a cabeça, perguntei:

— Solteiro e inglês, procurando uma ruiva?

Ele riu exageradamente e me abraçou.

Caleb vestia uma camisa branca, virada nos cotovelos, com shorts cáqui. Mostrava um bronzeado dourado, como se houvesse tomado sol todos os dias desde a última vez em que eu o vira.

— Como você conheceu Sarah? — Ele segurou a porta aberta para mim e eu dei um passo à frente dele.

— Ela é minha prima. — Sorri, maliciosa. — Como *você* a conhece?

Claro que eu sabia a resposta. O namorado de Sarah era amigo de Caleb da fraternidade estudantil. Na noite da festa de Katine, ele fora junto com eles.

Eu o ouvi enquanto explicava a ligação. Seu sotaque era sexy. Quando Caleb seguiu a recepcionista até nossa mesa, pôs a mão em minhas costas. Foi um gesto familiar e possessivo. Gostei daquilo. Fiquei pensando se ele teria feito isso se esse fosse nosso primeiro encontro.

— Sabe como Sarah me atraiu para este encontro às escuras? — ele perguntou.

Balancei a cabeça.

— Ela me disse que você tinha boas pernas.

Sorri e mordi o lábio.

— E aí? — Eu as estendi por debaixo da mesa, juntando os tornozelos.

Meu vestido era perigosamente curto. Claro que eu sabia que ele gostava de um bom par de pernas. Eu fizera um interrogatório cerrado ao namorado estúpido de Sarah por uma hora para descobrir tudo que pudesse sobre Caleb.

Ele sorriu. E olhou-me nos olhos quando disse:

— Nada mal.

Senti o formigamento descer até a ponta dos dedos dos pés. Aquele era o olhar pelo qual eu tanto esperara.

Na manhã seguinte, despertei na cama dele. Espreguiçando-me, olhei para seu quarto ao redor. Meus músculos estavam luxuriosamente doloridos. Eu não me curvava de tantas maneiras desde meus tempos de ginasta, no colégio.

Ouvi o chuveiro no banheiro próximo e me virei de lado para tentar uma visão dele pela porta aberta. Consegui.

Na noite anterior, havíamos tomado três drinques e jantado sem uma só pausa na conversa. Era como conversar com alguém que eu conhecia há anos. Eu estava tão à vontade com Caleb! E presumia que ele estivesse comigo, porque respondia a quaisquer perguntas que eu fizesse sem hesitação. Quando saímos do restaurante, não havia dúvida sobre se eu iria para casa com ele ou não. Pulei para dentro de seu conversível e dirigimos curtos quinze minutos até seu edifício alto. Nossa trilha de roupas começou na porta da frente e terminou aos pés da cama dele, onde nós, alegremente, jogamos de lado o resto do que eu usava. Seria bom poder culpar o álcool por minha imprudência, mas, verdade seja dita, nós dois paramos de beber antes de comer. Tudo o que aconteceu... foi sem a influência da bebida.

Quando Caleb saiu do banho, eu continuava inclinada sobre o cotovelo. Não fingi que não o observava. Ele passou a toalha sobre os cabelos e eles ficaram espetados. Eu sorri largo e dei um tapinha na cama. Deixando cair a toalha, ele subiu para perto de mim.

— Você ainda está triste? — perguntei, encostando o queixo em seu peito largo.

Caleb concedeu um meio sorriso e beliscou meu nariz.

— Estou me sentindo um tanto mais animado.

— Oooh... Um tanto mais animado... — Eu imitei zombeteiramente seu sotaque e comecei a rolar para fora da cama.

Caleb me pegou pelos tornozelos e me puxou de volta.

— Muito mais animado — ele corrigiu.

— Quer voltar comigo pra cama e depois almoçar? — Passei o indicador por sobre seu tórax.

— Depende. — Ele agarrou minha mão.

Esperei que Caleb continuasse sem perguntar o habitual "de quê?".

— Não estou procurando nada sério, Leah. Ainda estou com a cabeça toda confusa com...

— A última garota? — Sorri com malícia e me ergui para beijá-lo. — Que seja — falei sobre sua boca. — Eu pareço o tipo de garota que quer compromisso?

— Você parece encrenca. — Ele sorriu. — Quando eu era adolescente, minha mãe costumava me dizer para nunca confiar numa ruiva.

Fiz uma careta.

— Há apenas dois motivos para ela dizer uma coisa dessas.

Caleb ergueu as sobrancelhas.

— E quais são?

— Ou seu pai dormiu com uma, ou ela mesma era ruiva.

Fiquei zonza com seu sorriso torto. O sorriso se estendeu até seus olhos dessa vez.

— Eu gosto de você — ele disse.

— Isso é excelente, escoteiro. Excelente mesmo.

CAPÍTULO 5

Presente

DOIS DIAS DEPOIS DE CALEB PARTIR PARA SUA VIAGEM de negócios, minha mãe arruma a bagagem e me informa que está partindo também.

— Você não pode estar falando sério — eu digo, observando-a fechar o zíper da mala. — Disse que queria ficar e ajudar.

— Está quente demais — ela diz, tocando de leve o cabelo. — Você sabe que odeio os verões daqui.

— Temos ar-condicionado, mãe! Preciso de sua ajuda.

— Você ficará bem, Johanna.

Reparo no ligeiro tremor em sua voz. Ela está mergulhando numa de suas depressões. Courtney era quem sabia como lidar com ela quando ficava assim. Parecia que eu sempre a fazia piorar. Mas Courtney não está aqui; eu estou. O que tornava a Mamãezinha Querida responsabilidade minha.

Dei de ombros.

— Ótimo, deixe-me levá-la ao aeroporto. Caleb chega à meia-noite, afinal.

Deixe-a correr de volta para a sua mansão em Michigan e se consumir, jogando pílulas dentro da boca como se fossem tic-tacs.

No caminho de volta do aeroporto, eu ligo o rádio e sinto-me como um pássaro fora do ninho pela primeira vez. Estella começa a gritar de seu bebê-conforto, interrompendo meu bem-estar. O que isso significa? Ela está com fome? Enjoada? Molhada?

Eu quase me esquecera de que ela estava ali... aqui... neste planeta... em minha vida.

Faço alguns exercícios pélvicos e penso em Caleb com raiva — Caleb livre de bebês, se aquecendo ao sol das Bahamas, tomando golinhos de seu maldito Bruichladdich e comendo bolinhos de siri. Isso não é justo. Eu preciso de uma babá, por que ele não pode entender isso? Caleb é um defensor tão obstinado do que é certo e errado! Com todos os seus valores antiquados, eu devia ter sabido que iria insistir para que eu ficasse em casa e a criasse sozinha. Ele é tão certinho! Quem cria os próprios filhos hoje em dia? Brancos de classe baixa, só eles — porque não podem pagar uma babá.

Mordo o lábio e aumento o volume do rádio para abafar os gemidos. Neste momento, ela soa como um pequenino e estridente alarme, mas o que vai acontecer dentro de alguns meses quando seus pulmões estiverem mais fortes? Como poderei tolerar esse barulho?

Tento descobrir como fazê-la parar de gritar quando uma coisa amarela me chama a atenção. Para deixar claro, amarelo é uma cor terrível. Nada de bom vem de uma cor que representa gemas de ovo, cera de ouvido e mostarda. É a cor equivalente a doença; feridas infeccionadas e espinhas na cara, dentes manchados de nicotina. Nada, nada devia ser amarelo, o que é precisamente a razão pela qual viro a cabeça para olhar. Imediatamente, desvio o carro para o lado direito e giro o volante como se estivesse numa das xícaras de chá da Disney World.

Coros de buzinas soam quando cruzo duas vias de tráfego para chegar ao shopping center. Reviro os olhos. Hipócritas.

Dirigir na Flórida me faz pensar em navegar numa mercearia lotada de gente — ou você fica preso atrás de uma fila barulhenta e arrastada a um quilômetro por hora ou é empurrado sobre uma banca de cereais por um desordeiro. Eu sou uma boa motorista, de modo que eles podem ir se foder.

Sigo o sinal amarelo, entro num centro de compras e espio as fachadas da loja enquanto meu carro margeia a área de estacionamento. Os velhos nomes da loja ainda grudados às portas são uma lembrança deprimente de que uma recessão se aproxima pouco a pouco do país. Aponto um dedo em forma de revólver para onde um salão costumava ficar e puxo o gatilho imaginário.

Quantos pequenos sonhos viraram pó neste shopping vagabundo? Nos fundos, à direita, perto de um depósito de lixo, fica a Creche Sunny Side Up. Estaciono o carro sob o cartaz na cor de uma gema de ovo e tamborilo com os dedos no volante. Entrar ou não? Posso muito bem dar uma olhada.

Saio do automóvel, sigo para uma porta até que lembro de que há um bebê no carro. Filhos da mãe e filhos da puta. Paraliso meus passos, certificando-me de que ninguém me viu dizendo o disparate, e me arrasto de volta para carro para desprender o assento de Estella. Ela está milagrosamente silenciosa e eu a ergo através das portas da creche. A primeira coisa que noto é que qualquer um pode simplesmente entrar neste estabelecimento fuleiro e roubar uma criança. Onde estão o controle, a segurança?

Olho analiticamente para a recepcionista. Ela é uma desmazelada na casa dos vinte anos usando sombra azul sobre os olhos castanhos sem brilho. Ela procura um namorado. Você pode deduzir isso pelo seu uso exageradamente meticuloso de perfume e decote. Tem delineador na parte de baixo das pálpebras. Todo o mundo sabe que não se põe um delineador nesse lugar.

— Oláááá — gorjeio, animada.

Ela sorri para mim e arqueia as sobrancelhas.

— Preciso falar com sua diretora — digo em voz bem alta, precavendo-me para o caso de ela ser tão lerda quanto parece.

— Do que se trata?

Por que as pessoas sempre colocam cretinos em suas recepções?

— Bem, eu tenho um bebê — respondo, ríspida —, e isto é uma creche.

O nariz dela se franze. É sua única indicação de que eu realmente a irritei. Bato com os pés no chão enquanto ela procura a diretora da creche. Dou uma olhada ao redor, esperando. Paredes de um amarelo claro, sóis de um alaranjado brilhante pintados sobre elas, um carpete azul manchado, salpicado de salgadinhos desta manhã.

A diretora, enfim. Ela é uma loira falsa de meia-idade usando uma camiseta de personagem infantil com os dizeres: " Faça-me Cosquinha", tênis cor-de-rosa desgastados e dois implantes de seios do tamanho de melões. Eu a examino com repulsa e forço um sorriso.

Antes que eu possa articular uma palavra, ela diz:

— Uau, esta é uma novinha.

— Ela foi prematura — minto. — É mais velha do que parece.

— Meu nome é Dieter — ela diz, estendendo a mão.

Eu a pego e aperto.

— Gostaria de dar uma voltinha pela Sunny Side?

Quero dizer "cruz-credo, não", mas concordo, polidamente, com a cabeça e Dieter me conduz através de uma série de portas duplas que ela abre com uma chave de cartão.

O lugar é encardido, até Dieter deve perceber isso. Cada quarto tem seu próprio cheiro de urina, partindo de uma — Oh, meu Deus! — sutil mistura de pinho e urina. Ou Dieter é imune ao odor ou escolheu ignorá-lo. Eu mal consigo conter a ânsia de vômito. Ela realça a relação entre estudantes e cuidadoras, que é de seis para um, e aponta alegremente para uma sala de aula de crianças de quatro anos que estão cantando, todas com ranho escorrendo do nariz.

Compartilhar é cuidar.

— Nosso equipamento de playground é novo em folha, mas é claro que sua pequenina não vai precisar dele por um bom tempo. — Ela abre uma porta onde se lê "Miudinhos" e entra.

Na hora, sou saudada por múltiplas vozes infantis, todas berrando como pequenos filhotes de macacos. É muito irritante e quase instantaneamente Estella acorda e se junta ao coro dos macaquinhos. Eu balanço seu bebê-conforto para a frente e para trás e, por incrível que pareça, seus gritos vão baixando até que ela fica em silêncio de novo.

O local é limpo. Tenho que reconhecer isso. Há seis berços encostados nas paredes. Cada um deles tem um Muppet feito em crochê dependurado.

— Nós acabamos de nos despedir de um de nossos bebês — Dieter me revela. — De modo que temos espaço para a pequena...

— Estella. — Eu sorrio.

— Esta é a senhorita Misty — ela diz, apresentando-me a uma cuidadora.

Eu sorrio para outra garota desleixada, aperto com polidez outra mão de unhas lascadas.

No fim, resolvo deixar Estella ali para um período de teste. Dieter sugere isso.

— Só por umas horas para ver como você se sente... — ela diz.

Eu me pergunto se isso é normal — deixar seu bebê com estranhos *para ver como você se sente*. Eu poderia me retalhar com uma faca e não sentiria nada. Concordo com o teste.

— Nunca a deixei com ninguém — afirmo. É a verdade... ou quase.

Dieter concorda, simpática.

— Tomaremos conta dela. Eu só precisarei que você preencha uns papéis lá na frente.

Estendo o bebê-conforto para a srta. Misty, faço uma exibição de beijar a testa de Estella e depois corro para o carro para apanhar a sacola de fraldas que uma boa mãe deve carregar consigo.

Trinta minutos depois, estou, finalmente, livre — livre da insuportável barriga, livre do bebê barulhento... livre, livre, livre. Bem nesse momento meu celular toca. Eu o recolho do banco dos passageiros onde o atirara antes e vejo que é Caleb. Sorrio, a despeito de mim mesma. Até hoje, quando Caleb me liga eu fico agitada. Estou prestes a atender quando me dou conta de que ele deve estar me ligando para perguntar de Estella. Mordo o lábio e o mando para o correio de voz. Não posso contar-lhe de modo algum o que acabei de fazer. Caleb na certa pularia para dentro do primeiro voo disponível e viria correndo até Miami agitando os papéis de divórcio. Talvez ele até consiga que *ela* os prepare para mim. Eu sei que estou sendo irracional e que ele não conversou com ela desde que a minha tortura terminou, há um ano e meio, mas pensamentos com aquela bruxa de cabelo de corvo me atormentam todos os dias. Lanço os pensamentos acerca da minha tortura e minha advogada para os fundos da mente para revolver depois.

Estou determinada a desfrutar de meu tempo livre de bebês. Paro em casa para trocar meu jeans e vestir alguma coisa chique. Escolho calça de linho branco e uma blusa Gucci de minha última visita ao shopping e

39

deslizo para dentro de um par de sapatos de salto alto. Retorno ao carro e estou a meio caminho do restaurante quando percebo que esqueci meu celular no balcão da cozinha.

Encontro Katine e alguns de nossos amigos para um sushi com saquê. Quando entro no restaurante, todos gritam para mim como se eu houvesse desaparecido por um ano. Jogo um beijinho para todos e nos sentamos para fazer os pedidos. Ou Katine lhes avisou para que não me perguntassem sobre o bebê ou eles não se importam, porque ninguém deixa escapar uma só palavra sobre Estella. Parte de mim fica aliviada, porque se eu tivesse sido convidada a discutir meus sentimentos como mãe de primeira viagem, teria rompido em lágrimas... embora haja uma ligeira irritação em mim também. Mesmo que Estella tivesse se tornado um assunto proibido, eles poderiam ao menos perguntar como estou me sentindo.

Deixo passar. Bebo quatro daqueles minicopos de saquê e depois peço vinho.

Katine ergue seu copo para mim.

— Ao seu retorno! — ela berra, e todos brindamos.

Sinto-me fantástica. Estou oficialmente de volta, embora tenha sido uma década difícil. Em minha embriaguez produzida por saquê, prometo fazer de meus trinta os melhores anos de minha vida. Às três da tarde, o almoço termina e estamos todos bêbados, mas não dispostos a ir para casa.

— E aí? — Katine sussurra para mim quando, enfim, saímos do restaurante. — Onde está a menina?

— Na creche. — Eu dou uma risadinha e cubro a boca com a mão.

Katine pisca para mim de modo cúmplice. Fora ideia dela, afinal.

— Caleb sabe disso? — ela pergunta.

Eu a encaro.

— Fala sério, Katine. Eu estaria usando esta roupa se Caleb soubesse que sua pequena preciosa estava aos cuidados de estranhos? — Sacudo minha aliança para ela.

Katine arregala os olhos e aperta os lábios como se não acreditasse em mim.

— Ora, vamos. Caleb nunca deixaria você. Quero dizer, ele teve sua chance com aquela tal de Olivia e... — Ela bate na boca e olha para mim como se houvesse falado demais.

Fico parada no lugar, preparada para dar uma bofetada nela. A piranha. Como ela ousa trazer o nome da outra à tona?

Fico sem fôlego, cheia de saquê e raiva quando digo:

— Caleb nunca sequer pensou em me deixar. Ela não significou nada. Não saia contando essas mentiras por aí, Katine.

Sei que meu rosto está vermelho. Posso senti-lo ardendo de ressentimento. As sobrancelhas de Katine ficam desconjuntadas. Elas se arqueiam para baixo, dando a impressão de que ela está de fato, autenticamente, arrependida.

— Eu... eu sinto muito — ela gagueja. — Não quis dizer nada com isso.

Eu conheço esse belo demônio loiro bem demais para me deixar levar por suas desculpas dignas de um prêmio Emmy. Dou-lhe um olhar de desprezo e ela sorri para mim com uma doçura de sacarina.

— Eu só quis dizer que ele te ama. Nem mesmo aquela gostosona sexy poderia tirá-lo de você.

Agora estou puta da vida. Uma coisa é mencionar o nome daquele lixo, mas dar crédito à boa aparência dela cruza a fronteira entre lealdade e amizade.

— Leah, espere! — ela me chama quando me afasto depressa.

Eu não espero para ouvir suas desculpas — a sua favorita é que ela é da Rússia e nem sempre entende o modo correto de se comunicar, já que o inglês é o seu segundo idioma. Eu já ouvi todas e conheço minha viscosa melhor amiga. Katine gosta de cobrir de açúcar insultos caluniosos, difamadores e dissimulados. *Você é tão corajosa de usar essa saia, eu teria medo que minha celulite aparecesse.* Katine é bulímica e não tem um milímetro de celulite. Portanto, lógico que está se referindo à minha.

Katine Reinlaskz é tão divertida quanto um macaco no zoológico, mas experimente contrariá-la e ela o fará em pedaços. Nosso relacionamento, que existe desde o colégio, foi um vicioso cabo de guerra para possuirmos coisas comparativamente maiores. Meu primeiro carro custou sessenta mil, o dela, oitenta. Minha festa de dezesseis anos teve trezentos convidados; a dela, quatrocentos. Eu venci com Caleb, todavia. Katine se divorciou duas vezes. Seu primeiro casamento foi do tipo Vegas, que durou cerca de vinte e quatro horas antes de ser anulado; e o segundo, com um magnata de cinquenta e oito anos que acabou sendo um completo sovina depois que já estavam casados. Ela baba de inveja quando se trata de Caleb — o bonito, rico, cavalheiresco e sexy Caleb. Eu uso todas as oportunidades para ostentar meu maior triunfo na vida, mas desde aquele problema com Olivia, a inveja de Katine foi substituída pela presunção. Ela até teve o descaramento de me dizer uma vez que admirava a iniciativa de Olivia.

Dou passos curtos e vacilantes até meu carro, com cuidado para não cair das pernas, e deslizo para o assento do motorista. O relógio no painel diz que são seis horas. Não estou em condições de guiar, mas não tenho sequer meu celular para chamar alguém para me pegar. E quem eu chamaria, afinal? Meus amigos estão todos igualmente bêbados e aqueles que não estão aqui iriam erguer as sobrancelhas e fazer fofocas se me pegassem deste jeito.

E então me lembro de Estella.

— Merda! — Bato a mão no volante com força.

Eu devia ter ido pegá-la às cinco e não tenho meio de ligar para a creche. Ligo o motor e dou ré do lugar sem olhar. Ouço a buzina de um carro e depois o choque rangente do metal. Não preciso nem olhar para saber que foi mal. Pulo vacilante do assento do motorista e caminho para a traseira do veículo. Um velho Ford está dobrado em torno do para-choque do meu Range Rover. Parece quase cômico. Reprimo a ânsia de dar risada e depois tenho que reprimir a ânsia de chorar, porque vejo as bruxuleantes luzes azuis e vermelhas de um carro de polícia se aproximando de nós. O motorista é um homem de idade. Sua esposa está sentada no lado do passageiro, apertando o pescoço. Reviro os olhos e cruzo os braços sobre o peito, esperando pela inevitável sirene de ambulância que significava oportunistas aproveitando para entrar com um processo.

Eu me abaixo e consigo ver a velha megera.

— É mesmo? — eu digo, através da janela. — Seu pescoço dói?

De fato, uma ambulância segue o carro de patrulha para entrar no estacionamento. Os paramédicos saltam da cabina e correm para o Ford. Eu não consigo ver o que acontece depois porque um oficial de aspecto mesquinho se aproxima de mim e eu sei que tenho segundos para me recompor e agir com sobriedade.

— Senhora — ele diz entre lentes escuras —, percebe que bateu de ré neles sem sequer olhar? Eu vi a coisa toda acontecer.

É mesmo? Fico surpresa que ele pudesse ver qualquer coisa através de seus óculos de sol pretensamente Blade.

Sorrio, inocente.

— Eu sei. Estava em pânico. Tenho que pegar meu bebê com a babá — minto —, e estava atrasada...

Mordo o lábio, porque isso me excita quando o faço.

Ele me avalia por um minuto e rezo para que não sinta o cheiro de bebida em meu hálito. Vejo seus olhos se dirigirem ao meu assento de trás onde a base do bebê-conforto de Estella se encontra.

— Vou precisar ver sua licença e seu registro — ele diz, enfim.

Esse é o procedimento padrão — até aí, tudo bem. Passamos pelo procedimento de acidente, que conheço demasiadamente bem. Vejo a velha ser carregada para dentro da ambulância e observo quando ela parte com as luzes piscando. Seu marido, bem insensível, fica para trás para tomar conta do caso.

— Farsantes malditos! — sussurro.

O oficial me lança um meio sorriso, mas é o bastante para eu notar que ele está comigo. Ando de lado até ele e pergunto quando poderei ir embora para buscar minha filha.

— Foi tão difícil deixá-la! — digo. — Eu tinha um jantar de negócios.

Ele faz um sinal de cabeça para dizer que entende.

— Nós vamos lhe passar uma multa, visto que foi culpa sua — ele diz. — Depois disso, a senhora está livre para ir embora.

Solto um suspiro de alívio. O caminhão do guincho aparece e separa os veículos. O dano a meu Range Rover é mínimo comparado ao que foi causado ao Ford, que está praticamente dobrado ao meio. Dizem-me que o seguro de Bernhard fará contato com o meu e eu estou bastante segura de que eles irão contratar um advogado nos próximos dias também.

Estaciono fora de meu lugar; aliviada pelo Rover estar funcionando da mesma forma de quando o estacionei. Afora um para-choque amassado e alguns arranhões menores, meu valioso carro saiu ileso. Mas, melhor ainda, eu saí ilesa. Eu poderia ter sido presa e processada por dirigir sob o efeito de álcool. Graças a algum fingimento e a um policial complacente, vou me safar com custos menores.

Sinto-me quase sóbria ao dirigir cautelosamente em direção à creche Sunny Side Up. Quando paro no estacionamento, ele está vazio. Dou uma olhada no relógio do painel, nervosa. São sete e dez. Alguém deve ter ficado até mais tarde com ela. Devem estar furiosos, mas, na certa, depois que eu explicar o que aconteceu com o celular e o acidente, entenderão. Aperto a campainha na porta antes de notar que está completamente escuro lá dentro.

Pressionando as mãos contra o vidro, eu espio. Vazio. Trancado; totalmente fechado. Entro em pânico. É o tipo de pânico que senti quando soube que podia ir para a prisão por fraude farmacêutica. O pânico que senti quando fiquei de frente para o juiz esperando ouvir o veredicto de "Culpada" que me daria vinte anos numa prisão estadual. É um pânico puramente egoísta. O pânico do tipo "oh, minha nossa, Caleb vai se divorciar de mim por eu ter perdido sua filha". Sou mãe há menos de duas semanas e já perdi meu bebê. É o tipo de merda que acontece a você no programa de Nancy Grace. Odeio aquela piranha loira.

Andando de lá para cá na calçada, avalio minhas opções. Poderia chamar a polícia. Quer dizer, qual é a punição para pais que falham em ir pegar seus filhos nas creches? Eles os mandam para os serviços sociais? O proprietário os leva para casa? Luto para me lembrar do nome da diretora — Dieter. Será que ela chegou a me dizer seu sobrenome? De qualquer modo, preciso ir até um telefone, e rápido.

Dirijo para casa como se fosse a Veloz e Furiosa — e paro meu carro. Minha urgência é audível quando corro até a porta, não me importando de fechá-la, e rumo para o balcão da cozinha onde deixei meu celular. Não está ali. Minha cabeça flutua. Eu estava tão certa de que era ali que o tinha deixado! Vou ter uma ressaca assassina amanhã. *Pense!* Pela primeira vez, me arrependo de não ter um telefone fixo. Quem precisa de um telefone fixo hoje em dia? Lembro-me de ter dito isso a Caleb bem antes de nos livrarmos dele. Giro para rumar para as escadas e meu coração para de surpresa.

— Procurando isto?

Caleb está inclinado à porta olhando para mim. Em sua mão, meu precioso iPhone. Analiso seu rosto. Ele parece calmo — isso significa que não sabe que eu não tenho Estella comigo — ou talvez ele pense que ela está com minha mãe. Eu não disse a ele que a levei ao aeroporto esta manhã.

— Você chegou cedo em casa — digo, com autêntica surpresa.

Ele não sorri nem me saúda com seu entusiasmo habitual, mas mantém seus olhos cravados em meu rosto — o celular preso entre os dedos e estendido para mim. Dou alguns passos precavidos em sua direção, tomando cuidado para não deixar transparecer minha zonzeira restante. Caleb me analisa como se eu fosse um romance de baixa categoria. Fico na ponta dos pés para lhe dar um rápido beijinho na face antes de arrancar o celular de seus dedos. Agora, se eu puder ir para lá fora, posso imaginar alguma coisa, ligar para alguém... ENCONTREM O BEBÊ!

Recuo alguns passos.

— Você tem chamadas perdidas. Umas catorze, na verdade — Caleb diz, displicente; displicentemente demais, como se fosse a calma que antecede a tempestade. O ronco surdo que o lobo produz antes de rasgar sua traqueia.

Engulo em seco. Há areia na minha garganta e estou me afogando... sufocando. Meus olhos disparam ao redor do quarto. Deus... o que ele sabe? Como vou dar um jeito nisso?

— Parece que você se esqueceu de ir buscar Estella na creche... — Sua voz se interrompe.

Uma mão invisível arreganha meu queixo e derrama terror pela minha garganta abaixo. Eu sufoco.

— Caleb... — eu balbucio.

Ele ergue a mão para que eu pare, e eu obedeço, porque nem tenho certeza da desculpa que poderei arranjar.

Eu deixei nossa filha numa creche ordinária porque...

45

Maldição.

Não sou assim tão criativa. Minha mente peneira todas as possíveis desculpas.

— Ela está... ela está aqui? — sussurro.

A parte mais expressiva de Caleb é a mandíbula. Eu a uso para ler suas emoções. É quadrada, viril — suavizada apenas pelos seus lábios inteiramente cheios. Quando aquela mandíbula está satisfeita com você, você quer afagá-la com os dedos, subir na ponta dos pés para enchê-la de beijos. A mandíbula está furiosa comigo. Seus lábios estão apertados de fúria contida. Sinto medo.

Caleb não diz nada. Esta é sua técnica de briga. Ele aquece o quarto com sua raiva e depois espera que você solte suando uma confissão. Ele nunca foi violento com nenhuma mulher em sua vida, mas aposto qualquer coisa que essa menininha pode levá-lo a fazer coisas que ele nunca imaginou.

Cometo o erro de olhar na direção das escadas. Isso o deixa realmente furioso. Caleb se desencosta da parede e caminha em minha direção.

— Ela está bem — ele diz entre os dentes. — Voltei mais cedo porque estava preocupado com você. Obviamente, não era com você que eu precisava me preocupar.

— Foi apenas por algumas horas — me apresso em dizer. — Eu precisava de umas horas sozinha e minha mãe tinha acabado de me deixar...

Ele me analisa por alguns momentos, mas não porque esteja avaliando a verdade nas minhas palavras. Caleb está se perguntando como pôde ter se casado com alguém como eu. Posso ver o total desapontamento. Ele arranha a autoestima que estou embalando junto ao peito. Faz com que eu me sinta um fracasso. Bem, o que ele esperava — que eu fosse ser uma boa mãe? Que eu me ajustaria a um papel que não entendo?

Não sei o que fazer. O álcool ainda está embalando minha cabeça e tudo em que consigo pensar é no fato de que ele vai me abandonar.

— Lamento muito — sussurro, olhando para o chão. Bancar a arrependida é um truque barato, ainda mais porque lamento mais por ter sido pega em flagrante do que pelo ato cometido.

— Você lamenta ter sido pega em flagrante — ele lê minha mente.

Minha cabeça estala. *Maldito seja!*

Como Caleb ousa pensar o pior de mim? Eu sou a esposa dele! Para o bem e para o mal, certo? Ou o pior se refere à situação e não à pessoa?

— Você deixou sua recém-nascida com completos desconhecidos. Ela não comia fazia horas!

— Havia leite materno na sacola de fraldas! — eu argumento.

— Não o suficiente para sete horas!

Baixo a cabeça até o chão.

— Não percebi — falei, derrotada. Eu ficara longe por tanto tempo?

Sinto uma onda de autoestima raivosa. Era minha culpa eu não ter aderido à felicidade filial como ele aderira? Abro a boca para dizer isso, mas Caleb me interrompe.

— Não fale, Leah — Caleb avisa. — Não há desculpas para isso. Se eu tivesse algum bom senso, pegaria Estella e iria embora. — Ele se vira e caminha em direção à escada.

Meus pensamentos ficam nublados quando minha raiva sobe.

— Ela é minha!

Ele para. É uma parada abrupta, como se minhas palavras houvessem lançado gelo em suas pernas.

Quando Caleb se vira para mim, seu rosto está vermelho.

— Solte um disparate desses outra vez e irá gritar isso num tribunal.

Senti o peito arfar quando sua ameaça me envolveu como um vento frio. Ele está falando sério. Caleb nunca falara comigo assim, com tanta frieza. Ele nunca me ameaçara. É a menina. Ela o está mudando, fazendo-o se voltar contra mim.

Ele para bem antes de chegar à escada.

— Vou contratar uma babá.

As palavras que eu queria ouvir, mas agora elas não têm o sabor de uma vitória. Caleb está concordando com uma babá porque não confia mais em mim — sua mulher. De repente, não quero uma babá.

— Não — eu digo. — Posso tomar conta dela. Não preciso de ajuda.

Ele me ignora, subindo a escada de dois em dois degraus. Sigo atrás, resolvendo se devo ser suplicante ou agressiva.

— Cometi um único erro, não tornará a acontecer — eu digo, escolhendo a rota da súplica. — E você não pode tomar essa decisão sozinho; ela é minha filha também. — Uma salpicadinha de agressividade é sempre bom.

Caleb está em nosso quarto, a sua mesa de cabeceira. Ele puxa seu "pequeno livro negro" que eu sempre espiono. Sigo-o até seu escritório, onde ele retira seu celular do carregador.

— Para quem você vai ligar? — eu pergunto.

Ele aponta para a porta, dizendo-me para sair. Mantenho-me firme; de braços cruzados, a preocupação encolhendo meu estômago.

— Oi — ele fala.

Sua voz é íntima, insinuante. Obviamente, ele está em bons termos com a pessoa na outra ponta. Sinto um calafrio percorrer minha espinha. Há apenas um outro alguém que deixa a voz dele suave daquele jeito, mas por que Caleb estaria ligando para ela? Ele ri de alguma coisa que a pessoa disse e se encosta em sua cadeira.

Oh, Deus, oh, Deus. Eu me sinto nauseada.

— Sim, eu sei — ele diz, todo amigável — Você pode fazer isso? — Faz uma pausa para ouvir. — Eu confio em quem quer que você mande. Não... não... não tenho problemas com isso. Ok, então, amanhã? Sim, eu vou lhe mandar o endereço. Ah, você lembra? — Ele sorri, sem graça. — Conversarei com você, então.

Eu entro em ação, num salto, assim que ele desliga.

— Quem era? Era ela?

Caleb faz uma pausa em sua classificação dos papéis para olhar para mim, intrigado.

— Ela?

— Você sabe de quem estou falando.

Nós nunca conversamos sobre isso — sobre ela. Os músculos em sua mandíbula se enrijecem. Sinto uma ânsia de rastejar para debaixo de sua escrivaninha e esconder a cabeça entre os joelhos.

POR QUE

EU

FUI

DIZER

ISSO?

— Não — ele diz, retomando seu embaralhar de papéis. — Era um velho amigo que tem uma agência de babás perto de Boca Raton. Alguém virá para falar comigo amanhã.

Meu queixo cai. Outra parte secreta de sua vida sobre a qual nada sei. Como diabos ele tem ligação com alguém que possui uma agência de babás?

— Isso é mentira — eu digo, pisando forte. — Você irá pelo menos deixar que eu a veja?

Caleb dá de ombros.

— Talvez, embora eu suponha que você terá uma ressaca amanhã...

Fico murcha por dentro. Ele sempre sabe. Ele vê tudo. Eu me pergunto se meu hálito me denunciou ou se viu o para-choque de meu carro batido e deduzira. Não me importo de perguntar. Faço uma rápida saída do quarto sem me explicar e corro para o andar de cima. Fico na porta para o nosso quarto e olho para o corredor. Sinto uma pontada de alguma coisa. Devo ir dar uma olhada nela? Eu praticamente a desertei hoje. Devo pelo menos me certificar de que ela está bem. Fico feliz por ela não ter idade suficiente para perceber o que eu fiz. As crianças guardam mágoas de você.

Caminho em silêncio pelo corredor, empurro a porta para o quarto de bebê com o dedão do pé e dou uma espiada. Não sei por que me sinto tão culpada olhando para meu próprio bebê, mas me sinto. Atravesso o espaço até seu berço, prendendo a respiração. Ela dorme. Caleb lhe deu banho e a enrolou, embora ela tenha conseguido soltar uma das mãos e esteja chupando o dedo. De onde estou posso sentir o aroma — o sabonete de lavanda que Caleb comprou para ela misturado com o cheiro de mingau de aveia de bebê novinho. Estendo um dedo e toco seu punho e, depois saio em disparada do quarto.

CAPÍTULO 6

PASSADO

— POR QUE VOCÊ GUARDA ISSO? — EU ERGO UMA CAIXA de sorvete que havia ficado em seu freezer desde que nos conhecêramos. Era da marca Ben & Jerry sabor cereja. Abri a tampa e vi que estava corroída pela metade por um sério caso de queimadura de gelo. — Você não gosta de cerejas. Posso jogar fora?

Caleb pulou do sofá onde via TV e pegou o recipiente de minha mão. Fiquei surpresa, olhando para ele. Eu nunca vira um homem se mover tão rápido por um sorvete.

— Dá aqui — ele disse.

Fiquei olhando Caleb empurrar a caixa para trás de um par de filés congelados e fechar a porta.

— Por que não moramos juntos? — perguntei, como quem não quer nada.

Ele parou o que fazia e pousou a testa na curva do meu pescoço.

— Não.

— Não? Por que não, Caleb? Estamos saindo há nove meses. Fico aqui quase toda noite.

Ele se aprumou e passou a mão pelo cabelo, que ficou arrepiado.

— Pensei que não estivéssemos levando tudo a sério.

Meus olhos se arregalaram.

— Sim, no começo. Você não acha que isso é sério? Temos sido exclusivos um para o outro há cinco meses.

O que não era verdade. *Eu* fora exclusiva desde o dia em que o conhecera. Não havia sequer olhado para outro homem desde aquela festa no iate. Caleb confessara ter tido outras namoradas, mas, no fim, ele sempre aterrissava em minha cama. O que eu podia dizer? Sexualmente, eu era uma força a ser considerada. Embora não uma força suficiente, pelo jeito.

— Por que esse sorvete está no seu freezer?

— É onde se guarda sorvete — ele disse, seco.

Caleb tinha uma cicatriz perto do olho. Tentei fazê-lo consultar meu cirurgião plástico, mas ele recusou. As cicatrizes tinham que ficar onde o destino as colocara, ele afirmou. Dei risada, na ocasião. Fora uma das coisas mais ridículas que eu já ouvira.

Agora, encarando meu quase namorado, eu soube que estava certa. Cicatrizes deviam ser removidas. Cicatrizes de sorvete principalmente. Estendi a mão para o alto e passei o dedo por ela. Eu não sabia onde ele conseguira a cicatriz. Nunca lhe perguntara. O que mais eu não sabia sobre ele?

— O sorvete era dela?

Nós raramente falávamos sobre sua ex, mas, quando o fazíamos, o estado de espírito de Caleb ficava desalentado e distante. Em geral, eu tentava evitar o assunto, não querendo parecer a nova namorada ciumenta, mas se o cara não conseguia se livrar do sorvete dela...

— Caleb? — Eu me arrastei para seu colo e me aninhei sobre ele. — Era dela?

Ele não podia se livrar de mim, de modo que optou por me olhar dentro dos olhos. Isso sempre me deixava nervosa.

Caleb tinha um olhar muito intenso — do tipo que despe você e revela seus pecados.

Ele suspirou.

— Sim.

Fiquei um pouco espantada por ele realmente admitir isso. Eu me mexi desconfortável sobre seu colo, na dúvida se devia fazer as inevitáveis perguntas seguintes.

— Certo — eu disse, esperando que ele oferecesse alguma espécie de explicação. — Podemos falar sobre isso?

— Não há nada o que falar — ele afirmou, determinado.

Eu sabia o que isso significava. Não há nada o que falar significava que "não posso falar disso porque ainda dói" e "não posso falar disso porque ainda não consegui solucionar este assunto". Balançando minha perna ao redor, saí de seu colo e fui para o sofá. Eu me sentia fina como um papel. Sou amadurecida na arte dos homens e sei, por experiência, que nada pode competir com uma lembrança. Não era de meu feitio não ser eu própria a lembrança, de modo que estava insegura de como agir.

— Não sou suficiente para você?

— Você é mais do que suficiente — ele afirmou, sério. — Eu estava completamente vazio até você aparecer.

Uma coisa como essa partindo de um homem deveria soar piegas... clichê. Eu namorei poetas e músicos, os quais eram dotados verbalmente, o bastante para me provocar arrepios, embora nenhum houvesse feito isso. E senti um calor encher meu coração ao ouvir aquilo de Caleb.

— Mas eu lhe disse desde o princípio que não estou preparado. Você não pode me consertar, Leah.

Registrei o que ele acabara de dizer, mas não acreditei nele. Claro que eu podia consertá-lo. Caleb me dissera naquele momento que eu preenchera seu vazio. O que eu não queria era pensar em quem havia gerado o vazio... e de que tamanho era o buraco que ela deixara.

— Não estou tentando consertá-lo. Mas estou nutrindo sérios sentimentos por você, que está me rejeitando por um sorvete de cereja.

Caleb riu e me puxou de volta para seu colo.

— Não vou morar com ninguém até me casar — ele afirmou.

Eu não ouvia ninguém dizer isso desde que tinha quinze anos e meus pais me forçaram a ir a um acampamento bíblico.

— Excelente — falei. — E eu também não durmo com ninguém até que me case com ele.

Caleb me dirigiu seu melhor olhar de "posso tê-la quando quiser" e eu fiquei tão perturbada que não soube se devia beijá-lo ou ficar ruborizada. Ele driblava minhas tentativas de sedução o tempo todo. *Poder*, eu pensei com apenas metade do interesse, porque ele estava me beijando. *Ele tem poder sobre mim.*

Nós não tornamos a mencionar o sorvete, embora toda vez que eu estivesse perto da geladeira me sentisse um ser inferior me alimentando de restos. O estúpido sorvete de cereja se tornou a parte de um corpo para mim. Era como se ele estivesse mantendo o dedo dela no freezer, em vez de apenas um sorvetinho de merda. Eu imaginava que a unha do dedo usava esmalte preto e saía a vagar quando não estávamos em casa. E estava atrás de meu anel, eu sabia. Ex-namoradas têm um jeito de manter seus dedos nas coisas até muito depois de já terem desaparecido.

Isso me preocupou a princípio, mas Caleb estava tão presente em nosso relacionamento "não sério" que me esqueci. E havia assuntos mais urgentes disputando minha atenção, como meu emprego no banco e o drama diário entre meus colegas de trabalho, e minhas férias iminentes com Caleb para esquiarmos no Colorado. Tudo precisava de minha atenção e eu estava mais que desejosa de expandir meu ouvido, minha energia e minha perícia em diversões por toda parte. Seguimos por mais três meses sem falar sobre o dedo. Falávamos de nós mesmos — o que queríamos, aonde queríamos ir, quem queríamos ser. Quando ele comentava sobre ter filhos, em vez de sair correndo em disparada do quarto, eu me aprumava na cadeira e ouvia com um meio sorriso no rosto.

Estávamos em nossa viagem para esquiar fazia três dias quando um colega de quarto de Caleb na faculdade ligou para dizer a ele que sua mulher estava em trabalho de parto. Assim que desligamos o telefone, ele olhou para mim.

— Se partirmos agora, poderemos estar lá amanhã de manhã.

— Está maluco?! Temos a cabana por mais dois dias!

— Sou o padrinho. Quero ver o bebê.

— Sim, você é o padrinho, não o pai. O bebê ainda estará lá em dois dias.

Caleb não mencionou isso novamente mas pude notar que ficara desapontado. Quando, enfim, fomos para o hospital, ele sorria de orelha a orelha, com os braços carregados de presentes ridículos.

Caleb segurou aquele bebê por trinta minutos antes de ter que devolvê-lo à mãe para ser alimentado. Quando tentou passá-lo para mim, eu fingi estar resfriada.

— Eu gostaria — menti —, mas realmente não devo.

A verdade era que bebês me deixavam nervosa. Todo o mundo vive empurrando-os para a gente, quando não estão tentando segurá-los e fazer palhaçadas para eles. Eu não queria segurar a cria de outra pessoa. Quem sabe o que ele se tornaria no futuro? O garoto poderia ser o próximo Jim Carey ...

Caleb ficou maluco pelo bebê. Isso o fez falar de bebês até saturar e me afetou depois de algum tempo. Comecei a imaginar pequenos Calebs de cabelo castanho correndo pela casa. Eu imaginava que bem antes que isso acontecesso, o casamento que seria perfeito e um pouco antes ainda à proposta romântica que ele faria, na praia. Eu planejava nossas vidas e aquele maldito dedo continuava no freezer. Se pudesse ao menos dar uma olhada nela, talvez eu entendesse...

A verdade foi que não tive que esperar muito tempo...

CAPÍTULO 7

Presente

ACORDO COM O SOM DE UM DESPERTADOR. ESTÁ quebrado, obviamente, porque o bip não é constante, mas geme como uma sirene. Tudo parece espesso, como se meu cérebro estivesse mergulhado em mel. Estendo a mão para pegá-lo, para desligá-lo, e então meus olhos se arregalam. Isso não é um despertador. Pulo da cama e olho ao redor de meu quarto mal iluminado, os cobertores deslizando até minha cintura. De acordo com meu celular, são três da manhã. O lado de Caleb na cama não foi tocado. Eu me pergunto se ele não estará no quarto de hóspedes e, então, ouço de novo — o som de um bebê chorando.

Disparo para o quartinho dela. Onde está Caleb? Ele deve estar com ela. Entro no quartinho para vê-lo andando de cá para lá com ela nos braços, o celular apertado entre seu ombro e o ouvido; ele está falando rapidamente. A menina não chora, ela grita como se sentisse alguma espécie de dor.

— O quê...? — E paro quando ele ergue um dedo para que eu fique quieta.

Caleb termina a conversa e põe o celular de lado.

— Pegue suas coisas, vamos levá-la a um pronto-socorro.

Faço que sim, com um nó na garganta, e corro para arrumar algumas roupas. Calça de moletom, camiseta do Pink Floyd... Desço as escadas correndo e o encontro na porta. Caleb está instalando a menina no bebê-conforto. Ela não parou de gritar desde que os deixei no quartinho.

— O que há, Caleb? Ela está doente?

Ele faz que sim, sombrio, e sai pela porta com ela. Eu o sigo em seus calcanhares e pulo para o banco de passageiros.

Lembro-me das coisas que li sobre o sistema imunológico dos bebês. Como não se deve deixá-los perto de outras crianças, em lugares estranhos. Eles devem ser mantidos em casa até que tenham tido tempo para desenvolver anticorpos aos muitos vírus flutuantes.

Merda. Ele vai me odiar ainda mais.

— Ela está com uma febre de trinta e nove graus. — Caleb pula para o banco do motorista, acionando o motor.

— Oh...

Ele me olha de canto de olho quando nós saímos do estacionamento. O que foi isso? Frustração? Desapontamento?

Eu me espremo durante o trajeto inteiro de dez minutos, lançando olhadelas para o banco de trás onde ela está acomodada. Devia ter me sentado lá com ela? Qual é o maldito protocolo para ser uma mãe?

Quando estacionamos, Caleb salta do carro antes que eu possa sequer abrir minha porta. O bebê-conforto é desatado e Caleb está a meio caminho das portas do pronto-socorro antes que eu possa ajeitar o cabelo. Eu o sigo. Ele está no posto da enfermeira quando as portas automáticas se abrem silvando para mim.

Ela estende uma prancheta de papéis e diz a ele para preenchê-los. Eu me precipito antes que Caleb possa fazê-lo e a retiro do balcão. Ele não está em condições de preencher nenhuma papelada. Carrego-a para uma cadeira e começo a trabalhar.

Posso ver a preocupação em seu rosto quando ele fala com uma enfermeira. Faço uma pausa para observá-lo. É uma raridade tão grande vê-lo assim — vulnerável, amuado, os cantos da boca virados para baixo quando ele concorda com a cabeça com alguma coisa que ela diz e olha para o bebê. Caleb volta a dar uma olhada para mim e desaparece atrás das portas do pronto-socorro com a enfermeira, não se importando de me perguntar se quero ir. Não tenho certeza do que fazer, de modo que pergunto à enfermeira na recepção, quando estendo os formulários, se posso encontrar-me com eles. Ela me olha como se eu fosse uma idiota.

— Você não é a mãe?

A mãe. Não a mãe dela ou a mãe do bebê — apenas a mãe.

Olho para seu cabelo frisado e suas sobrancelhas, que estão em aguda carência de um corte.

— Sim, eu sou o útero que transportou a criança — digo, ríspida. Entro pelas portas do pronto-socorro sem esperar pela resposta.

Tenho que espiar dentro de várias divisórias cortinadas antes que possa encontrá-los. Caleb não reconhece minha presença. Ele está observando uma enfermeira pôr Estella na terapia intravenosa enquanto explica os riscos de desidratação.

— Onde eles vão colocar a agulha? — eu pergunto, porque, obviamente, as mãos dela são pequenas demais.

A enfermeira me lança um olhar de simpatia antes de nos dizer que a agulha da intravenosa será inserida numa veia na cabeça de Estella. Caleb empalidece. Ele não conseguirá ver isso, eu o conheço. Aprumo minhas costas, imponente. Ao menos posso ser de alguma utilidade. Posso ficar com ela enquanto eles fazem o procedimento e Caleb irá esperar lá fora. Não sou enjoada nem propensa a lágrimas; mas, quando sugiro isso, ele me olha com frieza e diz:

— Só porque isso me deixa desconfortável não significa que eu vá deixá-la sozinha.

Fecho meus lábios separados. Não posso acreditar que ele tenha dito isso. Eu não a deixei totalmente sozinha. Ela esteve sob o cuidado de profissionais.

Eu me afundo em minha dura e miserável cadeira enquanto Estella geme no pronto-socorro. Ela parece digna de pena e tão pequenina sob as máquinas que bipam e os fios que saem serpenteando de sua cabecinha.

Caleb parece à beira das lágrimas, mas a mantém em seus braços, com cuidado para não atrapalhar os fios. Mais uma vez, me impressiono com o quanto ele está à vontade. Eu pensei que seria assim para mim — que o minuto em que pusesse os olhos em meu bebê, eu saberia o que fazer e sentiria uma ligação instantânea. Mordo o lábio e me pergunto se devo me oferecer para segurá-la.

É um tanto culpa minha que ela esteja aqui. Antes que eu possa me levantar, o médico, de meia-idade e já perdendo cabelo, puxa de lado a cortina que nos separa do agitado pronto-socorro mais além. Antes de nos saudar, ele consulta a prancheta que segura.

— O que temos aqui? — Ele toca Estella ligeiramente na cabeça.

Caleb explica os sintomas dela e o doutor ouve enquanto a examina. Caleb menciona que Estella foi levada a uma creche e eu lanço um olhar furioso para ele.

— O sistema imunológico da criança precisa de um tempo para se desenvolver — o médico diz, removendo o estetoscópio de seu peito. — Em minha opinião, ela é nova demais para uma creche. Geralmente, as mulheres tiram uma curta licença-maternidade antes de colocar seus filhos numa creche de período integral.

Caleb me fuzila com o olhar. Fervendo. Ele está absolutamente fervendo.

Volto meu foco para uma caixa de luvas de látex. Ele vai gritar comigo. Odeio quando ele grita comigo. Posso garantir que minha pele já irrompeu em manchas desordenadas; um sinal revelador de que estou me borrando de medo.

— Vou interná-la para que possamos monitorá-la por vinte e quatro horas. Senão ela pode se desidratar. Alguém deve ficar para levá-la à pediatria em cinco minutos.

Assim que o médico deixa o aposento, Caleb se vira para mim.

— Vá para casa.

Eu o encaro, boquiaberta.

— Não adote esse tom de mandão comigo — eu silvo. — Enquanto você fica de lá para cá por todo o país, eu estou presa em casa...

— Você carregou esta menininha, Leah, em seu corpo. — Ele faz um movimento com as mãos que faz parecer que segura uma bola invisível. Depois, tão de repente quanto antes, deixa os braços caírem de lado. — Como pode ser tão insensível?

— Eu... não sei. — Faço uma careta. Nunca pensei nisso dessa maneira. — Achei que era um garoto. Eu teria me sentido diferente se...

— Você recebeu uma coisa diferente... uma vida. Isso é tão mais importante que fazer compras e beber com suas amigas, caralho!

Levo um susto com essa bomba começada com "c". Caleb não costuma usar termos tão chulos.

— Sou mais do que isso, Caleb. Você sabe que sou.

Suas palavras seguintes trespassam minha alma, deixando-me na mais profunda mágoa que já experimentei.

— Acho que me enganei acreditando que você fosse.

Levanto-me, mas meus joelhos falham. Tenho que me encostar na parede para obter equilíbrio. Ele nunca falou comigo desse jeito.

Levo alguns segundos para que me force a dizer as palavras que estão presas em minha garganta:

— Você disse que nunca me magoaria.

Seus olhos são gélidos.

— Isso foi antes de você ter ferrado com minha filha.

Saio antes de explodir.

Quarenta e oito horas depois, Caleb retorna do hospital com o bebê. Eu o vi duas vezes quando estive lá — em ambas foi para dar de mamar. Estou sentada à mesa da cozinha, lendo uma revista e comendo feijões verdes tirados diretamente do freezer quando ele entra carregando o bebê-conforto. Ele está com a barba crescida e seus olhos estão escuros e cansados. Caleb a leva para seu quartinho lá em cima sem dizer uma palavra para mim. Eu o espero retornar e me dar um parecer do que o médico disse. Quando ele não volta, eu subo furtivamente para ver onde está. Ouço o chuveiro ligado, de modo que resolvo esperar na cama.

Logo ele sai do banheiro com uma toalha enrolada em torno da cintura. Meu primeiro pensamento é de quão lindo ele é. Quero transar com ele, apesar do que me disse. Caleb mantém a barba por fazer. Gosto disso. Eu o observo deixando cair a toalha e puxando a cueca. A melhor coisa em Caleb não é seu corpo perfeito, seus esboços de sorriso ou sua voz ainda mais sexy... São seus maneirismos. A provocação, o modo como ele passa o polegar por sobre o lábio inferior quando está pensando, o jeito como me faz olhar para ele quando tenho um orgasmo. Caleb consegue despir você com um olhar, fazer você sentir como se estivesse nua diante dele. Sei, por experiência, que é um prazer ficar nua diante de Caleb. Penso nos ângulos pelos quais eu poderia abordá-lo — uma desculpa e sexo compensador... uma bofetada no rosto e sexo furioso... Sou extremamente eficaz em seduzi-lo. É provável que ele não vá acreditar em nenhuma desculpa que eu tente oferecer. Assim, experimento uma coisa nova.

— Prometo que me dedicarei mais...

Ele continua a se vestir sem me olhar... jeans, camiseta. Não sei o que fazer e, pela primeira vez, me ocorre que posso ter levado as coisas um pouco longe demais. Escondo de Caleb tão bem meu verdadeiro eu! Tento viver à altura das expectativas dele. Desta vez, ele me pegou com a calça nas mãos.

— Acho que tenho depressão pós-parto — falo, de repente.

Ele me olha. Solto um suspiro de alívio. O melhor modo de manipular Caleb é mentir sobre condições de saúde. Ele teve estresse e amnésia causada por choque. Se houver alguém que possa ser relacionado a uma incontrolável condição de saúde, esse alguém é ele.

— Eu... irei consultar um médico sobre isso. Estou certa de que ele pode prescrever alguma coisa... — Deixo minha voz ir sumindo.

Posso ver seu perfil no espelho. Seu pomo de adão fica saliente quando Caleb engole e ele pousa a testa sobre o polegar.

— Eu tenho que entrevistar a babá — ele diz. — Falaremos sobre isso depois.

Caleb sai do quarto a passos decididos, sem sequer dar uma olhadinha para trás.

Recuso-me a ficar de fora quando Caleb entrevista a potencial babá de Estella. Visto-me com um terninho Chanel vermelho e fico na sala de visitas para esperar. A pessoa para quem Caleb ligou na outra noite, seja ela quem for, está vindo com a candidata a babá e eu quero ver com quem ele falava com tanta familiaridade. Será que essa pessoa fazia parte da vida dele quando Caleb teve amnésia? Há tanta coisa que eu ainda não sei sobre essa época da vida dele, e não paro de pensar no que ele teria feito sem minha supervisão.

A campainha da porta toca. Eu me levanto, aliso a saia. Caleb me olha com desconfiança ao atravessar o vestíbulo. Eu o ouço fazer saudações calorosas, e, segundos depois, ele aparece. Vejo, primeiro, o homem. É mais baixo que Caleb e atarracado. Tem uma semelhança impressionante com o ator Dermot Mulroney — isto é, se Dermot tivesse um cavanhaque, cabelo desgrenhado e se vestisse como um desmazelado. Examino seu jeans e sua camisa abotoada enfiada por dentro do cinto. Ele tem uma daquelas repulsivas tatuagens que vão até o punho. Eu o detesto na hora. Ele é o mais improvável dono de uma agência de babá. Devia ao menos passar suas roupas a ferro.

A garota que está atrás dele obtém meu selo de aprovação. Ela é uma pequena loira com um rosto oval bonitinho. Parece inocente o suficiente, exceto pela sombra pesada nos olhos. Diferente de seu patrão desleixado, ela usa terninho com pantalonas da Dolce em verde-sálvia e um par de sapatos igual aos Louboutins de pele de cobra que eu tenho em meu armário. Como pode uma babá se dar ao luxo de comprar roupas tão caras? E então imagino que ela deva ter um único terninho bom que guarda para entrevistas, para impressionar contratantes em potencial. Não vou deixá-la usar uma maquiagem como essa quando ela estiver com Estella. Não quero que meus vizinhos fiquem pensando que contratei minha babá de um serviço de acompanhantes. E, além do mais, em minha casa, eu tenho que ser a mulher mais bela. Faço uma anotação mental para dizer a ela que seu uniforme precisa ser de calça cáqui e uma camiseta polo branca e depois lhe sorrio polidamente.

— Leah — Caleb diz numa voz contida —, esta é Cammie Chase.

A babá esboça um daqueles sorrisos presunçosos, franzidos, em que um canto da boca fica afundado. Eu a detesto imediatamente, também.

— E este é Sam Foster.

Sam estende sua mão para mim.

— Como vai? — ele diz lentamente, mantendo um desconfortável contato pelo olhar comigo.

Suas mãos, percebo, são duras e calejadas; uma coisa que não estou acostumada a sentir. Os homens que frequentam meu círculo social têm o toque macio típico dos empresários, cujo único trabalho é digitar rapidamente nos teclados. Sua mão se demora na minha e eu tenho que retirá-la primeiro.

Ofereço a eles alguma coisa para beber. Sam recusa, mas Cammie sorri para mim, audaciosa, e pede uma água Perrier. Eu olho primeiro para o seu patrão e depois para ela e penso se ele irá reprová-la por um pedido tão grosseiro, mas Sam está conversando com Caleb e não nota. Decido me fazer de simpática. Não vou lhe dar o emprego, afinal, então, por que não mandá-la embora com uns golinhos de água Perrier?

Peço licença para ir à cozinha e volto com uma bandeja portando a garrafa verde de água cristalina, um copo e duas cervejas geladas — uma para Caleb e outra para Sam —, mesmo ele tendo recusado uma bebida. Eles olham para mim quando ponho a bandeja na mesa.

Assim que ocupo um assento, Cammie olha para mim, ansiosa, e diz:

— Você por acaso tem uma casca de limão?

Controlo-me ao máximo para não deixar meu queixo cair. Com certeza, desta vez, Sam vai dizer algo. Mas ele sorri para mim e ignora o pedido insólito da pequena bruxa.

— Temos um pouco na gaveta da geladeira — Caleb pressiona.

Eu olho para ele com ferocidade por encorajar esse tipo de conduta da ajudante potencial e me levanto para ir buscá-la.

Quando retorno com minha casca de limão elegantemente cortada, Cammie a pega de mim sem sequer dizer obrigada.

Eu me sento bufando, nem me dando ao trabalho de sorrir.

— Então — eu digo, dando as costas para Cammie e dirigindo minha atenção a Sam —, como conheceu meu marido?

Sam parece confuso. Suas sobrancelhas se franzem e seu olhar dispara entre Caleb e mim.

— Eu não conheço — ele diz. — Esta é a primeira vez que estamos nos encontrando.

Eu balanço a cabeça, confusa.

Caleb, que se reclinou informalmente na namoradeira como se estivesse recebendo a visita de velhos amigos, sorri malicioso para mim. Conheço esse sorriso. Ele está se divertindo às minhas custas.

Olho para os rostos de todos e lentamente o quadro se forma. A audácia de Cammie, a roupa cara...

Tento não deixar meu espanto transparecer quando tudo de repente faz sentido. Nós não vamos entrevistar Cammie para a posição de babá de Estella — vamos entrevistar Sam!

Noto pelos seus rostos que eles sabem que cometi um engano. É embaraçoso. A pequena piranha loira, que vejo sob uma nova perspectiva, agora que sei que ela possui sua própria empresa, sorri, mostrando seus dentes pela primeira vez. Ela está, obviamente, encantada com minha mancada. Sam parece um tanto mais envergonhado. Ele desvia o olhar de mim, educado, e eu clareio a garganta.

— Bem, suponho que entendi tudo errado — digo, generosa, embora esteja fumegando por dentro.

Há uma risada coletiva — a mais alta delas vinda de Cammie —, e depois Caleb se vira para Sam.

— Fale-me sobre sua experiência — ele solicita.

Sam responde ao desafio, listando suas experiências como cuidador de crianças. Ele tem um mestrado em psicologia infantil da Universidade de Seattle. Praticou clinicamente por dois anos antes de concluir que não gostava da atividade de consultor — quão fria e impessoal ela parecia! Decidiu se mudar para um lugar ensolarado — o sul da Flórida — e obter uma nova formação em música, que pretendia usar quando abrisse um centro de reabilitação para crianças vítimas de abuso.

— A música cura as pessoas — ele diz. — Eu vi o que ela pode fazer por uma criança vitimada e quero muito incorporá-la ao centro, mas preciso obter um diploma nisso primeiro.

— Então — eu disse mais ceticamente do que pretendia — você demorou sete anos para obter um mestrado e agora quer ser babá?

Caleb limpa a garganta e tira os braços de trás do sofá, onde eles estavam repousando.

— O que Leah quer dizer é: por que você não pratica em meio período enquanto termina o estudo? Por que ser babá se as vantagens financeiras não são tão grandes?

Empino o nariz e espero pela resposta.

Sam ri, nervoso, e esfrega o rosto.

— Na verdade, ser um consultor não enche exatamente os bolsos de ninguém, se é que me entende. Eu fiz isso por razões alheias ao dinheiro.

E não sou barato como cuidador de crianças — ele afirma com franqueza. — Note que estou na sala de estar de uma família que se encontra em um degrau social mais alto dos Estados Unidos.

Torço o nariz à menção de nosso dinheiro. Ensinaram-me que não é de bom-tom lembrar essas coisas verbalmente.

— Tenho uma filha — ele acrescenta. — Sua mãe e eu nos separamos há dois anos, mas você pode dizer que sou bem versado em tomar conta de bebês.

— Onde está sua filha? — pergunto.

Caleb me lança um olhar de advertência, mas eu o ignoro. Não quero nenhuma criança bagunceira vagando por minha casa nos dias em que Sam trabalhar. E, além do mais, ela pode transmitir uma doença ao bebê. Algo que não posso salientar muito, em razão de minha última imprudência.

— Em Porto Rico, com a mãe — ele informa.

Imagino uma mulher latina lindamente exótica que dividia a casa com ele, mas não seu sobrenome. A filha dos dois teria, provavelmente, o cabelo da mãe e os olhos claros do pai.

— A mãe dela se mudou para lá depois que nos separamos. Essa é parte da razão pela qual escolhi vir para a Flórida: para que nos fins de semana eu possa voar para vê-las.

Fico pensando em que tipo de mãe levaria a filha para tantas centenas de quilômetros longe do pai, ainda mais quando poderia usá-lo como babá nos fins de semana.

— Sam — Cammie fala, por fim — é meu primo. Prometi a ele meu melhor emprego e quando Caleb ligou achei que ele se ajustaria perfeitamente.

— E como você conhece Caleb? — pergunto, encontrando finalmente a oportunidade de formular a dúvida em minha cabeça.

Pela primeira vez, Cammie parece insegura de como responder. Ela olha para Caleb, que sorri para mim com indulgência.

— Nós estudamos juntos — ele diz apenas. — E, francamente, Sam, se Cammie o recomenda, sendo da família ou não, acredito que você seja o melhor. — Ele pisca para Cammie, que ergue as sobrancelhas e sorri.

Um alarme dispara em meu íntimo. Caleb era um jogador de basquete bem-sucedido na faculdade. Ele dormiu com praticamente toda a torcida feminina e depois conheceu aquela piranha destruidora de lares chamada Olivia. Estreito os olhos sobre Cammie. Ela teria conhecido Olivia? Elas teriam disputado meu marido? Minhas perguntas ficam sem resposta quando o dinheiro se torna o tópico da conversa.

Entreouço Caleb oferecer a Sam um salário generoso, que ele aceita, e antes que eu possa protestar que preferiria uma babá feminina tradicional — de preferência uma com uma bunda enorme e uma verruga gigante no rosto —, Caleb se levanta e aperta a mão de Sam.

Está resolvido. Sam tomará conta de Estella cinco dias por semana, com noites de folga para comparecer às aulas. Ele começará amanhã, já que Caleb parte dentro de dois dias para outra viagem de negócios e quer ter certeza de que Sam estará em atividade antes que ele parta. O que é um código para: minha mulher não sabe o que está fazendo e eu tenho que lhe ensinar como coagi-la a tirar o leite com a bomba de amamentação.

Suspiro, derrotada, e permaneço sentada enquanto Caleb os encaminha até a porta.

Bem, eu consegui o que queria — até certo ponto.

CAPÍTULO 8

PASSADO

EU NÃO ERA UMA GAROTA DE COMPROMISSOS. ATÉ QUE Caleb me rejeitou — aí me tornei uma. Tivemos a conversa, aquela em que lhe perguntei para onde estávamos indo, e ele me olhou como se eu fosse uma alienígena.

— Você sabia, quando se envolveu comigo, que eu não estava procurando compromisso — ele disse.

Rapidamente respondi que eu tampouco procurava algo. Porém, as coisas mudam quando entre as pessoas acontece um *clique*.

Mas Caleb permaneceu firme. Ele não estava preparado. Ele não me queria. Ele queria aquela mulher. Não dissera isso exatamente, mas eu sabia dessa verdade no meu íntimo. Sabia disso pelo modo como ele sempre desviava o olhar quando eu a mencionava. Caleb nem sequer pronunciava o nome dela. Quem quer que fosse, ela o arruinara e arruinara tudo para mim.

Senti-me como um pequeno pedaço de casca de batata regurgitada. Ele só queria transar comigo. Fiquei encolhida no meu sofá, depois de deixar sua casa num ataque de raiva. Queria fazer alguma coisa destrutiva. Telefonei para todos os amigos de meu círculo de pilantras e oportunistas e marquei um encontro com eles para beber.

Entrei no bar e tive três interessados no espaço de uma hora. Em geral, eu não dava a mínima para os zés-ninguém que se aproximavam de mim, mas surgiu um médico com um sotaque que achei atraente. Enfiei seu número na minha bolsa e tomei mais um drinque.

Na hora em que deixei o bar, estava suficientemente encharcada. Nada de novo para mim. Subi no meu carro, depois de dar boa-noite para minhas amigas, e não havia dirigido cinco quarteirões quando bati num SUV estacionado. Saí em velocidade antes que alguém pudesse me notar, mas fiquei seriamente abalada.

Liguei para a minha mãe.

Sua voz soou impaciente quando ela respondeu.

— Mãe, me envolvi num acidente. Pode vir me pegar?

— Estou na cama.

— Sei. Sinto muito. Estou bêbada. Preciso de você, mãe.

Ela suspirou pesadamente. Eu ouvi a voz do meu pai ao fundo e a explicação ríspida de minha mãe:

— É Leah. Ela se meteu em alguma espécie de encrenca. Quer que eu vá buscá-la.

Eles trocaram palavras que não pude ouvir e depois ela voltou à linha:

— Alguém viu você?

— Não.

— Ótimo.

Ela e meu pai se falaram um pouco mais. Meu pai parecia furioso.

Esperei, paciente, massageando as têmporas. Eu batera a cabeça no volante com o impacto e sentia o começo de uma bela enxaqueca.

A voz de minha mãe retornou à linha:

— Papai está mandando Cliff. Ele trará você para casa.

Cliff era o motorista de meu pai. Ele morava num pequeno apartamento na propriedade de doze acres dos meus pais. Eu agradeci a minha mãe, tentando ocultar a vergonha em minha voz, e lhe dei explicações de onde estava.

O que eu esperava? Que minha mãe saltasse no seu pequeno e vermelho Mercedes e viesse me resgatar? Um abraço apertado? Enxuguei as lágrimas e afastei os sentimentos de mágoa.

— Não seja uma garotinha boba — falei para mim mesma.

Cliff chegou dez minutos depois. Ele estacionou a picape num terreno vazio e pulou para o banco do motorista do meu carro. Olhei para ele com gratidão.

— Obrigada, Cliff.

Ele fez um sinal de assentimento e pôs o carro em ação. A coisa boa quanto a Cliff era que ele não era um conversador. Quando atravessamos os portões da mansão, todas as luzes estavam apagadas. Passei correndo pela porta da frente — que fora deixada aberta para mim — e subi para o quarto de hóspedes. Nenhuma mãe, nenhum pai à espera.

Eu me limpei no banheiro, pus um *band-aid* no corte em minha testa e engoli três comprimidos para dor de cabeça. Rastejando até a cama, apaguei, pensando em Caleb.

Despertei ao som de meu nome. Era a voz de minha mãe, impaciente. Eu me sentei rápido e me encolhi com a dor que ziguezagueava em meu crânio. Ela estava em pé junto à minha cama, totalmente vestida, o cabelo ajeitado num coque perfeito. Seus lábios eram de um vermelho rubi e estavam repuxados. Estava furiosa comigo. Eu me encolhi de novo e puxei o lençol até as canelas.

— Oi, mamãe.

— Levante-se.

— Tá...

— Seu pai está muito bravo, Johanna. É o terceiro acidente com seu carro este ano.

Mexi-me desconfortavelmente. Ela estava certa.

— Ele vai tomar o café da manhã. Quer que você desça para que possam conversar.

Assenti. Claro que ele ia mandar minha mãe. Sempre sua emissária; meu pai nunca falava comigo a menos que mandasse minha mãe para me convocar para a reunião. Mesmo quando eu era uma garotinha, me lembro de ser chamada desse jeito quando fazia alguma coisa errada.

Vesti-me apressada com as roupas da noite anterior e segui minha mãe pela escada até a sala de jantar. Encontrei meu pai sentado em seu lugar habitual, à cabeceira da mesa, com os papéis espalhados diante de si. Do lado, uma xícara de café, um queijo de cabra e uma omelete de espinafre. Ele não ergueu os olhos quando entrei.

— Sente-se — ordenou.

Corri para uma cadeira e a empregada me trouxe um café e uma pílula pequena e branca.

— Johanna... — Meu pai juntou seus papéis com um estalo e me examinou com seu olhar duro, implacável. — Resolvi que é melhor para você vir trabalhar para mim.

Levei um susto. Eu já tinha um emprego. Trabalhava como caixa num banco local. Meu pai não empregava familiares; ele chamava isso de conflito de interesses. No ano anterior, meu primo pedira para ser aceito como contador e meu pai recusara.

— Por... por quê?

Ele franziu a testa. "Por quê?" não era uma expressão que meu pai gostasse de ouvir.

— Quero dizer... o senhor não acredita em misturar família e trabalho — improvisei. As palmas de minhas mãos suavam. Deus, por que eu bebera tanto na véspera?!

Meu pai era bonito. Tinha pele cor de oliva e olhos cinza-claros. Passara dez horas por semana malhando na academia por anos e tinha o físico para prová-lo. Com meu cabelo ruivo flamejante e pele pálida, não me parecia em nada com ele.

Seus olhos prenderam os meus e, naquele momento, eu soube o que ele estava dizendo.

Uma dor surda abriu caminho em meu peito como se estivesse procurando alguma coisa. Ela encontrou meu coração, rasgou-o e pulou lá dentro. Eu engoli minhas emoções caídas no chão e encarei meu pai. Se ele queria que eu deixasse meu emprego e trabalhasse para ele, eu o faria.

— Sim, papai.

— Você começa na segunda-feira. Pode usar o Lincoln enquanto seu carro estiver na oficina. Deixe suas chaves com Cliff. — E voltou a folhear seus papéis.

Percebi que fora dispensada. Levantei-me, querendo dizer mais alguma coisa, querendo que ele dissesse mais alguma coisa.

— Tchau, papai.

Ele nem notou que eu havia falado.

Minha mãe, que me esperava no corredor, me estendeu as chaves do Lincoln. Era uma operação muito bem planejada.

Fui com o carro direto para o banco e informei que não iria voltar para o trabalho. Em seguida, fui para minha própria residência com a plena intenção de tomar uma garrafa de vinho e dormir. Quando cheguei em casa, encontrei Caleb sentado na soleira da porta. Fiquei paralisada. Ele usava suas roupas de trabalho: calça cinzenta, camisas, mangas arregaçadas até os cotovelos. Estava sentado com as pernas abertas, os cotovelos pousados nos joelhos e olhava para o chão, parecendo em profunda reflexão. Quando ouviu meus saltos no concreto, ergueu os olhos... e sorriu. Era seu sorriso perverso, que abrangia tudo e fazia você perguntar se ele não a estaria imaginando nua. Deus, eu era louca por esse homem!

Passei por ele e abri a porta. Ele se levantou e me seguiu até lá dentro.

Depois de tudo, pedimos comida tailandesa e sentamos na cama para comer. Eu ainda estava um pouco machucada pela conversa com meu pai — sem mencionar que havia dormido com Caleb de novo, depois de ele me dizer que não me queria.

— Por que veio, Caleb? Você não pode vir dar uma trepada e depois me dizer que não sou boa o suficiente para ser sua namorada.

Ele pôs sua tigela de lado, na mesa de cabeceira, e virou-se para me encarar.

— Não foi isso o que eu disse.

— Nem precisava dizer, babaca! As ações falam mais alto que as palavras.

Ele concordou. Meus hashis pararam no meio do caminho para a minha boca. Eu esperara que Caleb ao menos quisesse brigar... negar o que eu dissera.

— Você está certa. Peço desculpas. — Caleb pegou minha tigela de curry e meus hashis e colocou-os ao lado dos dele.

Enxuguei a boca com as costas da mão quando ele estava distraído. Alguma coisa grande estava acontecendo. Eu podia sentir.

Caleb me puxou para seu colo, para que eu ficasse de frente para ele.

— Só vou falar sobre isso uma vez. Não faça perguntas, certo?

Fiz que sim.

— Fiquei três anos com ela. Eu a amava... eu a amo — ele corrigiu.

E o ciúme me percorreu. Foi tudo o que fez — me percorreu sem ter para onde ir. Senti que ia estourar devido à pressão interna. Mordi o lado de dentro de minhas bochechas.

— Nunca se deixa de amar completamente alguém depois de se chegar àquela profundidade. — Seus olhos meio que ficaram vítreos a essa altura. — De qualquer modo, nós éramos muito jovens... e estúpidos. Eu não podia controlá-la do jeito que queria; ela era forte demais para mim. Tomei uma decisão realmente terrível uma noite e ela me pegou de surpresa.

— Você a traiu? — Até aquele ponto, eu me mantivera calada, temendo que qualquer palavra de minha parte quebrasse o raro momento de eloquência dele.

Os músculos em seu queixo se apertaram e suas narinas inflaram.

— Sim. Não. — Ele esfregou a testa. — Eu estava...

Caleb baixou a mão para a minha cintura. Parecia tão torturado que afaguei seu rosto. Eu sabia um pouco sobre o pai de Caleb. Atualmente, ele estava casado com uma mulher mais jovem do que eu. Era seu quarto casamento. Do que eu fora informada por Caleb, ele desaprovava completamente o comportamento do pai, de modo que a traição me parecia uma surpresa.

— Não sou um traidor, Leah. Mas, Deus, aquela mulher não confia em ninguém...

Exalei um suspiro profundo e o deixei vazar entre meus lábios. Caleb me observou cuidadosamente, tentando avaliar minha reação.

— Mas você fez algo para ela?

— Não, tecnicamente. Não.

Eu não entendia o que ele estava dizendo. Será que pensava que traíra só porque tivera o desejo de trair? Caleb quis trair?

— Leah... — Ele jogou meu cabelo sobre meus ombros, seus dedos roçando minha pele.

Estremeci. Estávamos tendo uma conversa séria e tudo em que eu conseguia pensar era...

Balancei a cabeça em frustração.

— Ou você aprontou com ela ou não.

Ele respirou fundo.

— Eu nunca a traí. Nem no sentido tradicional da palavra.

— Deus, nem sei o que isso significa...

Ele inclinou a cabeça para trás e riu.

— Obviamente, nossas bússolas morais não apontam para a mesma direção.

Fiquei corada. Uma coisa rara de acontecer comigo.

— Leah, eu gosto de você. Mais do que deveria, a esta altura. Mas ainda estou confuso. Não posso ficar num relacionamento apenas pela metade. Eu ainda amo aquela mulher.

Meus olhos se encheram de lágrimas. Ele estava me dizendo que não podia nem tentar me amar porque amava outra.

— Merda! — Tirei as pernas de cima dele e sentei-me do outro lado da cama. O lençol estava puxado até a cintura dele. Olhei-o de canto de olho. Seu rosto estava desprovido de emoção. — O que você está me dizendo, então? Posso lembrá-lo de que foi você quem apareceu a minha porta e não o contrário?

Caleb deu risada e, colocando-me de costas, se inclinou sobre mim.

— Sinto-me muito atraído por você. — Ele beijou meu nariz. — Eu me preocupo com você. Quando você foi embora na noite passada, estava magoada.

— Sim, lógico.

— E agora?

Sorri para ele.

— Agora, estou magoada de um modo diferente.

Ele achou graça. Tinha uma ótima risada. Ela começava como um ronco em seu peito e depois se desprendia numa onda uniforme, rouca. Toda vez que eu o fazia rir, sentia-me vitoriosa.

De repente, fiquei séria.

— Posso fazer você esquecê-la.

Seus lábios continuavam repuxados num meio sorriso. Seus olhos ficavam congestionados quando ele olhava para minha boca.

— É mesmo?

Balancei a cabeça:

— É sim.

— Certo, Vermelha — ele disse, enroscando uma ponta de meu cabelo suavemente em seu dedo.

Dei uma risadinha — também algo raro para mim. *Vermelha*. Gostei disso.

Caleb me beijou com ternura e deslizou para cima de mim.

Fizemos amor. Era a primeira vez em minha vida que alguém fazia amor comigo. Sempre fora apenas sexo.

Eu me apaixonei seriamente naquele dia.

CAPÍTULO 9

Presente

ESTOU EM MEU AGASALHO JUICY, COM UMA CAMISETA regata, fazendo uma vitamina na cozinha, quando Sam chega para o trabalho, no dia seguinte. Eu devia estar tomando conta de Estella — que cochila em seu berço móvel — enquanto Caleb toma um banho, mas quando deixo Sam entrar pela porta da frente, já não lembro onde a deixara.

— Como vai? — Sam me saúda, calorosamente, carregando uma mochila nos ombros.

Pergunto-me se ele planeja passar a noite lá em casa. Fico arrepiada com a simples ideia.

— Então, onde está meu pacote? — ele diz, esfregando as mãos e sorrindo.

Por um minuto, acho que ele se refere a um cartão de crédito — porque isso é algo que digo sempre que passeio sem compromisso pelo shopping e vasculho minha bolsa procurando meu American Express —, mas, logo depois, noto que Sam está falando da menina. Faço um esforço máximo para não revirar os olhos.

A fome insaciável do bebê me salva quando ele começa a chiar em algum ponto atrás de mim. É neste momento que lembro de ter conduzido o berço até a sala de jantar. Dou uma olhada na direção em que o deixei com irritação.

— Vou pegá-la. — Sam assume o controle e sai.

Dou de ombros com indiferença e vou em direção ao meu laptop. Ele volta, embalando-a nos braços, no mesmo momento em que Caleb desce pela escada principal — o cabelo ainda úmido devido ao banho. Sinto uma onda de luxúria só de olhar para ele. Caleb me ignora e avança para dar um tapinha nas costas de Sam, como se fossem velhos amigos. Ele não tem falado comigo desde o trajeto de ida até o hospital naquela noite, a não ser para fazer alguma pergunta sobre o bebê ou para buzinar alguma instrução. Eu me afasto e me enfado enquanto eles discutem coisas que não me interessam. Planejo uma ida ao spa para resolver quantos tratamentos poderei ajustar a oito horas, quando Caleb chama meu nome.

Desesperada por ser o centro de suas atenções, esqueço meu computador e ergo os olhos esperançosos para ele.

— Não virei para casa até bem tarde — ele diz. — Tenho um jantar de negócios.

Faço que sim. Eu me lembro de quando costumava acompanhá-lo a esses jantares de negócios. Abro a boca para dizer que gostaria de ir, mas Caleb já beijou o bebê e está a meio caminho da porta. Um planeta vazio.

Volto a atenção para *o* babá.

— Então, você é parente de sua chefe — eu digo, sem jeito, mordendo uma maçã.

Sam ergue uma sobrancelha para mim, mas não responde. Minha mente vai até aquele lugar onde imagino que Caleb transou com Cammie.

— Você... hum... você a vê com frequência?

Ele dá de ombros.

— Cammie tem um monte de amigos. Martínis com garotas realmente não são meu forte.

— Mas você não quer sair com ninguém? — pergunto, mudando de assunto.

Ele tem uma ótima aparência, se você gosta de um cara que faz o tipo músico grunge. Acooordeee, o grunge morreu com Kurt Cobain.

— É o que você faz quando está sozinha? — Ele olha diretamente para mim ao perguntar. É uma simples pergunta, mas a expressão em seu olhar me faz sentir como se estivesse sendo interrogada.

— Eu não sou solteira — respondo com rispidez.

— Esta é a prova. — Ele ergue o bebê.

Eu desvio os olhos.

— Você conheceu algum dos amigos dela? — Estou esperando por alguma espécie de referência a Olivia. Seria bom saber se Cammie está metida nisso de algum modo.

Sam se faz de desentendido. Não posso adivinhar se ele sabe ou não alguma coisa.

— É, um casal aqui, outro ali — ele diz, limpando a boca de Estella com um paninho de arroto. — Tem certeza de que não quer fazer isto? — Faz um sinal em direção ao bebê. — Não quero privá-la de suas horas com ela.

Quando Sam baixa os olhos sobre a menina, torço o nariz.

— Sem essa, eu estou bem — digo, satisfeita.

— Você não está se ligando a ela, não é? — ele diz, sem olhar para mim.

Fico feliz por Sam não poder ver meu rosto. Ele está coberto de espanto. Forço minhas feições a assumir neutralidade.

— Por que você acha isso? — Estreito os olhos. — Você me conheceu há quanto tempo? Cinco minutos?

— Não há nada com o que se envergonhar. A maioria das mulheres experimenta alguma forma de depressão após o parto.

— Certo, doutor Phil. Eu não estou deprimida! — Viro-me de costas e, depois, volto a me virar em direção a ele. — Como ousa me julgar? Pensa que está qualificado para me "diagnosticar", psicoboy? Por que não dá uma boa olhada em suas habilidades como pai? Você tem um filho em Porto Rico, meu chapa... sem você.

Sam não parece se abalar com minhas palavras. Em vez de se retrair como eu queria que fizesse, ele me olha, pensativo.

— Caleb é um cara muito legal.

Eu o encaro. O que isso importa? Era algum tipo de truque psicológico? Alguma espécie de armadilha que confirmará a ele que eu sofro mesmo de depressão pós-parto? Umedeço os lábios e tento enxergar por seu ângulo.

— Sim. E daí?

Sam demora para responder, colocando a mamadeira no balcão e posicionando Estella em seu ombro para outra sessão de arrotos.

— Por que ele se casaria com uma garota como você?

A princípio, penso que o ouvi mal. Certamente, ele não... não poderia ter dito o que acho que ele disse. Ele é o ajudante — um babá, um subordinado. Mas, quando Sam me olha ansiosamente, à espera de uma resposta, meu olho começa a retorcer — uma reação embaraçosa. Eu me sinto sobrecarregada por minha raiva. Como se eu pudesse tirá-la dos meus ombros e jogá-la sobre ele.

Tão grosseiro! Tão inconveniente!

Penso em demiti-lo, mas, então, vejo o leite brotar da boca de Estella e escorrer pelas costas da camiseta dele. Tapo o nariz. Melhor ele do que eu. Giro nos calcanhares e subo pela escada, como se a própria maternidade estivesse me perseguindo.

Quando fecho a porta do meu quarto, a primeira coisa em que penso é sexo. Tenho a ânsia de tirar a roupa de alguém — esse alguém sendo Caleb, é claro. Quando eu tinha dezessete anos, meu terapeuta me disse que eu usava sexo para me validar. Na hora, fiz sexo com ele.

A segunda coisa que me entra pela cabeça é a caixa de Virginia Slims que guardo escondida em minha gaveta de lingeries. Vou lá agora e passo a mão sobre o revestimento de madeira da tampa. Ainda está lá, quase cheia. Retiro um isqueiro do arranjo de flores de seda e me dirijo para o terraço adjacente ao meu quarto. Não fumei um só cigarro desde meu sexto mês de gravidez, quando fumei um, furtivamente, depois de uma noite particularmente estressante na casa dos meus sogros. Acendo-o enquanto repasso o comentário em minha mente. Terei de falar com Caleb. Evidentemente, Sam não pode continuar trabalhando para nós depois de dizer coisas tão terríveis e degradantes para mim.

Fico me perguntando o que ele quis dizer com "uma garota como você". As pessoas usaram essa frase para me definir muitas vezes na vida, mas, em geral, para fazer um cumprimento ou para vangloriar as perspectivas de meu brilhante futuro. Uma garota como você pode ir longe no mundo da moda. Uma garota como você pode ser tudo o que quiser. Uma garota como você pode ter qualquer homem que desejar.

Sam dissera isso de modo diferente. Não houve cumprimento, houve apenas... por que ele se casaria com uma garota como você?

Trago meu cigarro, gozando do alívio que ele traz. Por que desisti dessas coisas um dia? Oh, sim, porque eu queria ter uma droga de bebê. Amasso o que restou dele na borda de pedra do terraço e o jogo sobre uns arbustos do terreno plano. Caleb não suporta o cheiro de fumaça de cigarro; na verdade, era a sua principal queixa a meu respeito quando namorávamos. Ele rogava, suplicava e fazia greve de sexo para que eu parasse de fumar, mas, no fim, foi necessário eu ficar grávida para deixar o hábito. Eu precisaria tomar um banho se não quisesse levar um soco. Já tenho problemas suficientes.

Tiro meu sutiã e a calcinha e me dirijo em direção ao banheiro, quando vejo Sam aparecer no jardim com Estella. Ele a está transportando no carrinho — uma aquisição de três mil dólares que eu ainda nem tinha colocado as mãos. Observo-o com olhos apertados, seguindo-o quando serpenteia pela trilha do jardim e pergunto-me se ele me viu fumando. Não tem importância, concluo. No fim do dia, ele terá sumido de uma vez por todas.

— Seus dias estão contados, meu chapa — afirmo, carrancuda, antes de fechar a porta do banheiro.

Caleb chega depois que Sam já se foi, o que tanto frustrou meus planos quanto me deixou sozinha com o bebê. Estou mastigando aipo quando ele entra pela porta carregando comida para viagem.

Caleb deposita a sacola no balcão da cozinha e vai direto para o segundo andar para examinar o bebê. Eu o ignoro e remexo na sacola para ver o que ele me trouxe. Quando Caleb desce de volta, traz a menina no colo.

— O quê? Por que você a acordou? — Eu esperava passar algumas horas com ele sem ela se intrometer.

Caleb suspira e abre a geladeira.

— Estella é uma recém-nascida. Ela come a cada três horas, Leah. Estava acordada.

Dou uma olhada no monitor do bebê e lembro-me de que o desliguei para tirar uma soneca. Devo ter esquecido de ligá-lo. Até aí, Caleb ou Sam tinham providenciado os alimentos.

— Ela tem seis semanas de idade hoje. — Eu vinha contando os dias até poder dormir com ele de novo. Nem tinha chegado à marca das seis semanas quando Caleb voltou de sua corrida, na semana passada. Ele fica um tesão quando está suado.

A comida na sacola está me dando água na boca. Começo a comer sem ele. Caleb trouxe frango masala de meu restaurante favorito. Compramos as comidas de lá tão frequentemente que sei de cor quantas calorias tenho que queimar para cada um dos pratos. Se como um peito completo de frango, cinco cogumelos e raspo a maior parte do molho, tenho que eliminar duas mil calorias. Faço um esforço para parar de comer. Quero o último pedaço de frango, mas se estou tentando perder o peso do bebê...

Ele ainda não olhou para mim.

— Obrigada pelo jantar — eu digo. — Meu favorito.

Caleb balança a cabeça afirmativamente.

— Você nunca mais vai falar comigo?

— Eu não a perdoei.

Suspiro. — Verdade? Eu não tinha notado.

Seus lábios se apertam. Pulo de meu banquinho e faço um gesto corajoso. Caleb ergue as sobrancelhas quando delicadamente tomo o bebê de seus braços e a estendo sobre meu antebraço como vi Sam fazer.

— Ela arrota mais depressa deste modo — digo a ele, imitando os movimentos de Sam.

O bebê colabora brilhantemente, arrotando alguns segundos depois que dei a batidinha. Eu o recoloco na curva do braço e estendo a mão para pegar o resto da mamadeira. Caleb observa tudo sem pronunciar uma palavra.

Sorrio docemente para ele.

Vamos lá, seu miserável, me perdoe.

Eu a alimento com o resto da mamadeira e repito meu truque de arroto.

— Você quer colocá-la de volta ou eu mesma faço isso?

Ele a toma de mim, mas dessa vez ele sustenta meu olhar por um... dois... três segundos.

PONTO!

Enquanto Caleb a põe para dormir, corro para o quarto para vestir algo sexy. Estou muito nervosa quando volto para a cozinha; rasgo um saco de brócolis cozido e encho a boca com um punhado deles.

Estou usando uma camisola preta. Não é presunção. Não quero que Caleb pense que estou tentando obter sexo como recompensa. Fico pulando de cá para lá na cozinha até que ele desce de volta. Quando o ouço na escada, faço uma exibição de estar lavando de novo as mamadeiras que Sam já lavou. Eu o ouço atrás de mim. Caleb faz uma pausa na entrada da porta, e eu sorrio, sabendo que ele está me olhando.

Quando ele vai para a sala de estar, vou atrás. Quando ele se senta, eu me arrasto até o sofá perto dele.

— Isso nunca mais vai acontecer. Eu estava com problemas para me ligar a ela. As coisas estão muito melhores. Preciso que você acredite em mim.

Ele faz um sinal de assentimento. Posso perceber que não o convenci, mas ele se aproximará. Eu bancarei a mamãezinha e logo Caleb estará olhando para mim como olhava. Beijo seu pescoço.

— Não, Leah.

Dou um salto para trás, estreitando os olhos. Quem estava usando o sexo como uma arma agora?

— Eu quero pedir desculpas. — Faço um pouco de beicinho, mas ele parece apenas irritado.

— Então diga isso para Estella.

Depois, ele se levanta e se afasta. Eu me recosto e fico olhando para o teto. Rejeição. Isso já me acontecera algum dia? Não consegui me lembrar de uma só vez. Isso estava ficando fora de controle.

Quero ligar para alguém — uma amiga... minha irmã. Preciso conversar sobre o que acabou de acontecer, obter alguma perspectiva. Estendo a mão para pegar o celular e fico vasculhando em meus contatos. Paro, quando leio o nome de Katine. Ela ouviria apenas metade do que eu dissesse e em cinco minutos estaríamos conversando sobre ela. Continuo vasculhando. Chego ao nome de Court e meu coração dispara. Court! Digito seu número. Antes que ela possa atender, eu desligo.

CAPÍTULO 10

PASSADO

EU ME LEMBRO DE VERÕES ÚMIDOS, COM O AR TÃO DENSO que parecia que se estava inspirando sopa para dentro dos pulmões. Ficávamos inquietas em casa: minha irmã e eu, correndo para cima e para baixo dos corredores do casarão, gritando e perseguindo uma à outra até que arrumávamos problema. Minha mãe, exasperada, nos mandava passear com nossa babá, Mattia, enquanto ela descansava.

Mattia ia, frequentemente, à loja de varejo para comprar bugigangas. Courtney e eu, que fazíamos a maior parte de nossas compras em butiques pomposas, achávamos divertidíssimo poder ir a uma loja onde tudo custava um dólar. Ela nos trazia giz para rabiscar a calçada, cordas de pular, bambolês e, claro, nosso brinquedo favorito: bolhas de sabão.

Mattia sempre guardava as bolhas para o fim. Ela fingia ter esquecido o grande recipiente cor-de-rosa dentro da loja e nós suspirávamos e fazíamos beicinho. No último momento, ela o puxava das costas e nós pulávamos e gritávamos por ela ser tão inteligente. Chamávamos as bolhas de "planetas vazios" e o jogo era estourar quantos planetas a gente podia antes de eles se implodirem sozinhos e mandar seus restos para o chão. Mattia ficava debaixo de uma árvore para pegar a sombra e soprá-los para nós. Nossas pernas viviam cobertas de arranhões devido a esse jogo. Sempre atropelávamos uma à outra para chegar aos planetas vazios primeiro. Corríamos com tanta rapidez que Mattia dizia que parecíamos borrões. Ela nos chamava de a Vermelha e a Preta, por nossas respectivas cores de cabelo. No fim do jogo, calculávamos quantas bolhas havíamos estourado. Vinte e sete para a Vermelha, vinte e duas para a Preta, ela proclamava. Depois, alegremente, esfregando as canelas arranhadas, pedíamos pirulitos.

Minha mãe odiava os arranhões. Ela nos fazia usar calças para cobri-los. Minha mãe odiava a maior parte das coisas associadas a mim — os emaranhados de meu cabelo depois do banho, a cor do meu cabelo, o modo como eu mastigava, o modo como eu ria alto demais, o modo como eu estalava as juntas do polegar quando estava nervosa. Se você me perguntasse, naquela época ou agora, do que ela realmente gostava em mim, eu não seria capaz de lhe dizer. Mas poderia lhe dizer que minha infância era o estouro legal de bolhas de sabão em minha pele. Mattia dando-me abraços apertados para compensar-me pelas palavras ferinas de uma mãe distante.

Minha mãe amava minha irmã. Minha irmã era digna de amor. Eu me lembro de tê-las surpreendido uma vez, quando minha mãe escovava os cabelos de Courtney depois do banho. Ela estava lhe contando uma história de quando era uma garotinha. Courtney dava risadinhas e minha mãe ria junto com ela.

— Nós teríamos sido boas amigas se tivéssemos sido criadas juntas. Você é exatamente como eu quando tinha sua idade.

Eu me sentei na borda da banheira para observá-las.

— E Jo? — Courtney perguntou, lançando-me um sorriso em que faltavam seus dois dentes da frente. — Você teria sido boa amiga dela também?

Foi como se minha mãe nem tivesse notado que eu estava ali até que Court dissesse meu nome. Ela entrecerrou os olhos sobre mim, lentamente, e sorriu para sua filha mais nova.

— Oh, você conhece Johanna e seus livros. Ela não teria tido tempo para brincar com a gente, com todas aquelas leituras que faz.

Eu queria lhe dizer que queimaria todos os livros que tivesse para participar de seu pequeno clube mãe/filha. Em vez disso, eu apenas dava de ombros. Courtney era muito parecida com minha mãe; a única diferença era que ela, realmente, gostava de mim.

Eu devia sentir ciúme dela, mas não sentia. Court era a boazinha da família; aquela que acordava cedo no meu aniversário, fazia uma pilha de biscoitinhos e os trazia sorrateiramente ao meu quarto cantando *Lake of Fire*, do Nirvana. Meu aniversário era no dia 4 de Julho — uma enorme imposição aos meus pais, que davam uma festa para a empresa naquele dia. Mas Court sempre garantia que o meu dia fosse especial. Quando minhas notas máximas passavam despercebidas, Court afixava meu boletim na geladeira e circundava minhas médias gerais com um marcador vermelho. Ela era o amor em minha vida desprovida de amor... O cobertor quente numa casa que valorizava temperaturas emocionais gélidas. Enquanto todos passavam por mim indiferentes, minha irmã me dava toda a atenção. Nós tínhamos um laço, e laços são difíceis de destruir.

Quando eu trouxe Caleb para casa pela primeira vez, meu pai me notou. Era como se ele pudesse finalmente olhar para mim, agora que eu agarrara um homem do naipe de Caleb. Meu novo galã não era apenas rico, mas falava bem, era respeitável, ambicioso... e conhecia um monte de coisas sobre assuntos esportivos.

Eles tinham nos convidado para jantar e eu os avaliava do lugar em que estava sentada. Meu pai ria com tudo que Caleb dizia e minha mãe se agitava em torno dele como se ele tivesse sangue azul. Minha irmã ficou sentada perto de mim — tão perto que nossas pernas se tocavam. Quando estávamos juntas, ficávamos sempre perto assim. Era uma silenciosa rebelião contra nossos pais. Vocês tentam criar uma divisão entre nós, mas nós resistimos. Quando meus pais estavam distraídos com Caleb, Court me deu uma cotovelada nas costelas e sacudiu as sobrancelhas. Eu rompi em risadas.

— Acho que você *acertou* com esse aí — ela disse. — Ele é bom de cama?

Fiz uma cara de espanto para ela.

— Por que eu ficaria com alguém que não fosse?

Ela arregalou os olhos.

— Sei lá, Lee, lembra aquele cara do colégio? Aquele com o furinho no queixo?

Eu bufei em meu copo de vinho. Kirby, esse era o nome dele. O nome, por si só, devia ter me revelado tudo. Você não poderia levar a

83

sério um homem cujo nome soava como um avatar de videogame. Ainda mais quando a cabeça dele estava entre suas pernas e ele começava a cantarolar uma música do Kiss enquanto fazia estocadas agressivas com sua língua.

— "Mulheres, não garotas, governam meu mundo, eu disse que elas governam meu mundo...". Minha irmã cantou a letra, estreitando os olhos e mordendo o lábio como Kirby costumava fazer.

Caímos na gargalhada, ganhando um olhar desaprovador de minha mãe. Juro que essa mulher ainda tinha a capacidade de fazer com que eu me sentisse com quinze anos. Olhei para ela desafiadoramente e ri mais alto. Estava com vinte e oito anos, maldição. Ela não podia me controlar mais.

Achei que tudo fora esplêndido até que entramos no carro. Caleb segurava a porta aberta para mim quando, de repente, disse:

— Seu pai é um chauvinista.

Fechei os olhos de surpresa. Ele não disse isso como uma acusação. Era mais uma observação. Era uma observação verdadeira. Dei de ombros.

— Ele é um pouco antiquado.

Caleb me puxou num abraço. Estava olhando estranhamente para mim, suas sobrancelhas contraídas e a boca repuxada numa prega de reflexão. Vim a conhecer isso como o seu rosto de "Estou analisando você". Eu queria me afastar dele para que não pudesse enxergar dentro de mim, mas afastar-se de Caleb era como você se trancar num freezer. Se ele estava brilhando diante de você, você iria querer ficar sob seu calor, absorvê-lo todo. Patético. Era belo também. Eu me pendurei em seus braços e deixei-o me analisar o quanto quisesse. Eu quis saber o que ele vira quando olhara para mim de maneira tão intensa. Ele quebrou o encanto, sorrindo, de repente.

— Então, suponho que você ficará em casa, descalça e grávida?

Arqueei as sobrancelhas. Quando ele disse isso, não soou tão mal.

— Isso será em sua casa? — Eu estava sendo recatada.

Ele beijou a pontinha do meu nariz.

— Talvez, querida.

Caleb quebrou o nosso abraço depressa demais. Eu queria ficar ali, grudada ao seu corpo, e conversar sobre de quem seria o bebê que eu teria, se o chão em que meus pés descalços pisariam seria de madeira de lei ou ladrilho. Moraríamos num sobrado ou num rancho? Minha cabeça girava. Para mim, isso era uma proposta óbvia. O homem era de ouro. Ele até conseguira fazer com que meu pai me olhasse como se eu fosse humana. Estávamos juntos havia apenas oito meses, mas se eu jogasse minhas cartas direito, poderia usar minha aliança na primavera. Aquela foi uma noite feliz para mim.

Não levou muito tempo para que eu percebesse que Caleb era meu planeta vazio.

CAPÍTULO 11

Presente

PULO AO OUVIR O CARRO DE CALEB NA ENTRADA DO estacionamento. Estamos juntos há cinco anos, mas eu ainda sinto o estômago se agitar quando ele entra num aposento. Tento não parecer carente, mas quando sua chave gira na fechadura e ele dá um passo para dentro, me lanço sobre ele. Preciso que Caleb me perdoe. Estou num crepúsculo perpétuo desde que ele parou de sorrir para mim.

Eu o pego com a guarda baixada e ele ri quando meu peso faz com que ele bata com força na parede. Envolvo sua cintura com as pernas e meu nariz se pressiona sobre o dele. Quero transar com ele como fazíamos quando nos conhecemos, mas a primeira coisa que ele diz é:

— Onde está Stella?

O sorriso desaparece do meu rosto. Odeio isso. Como posso saber? Suspiro e deslizo para baixo de seu corpo, desapontada.

— Provavelmente, com aquele cara lá.

Caleb estreita os olhos sobre mim; sua boca é uma linha reta.

— Você passou algumas horas com ela hoje?

— Sim — digo, ríspida. — Eu a alimentei esta manhã, porque o babá se atrasou.

Os músculos em seu queixo se destacam quando ele range os dentes. Eles crescem. Eu encolho.

Crescem... encolho... crescem... encolho.

Eu me sinto furiosa, com toda a razão. Não é incomum para as mães confiar em suas babás para tomar conta de seus bebês. Em meu círculo, era perfeitamente normal. Por que ele sempre quis fazer com que eu me sentisse inferior?

Mordo o lábio superior.

— Você acha que Olivia daria uma mãe melhor do que eu?

Por um segundo, uma raiva indisfarçável lampeja em seus olhos. Ele se vira, me dando as costas, e se vira de volta, como se não soubesse se devia ou não enfrentar o fato de que eu dissera aquele nome.

Quero brigar. Toda vez que ele olha para mim como se eu fosse um grande, imenso desapontamento, minha mente se volta para Olivia. Para mim, é como pôr uma engrenagem em movimento em que os olhos desapontados de Caleb a detonam. De repente, estou naquele lugar mágico onde solto a embreagem, o pedal do acelerador abaixa e minha mente sai em disparada em direção a Olivia. Maldita. Seja. Aquela. Piranha. Que poder ela tem sobre ele? Eu quero correr para ele, socar meus punhos em seu peito por sempre me comparar mentalmente a ela. Ou sou apenas eu que comparo a mim mesma a ela? Deus, a vida é tão confusa!

Bem nessa hora, Sam chega com o bebê. A raiva no rosto de Caleb se apaga e, de repente, parece que ele está prestes a chorar. Conheço essa expressão; ele está aliviado — aliviado por ter alguém que não sou eu. Eu me viro e caminho em direção à porta.

— Aonde você vai? — Caleb pergunta.

— Vou sair com Sam esta noite — eu digo. Evito olhar para Sam e apanho minha bolsa. — Vamos lá, Samuel — digo de estalo.

Eu o vejo sufocar um sorriso quando baixa a cabeça, obediente, e caminha até onde o espero. Estou fora da casa e desço as escadas antes que Caleb possa dizer alguma coisa. Ouço os dois trocando palavras atrás de mim, mas estou a meio caminho do carro de Sam e concluo que parar para entreouvir vai arruinar minha credibilidade. Caleb deve estar advertindo Sam sobre minha tendência a ficar contestadora quando bêbada.

Sam vem um minuto depois. Sem uma palavra, abre a porta do lado do passageiro para mim, e eu pulo para dentro. Ele dirige um jipe, do tipo que não tem teto ou janelas reais. Eu me acomodo no meu assento e olho direto para a frente. Vou destruir Olivia. Vou encontrá-la e acabar com ela por arruinar minha vida.

— Para onde vamos? — Sam me diz, circundando o estacionamento.

— Ligue para aquela sua prima. Vamos para onde quer que ela esteja.

Ele arqueia as sobrancelhas para mim, mas não se move em direção ao seu celular.

— Ela está no Mother Gothel esta noite — ele explica. — Você já esteve lá?

Balanço a cabeça negativamente.

— Ótimo. É seu tipo de lugar. — Ele mergulha com seu jipe no tráfego e eu me agarro à porta para me firmar. Este será um longo passeio.

O Mother Gothel não é o meu tipo de lugar, eu proclamo isso ruidosamente quando passamos pela porta. Um leão de chácara com meia dúzia de piercings no rosto examina nossas identidades. Ele me analisa de um modo que faz minha pele formigar e eu me agarro ao braço de Sam.

— Que diabo de lugar é este? — sussurro quando entramos numa sala iluminada por luzes azuis.

— Um hookah bar. — Sam ergue as sobrancelhas. — Um hookah bar de emos.

Um hookah é um tipo de bar para consumidores de tabaco em narguilé. Torço o nariz.

— Por que ela viria aqui? — Eu pensava em todos os bares cheios de classe na avenida Mizner, a uma distância bem pequena deste deprimente buraco de rato.

— Cammie tem suas fases — ele diz, fazendo um sinal positivo em direção ao bartender. — No mês passado, eram salas de chá.

Sam pede dois martínis secos. Pego o meu pensando em como ele saberia que eu bebo aquilo.

— Você não vai me passar um sermão sobre alcoolizar meu leite materno? — digo por sobre a borda do meu copo.

Ele geme e tenta tomá-lo de mim.

— Merda, eu esqueci. É difícil lembrar que uma megera fria como você é, na verdade, uma mãe.

Eu contenho um grunhido e um resmungo. *Touché.*

Nós caminhamos para uma mesa, onde um pequeno grupo de pessoas se reúne. Vejo a cabeça loira de Cammie balançando animadamente para lá e para cá, enquanto conta uma história. Quando ela avista Sam, seu rosto se abre num sorriso... até que me vê. Suas piscadas vêm em rápida sucessão, como se ela estivesse tentando me eliminar de sua visão.

Sorrio com doçura e caminho em sua direção. Essa piranha tem informações sobre Olivia. Posso sentir isso. Eu me curvo para beijá-la no rosto. Gosto de manter minhas saudações no estilo europeu.

— Sam — ela diz, tensa —, eu não sabia que você estava trazendo uma... convidada. — Cammie empina a cabeça de um modo como vi apenas as beldades sulistas fazerem.

Assim, situo seu sotaque no Texas.

— Primeira noite de saída depois que o bebê nasceu? — ela me pergunta.

Sam solta um resmungo por trás de mim. Eu giro para lhe lançar um olhar de advertência e me volto para Cammie.

— Claro — eu digo. — Sam foi bastante gentil em me trazer junto. Bar legal! — Olho ao redor com interesse fingido. Quando torno a fitá-la, ela está no final de uma revirada de olhos.

Cammie se move em direção a duas cadeiras disponíveis. Eu pego a que está mais perto dela e Sam senta-se ao meu lado. Ela faz apresentações ao redor da mesa. O grupo é composto por dois advogados, um skatista profissional que fica lançando olhares para o decote exposto de Cammie e um certo número de lésbicas tatuadas e com piercings.

Pela hora seguinte, ouço-os conversar fiado sobre os assuntos mais monótonos do mundo. Fico mexendo com meu cabelo e tento não bocejar. Sam me olha com diversão enquanto contribui para a conversa deles. Duas vezes, ele me pega de surpresa perguntando minha opinião sobre política.

— Realmente, Sam — eu, enfim, o repreendo quando ninguém está ouvindo —, pode não fazer isso?

Ele ri.

— Estou só tentando ser sociável.

Como alguém com tantas tatuagens pode saber sobre política? Estarei estereotipando? Tanto pior. Eu me inclino junto ao seu ouvido para que apenas ele possa me ouvir. Cammie franze a testa.

"Ele é gay!", eu quero gritar para ela. E, mesmo que não fosse, não gosto de homens desleixados.

— Eu lhe darei cem dólares se você conseguir tirar todos daqui para que eu possa conversar sozinha com a putinha da sua prima.

Sam se levanta e bate palmas.

— Eu vou comprar uma dose para todos, exceto para Cammie.

Cammie revira os olhos, mas permanece sentada. Todos os demais seguem Sam até o bar, rindo e dando tapinhas nas costas uns dos outros.

Ela me olha ansiosa, como se estivesse a par do meu plano.

Juro que essa piranha e eu falamos a mesma língua — com diferentes sotaques.

— Olivia Kaspen — eu digo.

O rosto dela não acusa nada.

— Você a conhece?

Seus lábios se curvam num sorriso e ela admite que sim com um discreto aceno de cabeça. Sinto um calor ardente começar em meu peito e se espalhar por toda parte. Fogos de artifício emocionais, se preferirem. Eu sabia! Lambo meus lábios e tiro um cigarro da bolsa.

— É assim que você conhece Caleb — eu concluo.

Ela faz um sinal de assentimento, ainda esboçando aquele sorriso medonho. Eu trago e a observo por entre as pálpebras.

— Por que ele a ama? — Esta foi a primeira vez que verbalizei a pergunta, embora houvesse ponderado sobre ela por Deus sabe quantos anos.

Olivia era atraente — para quem gosta de putas. Tem cabelo demais e olhos amplamente espaçados entre si, mas eu estivera junto dela por tempo suficiente durante meu julgamento para saber como os homens ficavam impressionados com Olivia. Ela era distante, fria. Isso era misterioso. Fodam-se os homens e seus malditos mistérios. Eu nunca a vira sorrir. Nem uma vez. Era difícil acreditar que alguém tão vivo e caloroso como Caleb pudesse ter sentimentos por aquela ameixa seca emocional.

Cammie me observa, tentando resolver quão longe ela quer ir com sua resposta. Eu fico pensando quão bem ela conhecerá Olivia. Nunca me ocorrera, até agora, que ela podia ser uma grande amiga dela.

Por fim, ela limpa a garganta.

— Bem, ela é uma megera, como você. Caleb sempre se sentiu atraído pelo tipo Cruella De Vil. Mas suponho que se você quer uma resposta honesta... — Ela para.

A banda sobe no palco e as coisas começam a ficar barulhentas. Eu me inclino para a frente, faminta por sua resposta.

— Eles soltam faíscas — Cammie afirma.

Eu recuo, sobressaltada. Que diabos isso significava?

— Quando estão juntos, é como colocar um furacão e um tornado na mesma sala; você pode sentir a tensão. Eu não acreditava no clichê de almas gêmeas até que os vi juntos.

Ouvi o suficiente. Meu estômago revira, nauseado. Olho ao redor, a procura de meu motorista, e não consigo vê-lo em parte alguma, mas Cammie não terminou:

— Sei que você ficou grávida de propósito. — Arranca o cigarro de meus dedos e dá uma tragada.

Eu fecho os olhos, intrigada demais para discutir. Como é que ela podia saber?

— Agora, você tem o cara... e o bebê. Você venceu. Então, por que está perguntando sobre Olivia?

Penso em mentir, dizendo que estou me assegurando de que a sujeitinha se foi de uma vez por todas ou alguma besteira do gênero.

Cammie sorri com malícia.

— Você quer saber por que ele a ama, Leah? — Ela superenfatiza o *ah* em meu nome.

Eu me encolho.

Que piranha!

Balanço a cabeça, mas a loirinha é mais esperta do que parece.

Ela amassa meu cigarro.

— Você não vai encontrar uma resposta para isso de alguém como Caleb. Se eu fosse você, deixaria pra lá. Vá curtir a vida que você roubou pra si mesma. Olivia não irá aparecer na *sua* porta chorando, se é com isso que está preocupada.

Sinto o rosto arder quando me lembro da vez em que segui Caleb até o apartamento de Olivia. Isso era informação confidencial. A putinha deve ser a melhor amiga dela.

— Ele não me trocaria por ela, mesmo que ela o procurasse — afirmo, com mais confiança do que sinto.

Cammie arqueia as sobrancelhas e dá de ombros.

— Então, por que você se preocupa?

Engulo em seco. Por que me preocupo? Não parece que eu tenha sido criada num lar em que meus pais estivessem loucamente apaixonados. Minha mãe se casou com meu pai por dinheiro, ela me disse isso em inúmeras ocasiões. Eu tenho meu homem, então, por que estou procurando sarna para me coçar?

— Eu... não sei.

— Não é divertido ser a segunda opção, não é? — Ela pega um pedaço de tabaco de sua língua e dá um piparote nele com a ponta do dedo. — Há uma possibilidade de que você sinta que vale mais do que ser um casamento de compaixão de Caleb e, se isso for verdade, então, acho que você tem que cair fora desse barco agora. É apenas uma questão de tempo até que a saga de Caleb e Olivia recomece.

Suas palavras ferroam. Eu me remexo em minha cadeira quando a dor me percorre.

— Será que pensei ter ouvido que ela se mudou? — eu sibilo.

— Sim, e daí? — Cammie dá de ombros. — A história deles nunca vai terminar. Ela está casada, sabia? Então, tecnicamente, você conta com algum tempo para fazer seu marido se apaixonar por você.

Não consigo esconder minha surpresa. Ela não havia se casado com Turner, com certeza. Turner quase explodiu meu celular depois que ela rompeu com ele, pedindo-me para apelar a ela em seu benefício. Turner estúpido.

Depois de todo o desastre da amnésia, eu violei seu apartamento e encontrei cartas de Caleb, datadas dos dias de faculdade. Não demorou muito para eu descobrir que ela era sua ex-namorada tentando segurá-lo. Eu a chantageei para que deixasse a cidade e depois contratei um detetive particular que a seguiu até o Texas. Uma amiga frequentava a mesma faculdade de direito de Olivia, de modo que fiz uma ligação, negociei alguns ingressos de Super Bowl e BAM! O que fiquei sabendo a seguir foi que Olivia e Turner estavam noivos. Que sorte! Turner foi uma ferramenta. Como uma mulher podia ir de Caleb para aquele imbecil estava além de meu entendimento. De todo modo, eu pensava que Olivia estava fora de minha vida até que Caleb a contratou para ser minha advogada — e foi uma coisa boa que ele fez, porque ela ganhou o caso e me salvou de dez anos numa prisão estadual.

Não digo nada disso a Cammie, cujo sotaque sulista, de repente, passa a me incomodar. Seria ela a amiga com quem Olivia fora morar no Texas?

Nada mais se passa entre nós, quando Sam escolhe ressurgir à mesa naquele exato momento. Eu me levanto para sair. Cammie não está mais olhando para mim, e sim beijando o skatista, que empalma seu peito com uma das mãos e mantém a outra acima da cabeça, fazendo os chifres do Black Sabbath com os dedos.

Eu me viro, enojada, e sigo Sam até seu carro.

— Conseguiu as respostas que precisava? — ele quer saber, quando estamos na rua.

Olho para ele com surpresa.

— Do que você está falando?

Ele repuxa a boca e olha para mim de canto de olho.

— Cammie é minha prima, e é uma tagarela. Ela me contou sobre aquela garota.

Eu o encaro, boquiaberta.

— Você sabia que ela era amiga de Olivia e não me falou nada?

— Era o que você estava esperando, não? Você queria saber se ela a conhecia?

Ele está certo, mas continuo furiosa.

— Sou sua chefe, Samuel. Você devia ter me contado. E que espécie de gay você é, afinal? Você devia gostar de fofoca e drama.

Ele joga a cabeça para trás e ri. Apesar do mundo de más notícias girando em torno de minha cabeça, esboço um sorriso. Talvez ele não seja tão mau assim. Resolvo parar de tentar fazer Caleb demiti-lo.

Quando chego em casa, Caleb já está na cama — não na nossa, mas na cama geminada no quarto do bebê. Eu verifico o suprimento de leite na geladeira e, felizmente, constato que há leite congelado para um ou dois dias — tempo suficiente para os martínis secos deixarem de fazer efeito em meu organismo. Reviro os olhos. Na certa, Caleb vai examinar meu nível de álcool no sangue antes de me deixar tirar leite outra vez.

Vou para a cama, ainda usando minhas roupas, mais triste do que nunca.

CAPÍTULO 12

PASSADO

MINHA IRMÃ ERA TÃO LINDA QUE MEUS OLHOS QUASE doíam ao olhá-la — e, Deus, olhá-la era tudo que eu fazia naqueles anos. Ela era mais jovem do que eu. Somente um ano de diferença, mas ainda assim... Era um pouco embaraçoso idolatrar uma irmã mais nova. Porém, era difícil não fazê-lo; desde o momento em que ela entrava num aposento, todos os olhos se fixavam nela como se Court possuísse alguma magia etérea das fadas fluindo de seus poros. Por muito tempo acreditei que, assim que atingisse certa idade, eu teria um pouco daquela essência de fadas — não tive tanta sorte. Eu parecia uma desnutrida, com aparelho nos dentes e meus tênis comuns. Courtney me fazia querer morrer — especialmente quando ela arranjava um namorado e depois dispensava todos os garotos de que eu gostava. Jamais poderia ficar com raiva dela por isso. Nós éramos um time — Court e Jo — até que Jo resolveu que queria ser Leah, então passou a ser Court e Lee. A despeito de nossa intimidade, ao ficarmos mais velhas, não houve como negar o abismo que nossas diferenças causavam. Nossa amizade oscilou por um ano no ensino fundamental. Ela me trocou pelas líderes de torcida. Eu ficava vendo Court fazer novas amigas, enquanto ficava sentada nas arquibancadas coletivas, tirando pão de meu aparelho dentário e tentando descobrir por que meus seios não haviam apontado ainda.

Não sou igual ao resto de minha família. Cada um deles, com a exceção de minha mãe, tinha cabelo bem preto. Junte isso à cor de pele oliva e aos olhos verdes como característica geral e eles se parecem com um exército de lindos gregos. Eu nasci ruiva: minha pele, meu cabelo e minha atitude inflamada, alvoroçada. Minha mãe costumava dizer que eu chorei por uma semana depois que eles me trouxeram para casa. Ela disse que perdi minha voz e tudo que se podia ouvir era ar saindo de mim enquanto eu fazia caretas de choro.

Nossa mãe encorajava Courtney a fazer todas as coisas típicas das garotas perfeitas — liderar torcidas, ser uma modelo e roubar namorados das outras garotas. Eu, por outro lado, era encorajada a fazer dieta, sobretudo durante meu último ano no ensino fundamental. Eu era um pouco gorducha. Comecei a engolir meus sentimentos quando descobri os garotos, a rejeição e os biscoitinhos Debbie. Fui de mal nutrida a corpulenta em questão de meses.

— Você vai se arrepender muito disso — minha mãe disse, depois de descobrir meu esconderijo.

Eu escondera uma dúzia de caixas diferentes numa velha lata de pipocas de Natal na despensa.

— Você já tem cabelo ruivo, agora quer acrescentar quilos de carne extra? — Para enfatizar seu ponto de vista, ela agarrou um punhado de gordura em minha cintura e a beliscou até eu gritar. Balançou a cabeça. — Sem solução, Johanna. — E depois jogou todos os meus biscoitinhos no lixo.

Mordi o lábio para não chorar. Quando ela me viu lutando com as lágrimas, se abrandou um pouco. *Talvez ela tenha sido gordinha um dia*, pensei, esperançosa.

— Olhe. — Ela abriu o freezer e empurrou um saquinho de ervilhas congeladas sobre meu peito. — Quando tiver a ânsia de beliscar porcarias, coma isso. Pense nisso como um petisco congelado... como sorvete.

Quando eu fiquei em dúvida, ela agarrou meu queixo e me forçou a encará-la.

— Você gosta de garotos?

Fiz que sim.

96

— Você não vai conquistá-los se comer biscoitinhos, acredite em mim. Ninguém nunca fisgou um homem com farelos de biscoito no rosto.

Carreguei meu saquinho de ervilhas congeladas de volta para meu quarto e sentei-me de pernas cruzadas no chão. Erguendo os olhos para o meu pôster do ator Jonathan Taylor Thomas, comi o saquinho inteiro, ervilha por ervilha.

Eu era um tanto excêntrica. Gostava de garotos, mas também gostava de matemática e ciência. No entanto, a matemática e a ciência não lhe dão atenção. Era um amor unilateral, seco. Eu queria que as pessoas olhassem para mim do mesmo modo que olhavam para Courtney. Virei-me de costas mastigando minhas ervilhas. Quase gostei delas.

No dia seguinte, pedi a Court que me apresentasse às suas amigas.

— Você fica zombando das líderes de torcida — ela disse.

— Não vou zombar mais. Quero que as pessoas gostem de mim.

Ela fez que sim.

— Elas vão gostar, Lee. Eu gosto.

Court conseguiu para mim um convite para uma festa do pijama, completa, com todas as suas amigas risonhas. A despeito de sua reafirmação, suas amigas não gostavam de mim. Elas eram umas malvadinhas de treze anos, pesadamente embotadas pela opinião das mães. Terminavam quase todas as frases com as palavras *doçura* ou *fabuloso*. Eu não queria ser como aquelas meninas. Eu não queria ser como minha mãe. Quando uma delas perguntou por que eu saía com os maníacos da matemática, respondi mais do que depressa:

— Porque eles falam de coisas mais interessantes que você.

A garota — Britney — olhou para mim e empinou a cabeça como se eu fosse uma coisa detestável. Quase pude ver sua mãe de casaco de malha de lã fazendo a mesma coisa.

— Ela é lésbica — Britney proclamou para a sala.

O resto das garotas concordou, como se isso fosse uma explicação completamente aceitável para minha estranheza.

Court ficou sem graça e me fitou muito desapontada.

— Não sou lésbica. — Mas minha voz saiu fraca, nada convincente.

As garotas já tinham aceitado a opinião de Britney. Elas já estavam evitando meus olhos.

Olhei em torno da sala para suas cabeças estúpidas, cheias de laquê e batons cor-de-rosa, e disse um ruidoso *"Fodam-se!"* antes de sair furiosamente. Senti-me um pouco culpada por lançar uma sombra sobre as relações sociais de Courtney. Mas ela se recuperaria. Era bonita demais para não conseguir fazer isso. Quando veio para casa, entrou como um furacão em meu quarto e cruzou seus braços sobre o peito.

— Por que você fez aquilo?! — ela perguntou. — Você me pede para ajudá-la e depois age como uma idiota diante de minhas amigas.

Balancei a cabeça. Ela estava brincando?

— Court, foram elas que começaram. Do que você está falando?

— Você estragou minha imagem, Leah! Você é tão egoísta! Estou tão enjoada de seus dramas!

Ela se virou para sair, mas eu pulei e agarrei seu braço. Não podia acreditar que Court estivesse dizendo aquilo. Era como se aquelas meninas estivessem lentamente roubando pedaços de seu cérebro e substituindo-os pelos seus, muito menos inteligentes.

— Isso não é justo! Você é minha irmã. Como pode ficar do lado delas? Britney mentiu para todo mundo. Você sabe que não sou lésbica.

Courtney ergueu o ombro.

— Eu não sei de nada.

Abri e fechei a boca, em choque. Minha irmã — minha Courtney — nunca me falara desse modo. Ela nunca ficara ao lado de outra pessoa contra mim. Senti como se alguém estivesse abrindo um buraco em meu peito, de tanto que doía.

— Você está arruinando as coisas para mim, Leah. Elas são minhas amigas. Você é minha irmã. Fico incomodada quando elas dizem coisas a seu respeito. Por favor, só deixe isso pra lá e não solte mais a língua. Você está tornando as coisas difíceis para mim.

Engoli minha resposta e fiz que sim. Eu podia fazer isso por ela.

Nunca falamos sobre o que havia acontecido, depois daquele dia, mas ela ficou esquisita comigo por um longo tempo. Suas amigas faziam questão de dar risadinhas quando passavam por mim nos corredores de nossa escola particular. Elas espalhavam boatos também — diziam aos outros que tinham flagrado eu me masturbando na festa do pijama. Tudo isso e, mesmo assim, Court nunca falava uma só palavra em minha defesa. Eu também nunca falei uma só palavra em minha defesa. Comecei a me perguntar se ela não acreditava nelas.

Em algumas semanas, fui declarada lésbica por todo garoto popular do sétimo e oitavo anos. Quando os boatos finalmente chegaram aos ouvidos de meus pais, eles me mandaram para um acampamento da Bíblia para o verão. Eu adorei. Conheci o filho de um pastor e perdi a virgindade nos arbustos atrás do banheiro comunitário. Voltei com um gosto afirmativo por homens. Naturalmente, isso não estancou os boatos de lesbianismo quando as aulas recomeçaram. Britney se incumbiu, ela mesma, de fazer com que todas as garotas de sua classe e da minha soubessem que não deviam se despir diante de mim no vestiário. Os garotos desferiam cotoveladas uns nos outros, dando risadinhas e fazendo comentários quando eu passava. Era terrível. Doloroso. Courtney não os corrigia — essa era a pior parte. Nossa ligação se debilitou, tudo sob os dedos cruéis da Kings High School. Eu ficara acostumada com isso, de certo modo, creio que do mesmo jeito que eu me acostumara à fria relação de meus pais comigo.

Mantinha-me cabisbaixa, encontrava-me com garotos do clube de matemática que podiam estar à minha altura, mentalmente, e nunca parei de tramar contra Britney e suas lacaias. Elas estavam ocupadas demais me pondo no ostracismo para notar que meus seios cresciam. Aprendi como usar um secador e maquiagem. Perdi minha gordura.

Naquele mesmo ano, minha irmã e Britney tiveram uma paixonite por um garoto chamado Paul. Ambas o queriam. Para salvar sua amizade, as duas renunciaram solenemente a ele num pacto emocional, insistindo que nada — especialmente um homem — poderia se interpor na amizade delas. Levou um mês para que Britney fosse pra cama com ele. Minha irmã ficou arrasada. Não gostei de ver Courtney chorar. E foi só o que ela fez por duas semanas. Eu até peguei-a segurando um frasco de pílulas para dormir no banheiro, um dia.

— Não por um garoto, Courtney — eu disse, tomando o frasco de suas mãos. — Falando sério, quando foi que você se tornou tão fraca?

Ela chorou lágrimas silenciosas enquanto me encarava com seus olhos feridos. Percebi então que ela provavelmente fora sempre fraca. Court se posicionava contra nossos pais quando se tratava de mim porque eles a favoreciam. Não era um ato de coragem desafiar seus pais quando eles nunca chegaram a erguer a voz contra ela própria. Eu a conduzi até seu quarto e enfiei-a na cama. Então, deitei-me ao seu lado para poder vigiá-la.

No dia seguinte, acuei Britney diante de seu armário. Ela era oficialmente a namorada de Paul e, agora que cortara o laço com minha irmã, eu não tinha mais que manter a boca fechada.

— Você é uma putinha sem valor, sabia? — Eu a cutuquei na clavícula para enfatizar.

Paul esperava por ela a alguns metros de distância.

Britney me fuzilou com o olhar, afastando minha mão com um tapa.

— Eca, não me toque, lésbica — ela cuspiu.

Ignorando-a, voltei a atenção para Paul. Eu havia planejado tudo. Paul sorria ligeiramente. Eu podia ver as palavras *briga de galinhas* se formando em seu cérebro minúsculo, subdesenvolvido. Algumas pessoas começavam a se juntar ao nosso redor para ver o que estava acontecendo.

— E você... — Encarei Paul. — ...vai precisar disso. — Eu joguei uma camisinha sobre ele, que bateu em seu peito e pousou a seus pés.

Ele olhou para mim, depois para o quadrado vermelho no chão.

— Ela tem herpes, seu babaca.

O olhar em seu rosto valeu todo comentário de lesbianismo que Britney fizera contra mim nos últimos dois anos. Antes de me afastar, dei uma olhada nela. Seu rosto estava acinzentado. Eu não devia saber sobre o herpes. As paredes em minha casa eram finas e ela tivera mais do que uma festa do pijama com minha irmã.

Destruir a reputação de Britney como ela destruiu a minha foi só um primeiro golpe de que eu necessitava para romper com aquele jogo. Começou com Britney, mas logo eu estava dormindo com os namorados de todas. Eu gostava da facilidade com que conseguia fazer com que os garotos me seguissem praticamente atirando o sexo em seus rostos. Gostava do modo como suas namoradas chegavam à escola com olhos vermelhos inchados de chorar, depois de descobrirem que seus namorados as tinham traído.

Eu não me juntara às fileiras das meninas populares como minha irmã; eu as ultrapassara. Estava voando alto e não tinha a intenção de parar.

CAPÍTULO 13

Presente

— ESTAMOS JUNTOS FAZ TEMPO, CALEB.

Ele não ergue os olhos quando diz "Sim".

Normalmente, eu receberia como resposta um *Sim, Vermelha* ou *Sim, amor*, mas, desta vez, só consigo um "Sim".

Parece solitário esse "Sim".

— Lembra-se da época em que íamos a Los Angeles e comíamos em todos os points de celebridades onde pudéssemos entrar?

Ele me lança um olhar e continua mexendo em suas correspondências. Caleb é nostálgico. Gosta de conversar sobre velhas lembranças.

— Não tínhamos reservas — eu continuei —, mas você dava um jeito de entrar em qualquer restaurante que quiséssemos experimentar.

Ele faz silêncio enquanto ouve.

— Não víamos uma única celebridade, mas eu me sentia como uma a semana toda... só por estar com você. — Tiro a correspondência de suas mãos e a ponho sobre o balcão da cozinha, entrelaçando nossos dedos. — Caleb, sei que sou um desastre. Você sabe que sou um desastre. Mas você me torna melhor. Nós temos tantas histórias... tanto amor. Por favor, pare de me ignorar.

Seu queixo está se projetando.

— Eu não queria ir àqueles restaurantes pretensiosos, Leah.

— O quê? — Balanço a cabeça. Achei que essa iria funcionar. Não tenho nem um plano B.

— Eu ia por sua casa. Eu me divertia por sua causa, mas aquilo não era o que sou.

— Não entendo.

Os dedos dele estão tentando se livrar dos meus.

— Fui alguém diferente com você. Alguém que eu não entendo.

— Bem, então seja alguém diferente. Eu não me importo. Nós vamos mudar juntos.

Caleb suspira.

— Não acho que você gostará de quem eu sou.

— Tente, Caleb. Eu me esforçarei para conhecer esse outro homem. Por favor. Podemos consertar isso.

— Não sei se é possível, mas podemos tentar.

Sorrio largo e o abraço. Sinto apenas uma muita ligeira hesitação antes que ele retribua e me abrace também. Suspiro ao sentir seu cheiro. *Podemos tentar*, repito, em silêncio, para mim mesma. Palavras que eu desejo, mas elas têm um prazo de encerramento. *Podemos tentar...* até que não possamos mais tentar. *Podemos tentar...* mas isso já parece condenado.

Terei que pensar num jeito de tornar isso mais permanente.

As semanas seguintes são pacíficas. Tiro tudo dos livros de culinária que ganhei de presente de casamento e, começo a preparar refeições em vez de encomendá-las. Se meu homem quer uma mãe e esposa das que ficam em casa, é isso que ele vai ter. Eu poderia ser completamente tradicional.

Faço com que a gente coma à mesa de jantar, que nunca é usada. Eu até trago o berço móvel do bebê para que possa ficar conosco. Caleb gosta de minha comida, ou diz que gosta. Ele come e parece verdadeiramente feliz por eu estar tentando.

Vou às compras à procura de roupas de menina para o bebê e jogo fora tudo que é amarelo e verde. Com orgulho eu as exibo na cama para Caleb ver. Ele segura uma por uma e balança a cabeça em aprovação.

— Mas ela não vai usar isso — ele diz, erguendo uma camisetinha onde está escrito *Namore comigo*.

— É bonitinha — argumento, mergulhando para pegá-la.

Ele agarra a camiseta antes que eu consiga e a segura bem acima da cabeça para que eu não possa alcançá-la.

Passamos os cinco minutos seguintes perseguindo um ao outro pelo quarto para tomar posse da camiseta. Não brincávamos assim fazia muito tempo. A sensação é boa, como era no início do "nós".

Sam observa nossa transformação conjugal com espanto.

Certo dia, no café da manhã, pergunto a Caleb para onde devemos ir nas férias deste ano.

— Nossas férias terão que ser infantis — ele diz, tomando um gole de seu chá. — Um monte de Disney World e resorts marítimos, eu imagino.

Torço o nariz. Ele deve estar brincando. Sam nota minha expressão e tem que abafar uma risada.

Olho assustada para Caleb.

— Eu me queimo ao sol — digo, depressa.

Ele sorri, perverso.

— O quê? Você pensou que iríamos a Paris e à Toscana com uma garotinha?

Faço que sim.

— Crianças precisam de coisas também, Leah. É bom a gente expor Estella ao mundo, mas os pequenos precisam de Disney World e castelos de areia. Você não tem essas lembranças de quando era garotinha?

Não tenho. Minha escola nos levou à Disney no penúltimo ano. Na véspera, eu tinha bebido todas com dois sujeitos e enfrentei uma tremenda ressaca durante a excursão. Isso eu não conto para Caleb.

— Imagino que sim — digo, evasiva. Esta coisa tradicional estava mesmo começando a encher. — E se ela gostar de Paris? — pergunto, esperançosa. — Então, podemos ir?

Caleb se levanta e beija o topo de minha cabeça.

— Sim. Depois que proporcionarmos a ela uma infância.

— Então, enquanto ela ainda é pequena, podemos ir a algum lugar bom? Não me parece que ela vá ligar para a Minnie por enquanto.

— Creio que não sairemos de férias este ano. Estella é pequena demais para que a deixemos ou a levemos a algum lugar distante.

Caleb pega o celular, e eu o encaro, incrédula. Será que ele acabou de confiscar minhas férias?

— Isso é ridículo — proclamo, acabando de lamber minha colher de mingau de aveia. — Um monte de gente tem bebês e sai de férias.

— Há coisas às quais se tem que renunciar quando se tem uma família, Vermelha. Você está descobrindo isso?

— Vamos renunciar à carne vermelha... à música... à eletricidade! Não a ter férias.

Sam deixa cair o punhado de roupas que segurava. Posso ver suas costas tremerem de gargalhadas quando ele se curva para pegá-las.

Caleb me ignora, vasculhando o celular.

Todos os homens em minha vida me tratam como se eu fosse uma piada.

— Eu vou sair de férias — anuncio aos dois.

Caleb ergue os olhos e arqueia uma sobrancelha.

— O que disse, Leah? — Ele está me provocando.

Não sei por que mordo a isca.

— Estou dizendo que, com ou sem você, eu vou.

Marcho para fora da sala para que não tenha que ver sua expressão. Por que me sinto como uma garota de dez anos? Não, não há nada de errado comigo. É ele. Ele não me quer sendo quem eu sou. Ele quer me transformar numa outra pessoa. Este é um jogo que eu e Caleb temos jogado por anos. Toda vez que ele me dá um padrão pelo qual tenho que viver, eu fracasso.

Caleb me segue.

— O que você vai fazer? — Ele me agarra pelo braço quando tento me afastar.

— Você está tentando me controlar.

— A ideia de uma Leah controlada me aborrece, eu lhe asseguro. Contudo, ser parte de uma família significa tomar decisões como uma unidade.

— Oh, por favor... — Eu o olho com desdém. — Não vamos fingir que alguém, que não você, esteja tomando as decisões.

Puxo o braço para me livrar.

— Estou farta do show de animal amestrado que eu tenho sempre que exibir para você.

Estou na escada quando eu o ouço dizer:

— Bem, a decisão é sua.

Não olho para trás.

No segundo andar, procuro a pintura de rua que Courtney me trouxe de sua viagem à Europa. Eu a mantenho embrulhada em papel, guardada numa caixa. Toco o guarda-chuva vermelho com a ponta do dedo. Courtney disse que eu era seu guarda-chuva vermelho. Quando ela enfrentava problemas, tudo o que tinha a fazer era vir ficar perto de mim e eu mantinha todas as dificuldades a distância. Não era verdade. Eu fracassara com Courtney, com meu pai, e estava a caminho de fracassar com Caleb.

Empurro a pintura de volta a sua caixa e enxugo as lágrimas que escorrem por meu rosto. Ouço Estella chorar quando desperta de seu cochilo. Recomponho minhas emoções, tomo um fôlego profundo e vou até ela.

CAPÍTULO 14

PASSADO

NÓS BRIGAMOS NO DIA DE SEU ACIDENTE. PODE IMAGI-
nar? Seu namorado quase morre, e, horas antes, você diz a ele que quer terminar. Eu não falava a sério. Era uma declaração do tipo "entra de cabeça ou cai fora": uma tentativa cruel de forçá-lo ao casamento. O problema é que você não pode dar um ultimato a Caleb Drake. Pude ver seu rosto em minha mente quando as palavras saíam de minha boca; sobrancelhas para cima, o queixo se apertando como um punho. Na véspera da viagem dele para Scranton, a negócios, nós brigamos por causa do mesmo assunto. Eu queria uma maldita aliança. Caleb queria ter certeza de que o meu dedo era o certo para ele colocar a aliança.

Aí veio a ligação. Eu estava no trabalho quando a voz refinada de Luca surgiu na linha. Luca e eu tínhamos uma relação flutuante; às vezes, as coisas entre nós estavam ótimas, às vezes, eu queria derramar querosene em sua cabeça e acender um fósforo. Ela estava dizendo palavras como "hospital" e "perda de memória". Não entendi até que ela perguntou:

— Leah, você está me ouvindo? Caleb está no hospital! Ele não sabe o próprio nome!

— Hospital? — repeti.

Caleb devia estar comprando uma aliança para mim.

— Um acidente, Leah. Vamos pegar o avião amanhã cedo.

Assim que desliguei, comecei a procurar por voos. Se eu partisse agora, estaria lá antes da meia-noite. Ela iria voar na manhã seguinte com Steve, o padrasto de Caleb. Eu queria chegar lá primeiro. Precisava olhar dentro de seus olhos e fazê-lo lembrar-se de mim.

Meu pai entrou em meu escritório com uma pilha de papéis nas mãos. Meu mouse pairava sobre o botão de Comprar. Ele estava sempre precisando de mim para assinar coisas.

— O que está fazendo? — Ele me olhou por sobre a armação dos óculos.

— Caleb sofreu um acidente — eu disse. — Está com uma concussão e não sabe nem mesmo quem é.

— Você não pode viajar — meu pai foi categórico. — Estamos em meio ao nosso processamento de testes. Eu preciso de você aqui.

Ele pôs os papéis sobre minha escrivaninha e deu passos firmes em direção à porta. Fiquei aturdida às suas costas, incerta de ele ter me ouvido.

— Papai?

Ele parou à soleira, as costas ainda viradas para mim. Era assim que a maior parte de nosso relacionamento era — eu falando com as suas costas, com sua cabeça abaixada ou, ainda, com seu jornal.

— Caleb precisa de mim; e eu vou. — Cliquei *comprar* na passagem e levantei-me para juntar minhas coisas.

Não olhei para ele ao caminhar para a porta, onde ele estava, decididamente, paralisado, olhando para mim com raiva.

— Johanna...

— Não me chame assim. Meu nome é Leah.

Empurrei-o para passar, a força de meu corpo jogando-o contra o batente. Eu parecia mais corajosa do que me sentia — era boa nisso. Desafiara meu pai — o homem cujo amor eu vinha tentando ganhar, conquistar... merecer? Exigiu cada gota da valentia que eu possuía para não me virar e encarar sua raiva. Sabia que, se olhasse para ele, iria retroceder, implorando por sua afeição como um cão. Meu pai estava furioso... fervendo. Caminhe, caminhe, caminhe — eu disse a mim mesma. Caleb precisava de mim. Ele era o maior bem que eu possuía e eu não o deixaria me esquecer. Que importância tinha esse emprego? Que importância tinha meu pai? Eu precisava de Caleb mais do que dos dois.

Fui para casa e joguei minhas coisas numa bolsa de viagem. Quando cheguei ao aeroporto, tremia. Tudo a partir daí foi um borrão — passar pela segurança, encontrar meu portão. Havia ainda trinta minutos até que o próximo voo lotasse. Fiquei tão perto quanto possível da agente de passagens. O painel acima de sua escrivaninha dizia Scranton, mas podia muito bem dizer Caleb. Quando o primeiro chamado de embarque foi anunciado, fui a primeira a entregar a passagem. Desfalecendo em meu assento, pressionei os olhos com a ponta dos dedos para repelir as lágrimas. Distraí-me puxando meu iPhone e procurando por *amnésia* no Google. Eu estava lendo através dos diferentes tipos quando a atendente de voo me disse que eu teria que desligar o celular. Odiei aquilo. Meu namorado estava com amnésia, meu pai ia me deserdar tão logo eu chegasse em casa, e a piranha usando sombra azul estava preocupada com meu celular prejudicando o voo. Eu o guardei e fiquei batendo as unhas no braço da poltrona, uma por uma — começando pelo dedo mínimo e seguindo em frente. Fiz isso durante o voo todo.

Quando, enfim, chegou a hora de aterrissar, eu mal conseguia me controlar para não me levantar e correr para a frente do avião. Pensava em todas as coisas que poderiam dar errado. Luca mencionara na ligação que a perda de memória de Caleb era classificada como amnésia retrospectiva — o que significava que ele perdera a habilidade de lembrar de qualquer coisa que houvesse acontecido antes do acidente. Como podia alguém apenas... esquecer tudo sobre sua vida? Eu não acreditava nisso. Não havia meio de ele poder me esquecer. Estávamos juntos todos os dias... ele me amava. Essa era, em absoluto, a pior coisa quanto ao amor; não importa com quanto esforço você tente, você nunca consegue esquecer a pessoa que foi dona de seu coração. Até Caleb, eu não sabia o que isso significava. Eu era a rainha de "transe com eles e depois jogue fora".

A fila andou e eu saí a passos rápidos do terminal, seguindo para o quiosque de aluguel de carros. Trinta minutos depois, corria para o hospital num Ford, o aquecimento ligado ao máximo e as mãos grudadas no volante. Nevava lá fora e trouxera apenas uma jaqueta leve e dois moletons fininhos. Eu iria congelar.

A subida até o quarto de hospital dele foi a mais longa que jamais fiz. Meu peito doía enquanto me perguntava se ele iria ou não se lembrar de mim. Seu médico — um indiano com um rosto amável — encontrou-me no corredor.

— Houve um pouco de sangramento em seu cérebro que já está sob controle. Sua condição é estável, mas ele está muito confuso. Não fique perturbada se ele não souber quem é você.

— Mas o que causou isso? Milhares de pessoas sofrem concussões e não perdem a memória — eu disse.

— Nunca há uma única explicação causal para essas coisas. Tudo que você pode fazer é ser paciente e dar a ele o apoio de que precisa. Esse tipo de amnésia costuma demorar a passar, mas as lembranças acabam retornando.

Olhei, temerosa, para a sua porta. Isso estava mesmo acontecendo. Eu ia entrar por aquela porta e o único homem que eu me permitira amar não iria me reconhecer.

— Posso vê-lo?

O médico concordou.

— Dê-lhe espaço. Para ele, será a primeira vez que a vê. Se quiser abraçá-lo, peça permissão primeiro.

Engoli o nó em minha garganta. Agradecendo ao médico, bati de leve na porta.

Caleb disse:

— Entre.

A primeira coisa que vi quando entrei foi a bonita enfermeira que examinava seu cordão intravenoso. Ela estava flertando com ele. Minha reação inicial foi caminhar direto para Caleb e beijá-lo. Meu território. Em vez disso, ergui-me furtivamente junto à soleira e esperei que ele me notasse.

Por favor...por favor...

Ele ergueu os olhos. Eu sorri.

— Oi, Caleb. — Dei alguns passos para me aproximar.

Não havia nada em seus olhos. Meu coração batia a cada momento de percepção. Não haveria um milagre quando ele visse meu rosto, meu belo cabelo ruivo não traria de volta suas lembranças. Eu era feita de aço. Podia lidar com isso.

— Sou Leah.

Ele deu uma olhada na enfermeira — que fingia não me notar —, e ela acenou positivamente para ele, tocando seu braço levemente, antes de seguir para a porta.

— Oi, Leah — ele me cumprimentou.

— Você...? — Eu me contive antes que pudesse falar mais. Não iria perguntar se ele me conhecia ou não. Não, isso, certamente, me pintaria como uma incerteza em sua vida. Apenas afirmaria para Caleb quem eu era e exigiria que ele, mentalmente, aceitasse isso. — Sou sua namorada. É esquisito ter que lhe explicar isso.

Ele sorriu — o velho sorriso de Caleb. Soltei o fôlego que estava prendendo. Deus, eu precisava de um cigarro...

Aproximei-me da cabeceira. Ele estava bem detonado. Havia cinco tiras sobre seu olho direito e seu rosto parecia um quadro de Kandinsky.

— Fiquei tão assustada... Vim imediatamente.

Ele fez que sim e baixou o olhar sobre as mãos.

— Obrigado.

Os músculos saltaram em seu queixo quando ele rangeu os dentes. Eu olhei aturdida para Caleb, incerta do que dizer a seguir. Teríamos que começar da estaca zero? Eu precisaria lhe dar um resumo de quem éramos e onde havíamos estado?

Acalme-se, coração maníaco.

— Posso... posso abraçar você? — Eu tremia ao esperar por sua resposta. Eram tremores de medo, um cálculo da perda que sentiria se ele me rejeitasse.

Caleb ergueu os olhos, sua testa franzida, e aceitou com um aceno de cabeça. Foi um daqueles grandes momentos de alívio que eu sempre lembraria. Meus nós internos desataram e eu mergulhei sobre ele, envolvendo seu pescoço entre meus braços e soluçando contra seu peito. Por alguns segundos, apenas eu o abracei, mas, depois, senti suas mãos pousarem levemente em minhas costas. Chorei mais ainda. Isso estava tão confuso! Eu devia estar confortando Caleb, mas ali estava eu chorando.

Se ele houvesse morrido... Oh, Deus... eu teria ficado totalmente só. A mãe de Caleb me disse que o motorista do carro morrera. Eu o vira uma ou duas vezes durante as jornadas de trabalho de Caleb.

Quando me afastei dele, não conseguia encará-lo. Peguei um chumaço de lenços de papel da minha bolsa e fiquei de costas para ele enquanto enxugava meus olhos.

Eu tinha que me controlar. Pensar de maneira positiva. Logo isso acabaria e ficaria enterrado em nosso passado. Por enquanto, precisava estar lá por ele. Nós éramos tão bons juntos! Mesmo que Caleb não tivesse lembranças de antes, ele veria isso agora. Eu precisava fazê-lo ver isso. Abafei um soluço. Por que aquilo tudo tinha que acontecer? Bem quando nossa relação havia, enfim, evoluído.

— Leah.

Gelei. Meu nome soava estranho em sua voz, como se ele o estivesse dizendo pela primeira vez, soletrando as sílabas com cautela. Dei uma batidinha no resto de minhas lágrimas e o encarei... sorrindo.

— Você está...? Deus... — Ele cerrou os punhos quando viu meus olhos úmidos. — Lamento tanto...

Ele parecia prestes a chorar, de modo que me sentei na beira da cama, vendo minha oportunidade de ser útil de alguma maneira.

— Não se preocupe comigo — eu disse. — Ficarei bem se você estiver bem.

Ele franziu a testa.

— Não estou bem.

— Então, eu também não, mas estamos juntos nisso.

CAPÍTULO 15

Presente

ENCONTRO-ME NA SALA DE ESTAR, FOLHEANDO A *VOGUE*, enquanto Caleb prepara o jantar. O bebê dorme no segundo andar e a televisão está ligada em algum canal de notícias, com volume em altura suficiente para que Caleb possa ouvir. Penso em mudar de canal para ver o *America's Next Top Model* quando ouço o nome dela. Ponho-me em alerta. Olivia Kaspen. Sua fotografia surge na tela, quando se destaca em meio aos repórteres. Agarro o controle remoto, não para aumentar o volume, mas para mudar de canal antes que Caleb possa ver.

— Não faça isso — eu o ouço atrás de mim.

Fecho os olhos com força. Dando de ombros, aumento o volume. O repórter é uma mulher. Uma vez, li uma estatística que dizia que sessenta por cento dos homens desligam quando os repórteres são mulheres. Infelizmente, para mim, Caleb não é um deles. Ele se aproxima mais da TV, com a faca ainda na mão. Os nós de seus dedos estão brancos. Meu olhar sobe por seu braço e pousa em seu rosto. Do nariz para baixo, suas feições são de mármore. Tudo acima disso está registrando emoção num nível essencial. Suas sobrancelhas estão franzidas e seus olhos parecem uma arma carregada prestes a detonar a qualquer momento. Eu transfiro meu olhar para a televisão, temendo que, se continuar observando-o, começarei a chorar.

"O julgamento de Dobson Scott Orchard começará na próxima semana. Sua advogada, Olivia Kaspen, que até este momento tem mantido sigilo a respeito de seu cliente, recentemente, deu uma declaração afirmando que aceitou o caso depois que o sequestrador e estuprador serial a contatou diretamente, pedindo-lhe para representá-lo. É altamente especulado que Olivia, que se graduou no mesmo colégio de uma de suas vítimas, emitirá uma alegação de "inocente por motivo de insanidade".

E entram os comerciais. Eu caio de novo sobre o sofá. A foto que exibiram de Olivia era granulada. A única coisa realmente visível foi seu cabelo, que era muito mais longo do que quando ela estivera em meu julgamento. Giro o pescoço devagar até que possa ver o rosto de Caleb. Ele está de pé, imóvel, atrás de mim, seus olhos ligeiramente apertados e grudados no comercial de papel higiênico, como se desconfiasse da garantia de que possui três camadas.

— Caleb? — Minha voz emperra e eu limpo a garganta. Lágrimas ferroam meus olhos e tenho que usar toda a minha força de vontade para impedi-las de se derramar pela minha face.

Caleb me olha, mas não me vê. Quero vomitar. Quão frágil é meu casamento, se tudo o que ele tem que fazer é olhar para ela e eu deixo de existir? Desligo a TV e me levanto abruptamente, lançando os conteúdos de meu colo com estrondo no chão. Pego a bolsa, tateando para ver onde coloquei meus cigarros na noite em que fui ao Mother Gothel com Sam. Eu os retiro, não me importando se ele vê... *querendo* que ele veja.

— Você vai mesmo fazer isso? — Sua voz é calma, mas posso ver a fúria descontrolada em seus olhos.

— Você não é meu dono — digo, displicente, mas minha mão treme quando ergo o isqueiro.

É uma mentira tão grande! Caleb tem sido dono de cada um de meus pensamentos e atos pelos últimos cinco anos. Seria eu uma vendida ao amor? Relembro meus outros relacionamentos enquanto dou uma tragada. Não; em cada relação que tive, antes de Caleb, eu tinha o poder. Sopro a fumaça em sua direção, mas ele se foi. Amasso o cigarro. Por que senti a necessidade de fazer isso? Deus...

Não vou para a cama. Fico sentada no sofá a noite toda, bebendo rum direto da garrafa. Autorreflexão não é uma coisa em que eu me destaque. Penso em mim mesma como uma imagem retocada por Photoshop. Se eu começar a arranhar as camadas do que estou reprimindo — aquilo que cubro com uma bela foto — as coisas vão começar a parecer bem feias. Não gosto de pensar em quem eu realmente sou, mas a solidão e o álcool estão afrouxando minhas restrições. Ligo para Sam para me distrair. Quando ele atende, posso ouvir música ao fundo.

— Espere — ele diz, e volta dentro de alguns segundos. — Estella está bem?

— Sim — digo, irritada, e posso ouvir seu suspiro de alívio. — Não sou uma boa mãe. Devo ser pior ainda que minha mãe egocêntrica, crítica e consumidora de gim-tônica.

— Leah, você está bebendo?

— Não.

Ponho a garrafa de rum de lado. Ela erra a mesa e cai com estrondo no chão. Ainda bem que estava vazia. Eu me encolho.

— Seria melhor você ter tirado leite antes de fazer isso — ele diz, ríspido.

Começo a chorar. Eu fiz isso. Todo mundo é tão crítico!

Sam me ouve fungando e suspira.

— Você é uma mãe bem ruim, mesmo. Mas não tem que ser.

— Caleb ainda gosta muito de Olivia.

— Você pode deixar Caleb de lado ao menos uma vez? Que mulher obcecada. Vamos falar sobre Estella.

Eu o interrompo:

— Eu acho que sempre soube disso, mas não tenho certeza. Posso extrair dúzias de lembranças de algum canto particular de meu cérebro que apenas o álcool tem a chave para destrancar. A maior parte das lembranças é de olhares; aqueles que ele lançou para ela, não para mim. — Mordo minha rótula e balanço para a frente e para trás.

— Sabe, eu tenho que ir... Vejo você amanhã. — Sam desliga.

Jogo meu celular de lado. Sam que se foda.

Quando Caleb olha para Olivia, seus olhos se mexem com um funcionamento diferente. É como se ele estivesse olhando para a única coisa que importa. Estou doentiamente familiarizada com o modo como Caleb olha para ela, porque é o modo com que eu olho para ele.

Quando me levanto, a porta oscila. Estou tão bêbada que mal posso entender meus próprios pensamentos. Subo aos trambolhões e vou até meu armário. Retiro sacolas e malas até que fico cercada pelos Ls e Vs e o cheiro sutilmente penetrante do couro. Vou deixá-lo. Eu não mereço isso. É bem como falou Cammie. Estou sendo amada pela metade.

Enfio alguns punhados de roupas numa sacola e desmorono no chão. Quem estou querendo enganar? Nunca vou deixá-lo. Se eu o deixar, ela será a vitoriosa.

Desperto com a cara apertada contra o chão. Gemo e me viro de lado, tentando ajustar os fragmentos de nossa última noite juntos. Sinto-me pior do que no dia em que dei à luz. Enxugo a baba do rosto e encaro a bagunça ao redor. Malas e mochilas estão espalhadas ao meu redor como se o armário as tivesse chovido. Eu estava tentando alcançar alguma coisa quando as derrubei? Sinto uma violenta ânsia de vômito e me arremeto em direção ao banheiro, fazendo-o no tempo exato de esvaziar meu estômago dentro do vaso. Estou sufocando de falta de ar quando Caleb entra, cheirando a limpeza e frescor. Ele usa bermuda e camiseta, o que é estranho, visto que ele deveria trabalhar hoje. Caleb me ignora quando coloca seu relógio no pulso e verifica as horas.

— Por que está vestido desse jeito? — minha voz é rouca como se houvesse passado a noite gritando.

— Tirei folga do trabalho hoje.

Ele não me olha; mau sinal. Estou tentando me lembrar do que fiz para ele quando sinto um cheiro em meu cabelo. Fumaça. Torno a gemer, agora, por dentro, quando as lembranças começam a voltar. Aquilo foi muito estúpido.

— Por quê? — pergunto com cautela.

— Preciso pensar.

Caleb sai do banheiro e eu o sigo até lá embaixo. Sam, que está alimentando o bebê, arqueia as sobrancelhas quando me vê e eu passo os dedos sobre o cabelo conscientemente. Ele que se foda. A culpa é toda dele. Desde que Sam apareceu, minha vida começou a desmoronar.

Caleb beija o bebê no topo da cabeça e caminha em direção à porta como se estivesse atrasado para alguma coisa. Eu o sigo.

— No que você precisa pensar? Num divórcio?

Caleb para, de repente, e eu bato em suas costas.

— Divórcio? Acha que devo me divorciar de você, Leah?

Engulo o orgulho e a provocação que está na ponta de minha língua. Tenho que ser inteligente. Ando me deixando levar ultimamente. Venho pressionando Caleb quando tenho a chance de consertar as coisas.

— Deixe-me ir com você — digo, tranquila. — Vamos passar o dia juntos... conversar.

Ele parece inseguro, seus olhos desviando para a porta do quarto do bebê.

— Ela ficará bem com Sam, Caleb...

Minha declaração parece fechar o trato. Ele concorda com um pequeno gesto e eu quero gritar de alívio.

— Volto em cinco minutos — eu digo.

Caleb dirige-se para o carro para esperar por mim. Eu me lanço sobre as escadas, dois degraus de cada vez, e bato com força a porta do armário, quase caindo. Ponho um jeans limpo e enfio uma camiseta pela cabeça. No banheiro, espirro água no rosto, retirando a maquilagem manchada, e dou uma lavada na boca. Não me dou ao trabalho de fazer nova maquiagem.

Saio correndo pela porta da frente e tenho um pequeno ataque cardíaco quando não avisto seu carro. Ele me deixou. Estou pronta para cair na entrada da garagem e chorar quando seu brilhante BMW dobra a esquina. Aliviada, entro e tento bancar a indiferente.

— Você achou que eu a tinha deixado — ele diz.

Há humor em sua voz e fico tão aliviada por obter algo que não sua frieza que concordo com um aceno de cabeça. Caleb me olha com atenção e eu vejo a surpresa passar pelo seu semblante. Baixo os olhos conscientemente. Raras vezes ele me viu sem maquiagem e nunca uso camiseta.

— Aonde vamos? — pergunto, tentando distrair sua atenção de quão repulsiva devo parecer.

117

— Nada de fazer perguntas, Leah. Você queria vir junto, então, aqui vamos nós...

Aceito isso.

Ele liga o rádio e dirigimos com as janelas abaixadas. Normalmente, eu teria um ataque com o vento desmanchando meu cabelo, mas estou tão além dessas preocupações que quase gosto de senti-lo no rosto. Caleb ruma para o sul da estrada. Não há nada senão o oceano nessa direção. Não consigo nem imaginar para onde ele está me levando.

Estacionamos num passeio de cascalho cerca de uma hora depois. Eu me sento mais aprumada em meu banco e espio ao redor. Há muita folhagem. De repente, as árvores se abrem e estou olhando para o oceano cor de água-marinha. Caleb faz uma virada para a esquerda e estaciona sob uma árvore. Desce sem dizer uma palavra. Como não faz seu gesto habitual de se aproximar para abrir a minha porta, eu pulo para fora e o acompanho.

Caminhamos em silêncio, seguindo o mar, até chegarmos a um pequeno porto. Há quatro barcos balançando delicadamente nas vagas. Dois deles são embarcações de pesca de aparência mais nova. Caleb passa por eles em direção a um velho Seacat que necessita, urgentemente, de pintura.

— Isso é seu? — pergunto, incrédula.

Caleb confirma e eu me sinto por instantes afrontada por ele nunca ter me contado que comprara um barco. Mantenho a boca fechada e subo a bordo sem sua ajuda. A Seacat é uma marca britânica. Não fico surpresa; Caleb costuma comprar itens europeus. Olho ao redor com repulsa. Sou alérgica a coisas que não são brilhantes nem novas. Parece que Caleb começou a trabalhar nele. Sinto o cheiro penetrante de selante e avisto a lata perto da escotilha.

Tento fazer um comentário neutro, simpático:

— Qual será o nome dele?

Caleb parece gostar de minha pergunta, porque esboça um sorriso e mexe com a corda que nos prende ao cais.

— *Grandes esperanças.*

Gosto disso. Eu estava preparada para não gostar, mas gosto. *Grandes esperanças* é o título do livro do qual ele escolheu o nome de Estella.

Desde que dei à luz ao pacote gritante de carne, sinto-me bem melhor quanto à coisa toda. Já que não tem nada a ver com Olivia. *Não pense nela,* eu me repreendo. *Ela é o principal motivo pelo qual você está com problemas.*

— Então, vamos passear nele? — faço a pergunta óbvia.

A cabeça dele ainda está curvada, mas Caleb ergue os olhos para mim enquanto suas mãos trabalham. É uma dessas coisas que só ele faz. Eu acho isso incrivelmente sexy e fico agitada. Sento-me no único assento disponível — que está rasgado — e observo os músculos de suas costas quando ele liga o motor e nos conduz para fora do porto. Sou tão, loucamente, atraída por Caleb que, mesmo depois de nossas brigas, quero arrancar suas roupas e montar nele. Sento-me como uma dama enquanto flutuamos. Ficamos deste modo por um longo tempo, ele na direção e eu esperando. Caleb desliga o motor. A linha da praia corre num desfile de dunas e casas à minha esquerda, o oceano escuro e azul à minha direita. Ele caminha até o leme e olha para longe. Eu me levanto de meu banco e ando os poucos passos que me levam até ele.

— Parto amanhã para Denver — Caleb me diz.

— Não vou ter depressão pós-parto e matar a sua filha, se é a isso que está querendo se referir.

Ele inclina um pouco a cabeça e baixa os olhos sobre mim.

— Ela é sua filha também.

— Sim.

Ficamos observando as ondas rodeando o casco do barco, nenhum dos dois expressando seus pensamentos.

— Por que você não me falou sobre o barco? — Passo as unhas pela ponta do polegar.

— Eu iria falar um dia. Foi uma compra de impulso.

Isso é bastante justo, suponho. Comprei sapatos que, provavelmente, custaram o mesmo que essa coisa, sem falar a ele primeiro. Mas, momento de impulso significa que foi uma compra emocional. Do tipo que eu fazia quando estava deprimida ou preocupada com algo.

— O que mais você não está me contando?

— Garanto que a mesma quantidade de coisas que você não me conta.

Eu me arrepio. Dolorosamente verdadeiro! Caleb conseguia enxergar através de paredes como se elas nada fossem. Mas se ele soubesse mesmo o que eu não lhe contava, iria embora amanhã... e eu não poderia suportar isso.

Se ele realmente estivesse escondendo mais — eu iria descobrir.

— Você sabe tudo sobre mim, todos os meus segredos e o drama de minha família. O que eu poderia ter a esconder, Caleb?

Ele me encara. Há uma nuvem negra pairando. Parece um presságio. Eu estremeço.

— Há um monte de coisas que não sei sobre você — ele diz.

Minha mente logo voa para o monitor de fertilidade e o Clomifeno que eu estava usando para engravidar.

O cérebro dele trabalha enquanto isso. Posso ver o ardor por trás de suas íris. Quando Caleb está pensando, seus olhos praticamente brilham. Odeio isso. O lado bom é que eu sempre sei quando é em mim. Seus olhos agora apontam na direção dos meus; descem até minha boca e, depois, se erguem de volta para meus olhos. Ele franze a testa e inclina a cabeça como se estivesse lendo minha mente. Você consegue ler um segredo no rosto de alguém? Espero desesperadamente que não.

— Quando você foi até mim naquela noite... no hotel... estava tentando ficar grávida?

Desvio o olhar do dele e olho fixamente para a água. Maldição, ele consegue. Minhas mãos tremem. Eu as aperto. Então eu lanço sobre ele a verdade:

— Sim.

Não sei por que admiti. Eu nunca falo a verdade. Foda-se tudo isso! Quero sugar as palavras de volta para minha boca antes que cheguem até ele, mas é tarde demais.

Caleb entrelaça as mãos na nuca. Suas sobrancelhas se erguem, erguem muito, franzindo sua testa em meia dúzia de pequenas rugas. Ele está louco da vida.

Penso naquela noite no hotel. Eu fui para lá determinada. Eu tinha um plano. Meu plano funcionou. Nunca pensei que pudesse ser pega. Agora, fui. Bato com as unhas dos polegares sobre meus dedos.

Taque.

Taque.

Taque.

Caleb retesa as bochechas. Parece que quer sair correndo. Fugir para pensar. Quando fala, suas palavras vêm de entre os dentes:

— Certo. Muito bem. — Ele ergue os olhos para o céu, a luta evidente em seu semblante. — Eu a amo tanto... — Caleb encosta um braço no lado do barco e fica perscrutando a água como eu. — Eu a amo tanto... Não me importa o modo como foi concebida. Fico feliz só por ela estar aqui.

Solto um suspiro de alívio e olho para ele com o canto de meu olho temeroso.

Caleb engole uma, duas vezes...

— Você engravidou de propósito. E, agora, parece não querê-la.

É difícil ouvir... as duas partes. Assustadoras, verdadeiras e feias.

— Pensei que ela seria um menino. — Minha voz soa tão baixa que compete com as ondas, mas Caleb me escuta.

— E se ela fosse? Você gostaria de ser mãe, então?

Odeio quando ele me força a raciocinar. Seria? Ou seria este papel uma coisa em que eu estava predestinada a falhar, fosse menino ou menina?

— Não sei.

Caleb me olha. Eu observo a barba espetada em seu rosto e quero tocá-la.

— Você a quer?

Não lhe diga a verdade!

— Eu... não sei o que quero. Quero você. Quero fazer você feliz...

— E Estella não?

Sua voz está roçando a impaciência. A impaciência que, geralmente, indica que estou me metendo numa grande fria. Tento sair dela.

— Claro que eu a quero. Sou a mãe dela...

Falta convicção à minha entonação. Eu costumava ser uma mentirosa tão completa!

— O que você fez depois disso... também foi planejado?

Vejo seu peito no movimento de inspirar e expirar. Rápidas inspirações raivosas... Caleb está se fortalecendo para a minha resposta.

121

Sugo todo o ar que o céu tem a oferecer. Eu o puxo até meus pulmões arderem. Não quero soltá-lo. Quero prender esse ar e reter a confissão que ele procura extrair de mim. Não tenho que lhe revelar a verdade.

— Caleb...

— Por Deus, Leah, só me diga a verdade...

Ele passa a mão pelo cabelo, dá uns dois passos à esquerda para que eu possa ver apenas suas costas...

— Eu estava perturbada... Courtney...

Ele me interrompe:

— Você fez isso para me obrigar a voltar?

Engulo em seco. É foda. Se eu disser "não", ele continuará me fazendo perguntas até me pegar numa armadilha.

— Sim.

Caleb pragueja. A ponta de seus dedos apertam a testa como se ele estivesse tentando prender os pensamentos.

— Acho que preciso de um tempo para pensar.

— Não, Caleb!

Balanço a cabeça de lá para cá. Caleb balança a dele para cima e para baixo. Um par de cabeças se agitando em aflição.

O redemoinho começa, o pânico me tragando para baixo, até que gemo.

— Não me abandone outra vez. Eu não consigo tomar conta dela sozinha. — Deixo minha cabeça tombar.

— Você não terá que se preocupar, Leah.

Ergo os olhos para ele, esperançosa.

— Vou levá-la comigo. Ela é minha filha; tomarei conta dela.

Oh, Deus. O que foi que eu fiz agora?!

Caleb se levanta, liga o motor e vamos cortando o mar em direção à praia, o resto da minha sanidade mental se despedaçando.

No momento em que atracamos, eu pulo do barco e corro para meu celular, que deixei no carro. Quero sair daqui. Meus dedos parecem não ter ossos enquanto remexo na tela, estocando inutilmente. Digito um serviço de táxi e dou a eles minha localização. Estou tremendo, a despeito do calor. Meu Deus, o que eu estava pensando ao contar aquilo para ele? Mal posso respirar quando o vejo descer pelo cais em direção a mim, encostada no capô de seu carro. Mesmo dentro de nossa atual situação, meu coração se agita ao vê-lo. Eu o amo tanto que meu peito dói.

Caleb não me olha. Não sei o que isso significa, mas pensar nunca é uma boa coisa. Pensar provoca um redemoinho de emoções. Minhas emoções quase me afogaram uma vez. Não quero voltar a elas.

O cascalho se espalha sob seus pés quando ele caminha para onde estou. Meus braços estão em torno de minha cintura, como se eu tentasse pressionar minha sanidade de volta ao meu torso. Caleb para a alguns passos de distância. Ele vem para ver como estou. Ele me odeia neste momento, mas vem me examinar.

— Chamei um táxi — digo.

Ele concorda com um aceno de cabeça e olha para o horizonte do mar que está apenas visível além do bosque onde estacionou seu carro.

— Vou ficar aqui — Caleb diz. — Eu ligarei quando voltar para apanhar Estella.

Minha cabeça dá um estalo.

— Pegar Estella? Oh, sim, isso.

— Vou levá-la para ficar comigo por uns tempos no meu apartamento.

Respiro pelo nariz, lutando com minhas emoções, tentando assumir as rédeas da situação outra vez.

— Você não pode tirá-la de mim — afirmo entre os dentes cerrados.

— Não se trata disso. Você não a quer, Leah. Eu preciso de algum tempo para pensar e é melhor que ela fique comigo. — Ele esfrega a testa enquanto entro em um pânico contido.

Quero gritar — *Não pense! Não pense!*

— E o seu trabalho? Você não pode tomar conta dela com sua agenda de trabalho.

Procuro ganhar tempo. Eu estraguei tudo, mas posso consertar. Posso ser uma boa mãe e uma boa esposa...

— Ela é mais importante que o trabalho. Vou tirar um tempo de licença. Tenho uma viagem na semana que vem e, depois dela, virei apanhá-la.

Meus pensamentos se arrastam. Não posso apresentar justificativas para o motivo de ele fazer isso comigo. Posso usar o bebê para ameaçá-lo — mas isso só irá me prejudicar a longo prazo. Se ele quer dar um tempo, talvez eu deva deixar. Talvez eu precise de tempo também.

Concordo.

Ele aperta os lábios até ficarem brancos. Nenhum de nós diz nada nos vinte minutos seguintes. Caleb espera até que o táxi de aspecto encardido estaciona, espirrando cascalho em nossos tornozelos até parar. Eu subo nele, recusando-me a enfrentar os olhos de Caleb. Talvez ele esteja esperando que eu me vire para que me diga que tudo foi uma mentira. Mas eu olho, diretamente, para a frente.

O retorno é feito por entre trechos estreitos de terra que se estendem até o profundo mar azul. Eu me recuso a pensar... por todo o caminho. Simplesmente, não consigo fazer isso. Concentro-me nos carros que passam. Olho para as suas janelas e avalio seus passageiros: famílias bronzeadas voltando das férias, trabalhadores braçais com expressões entediadas, uma mulher chorando ao cantar junto com o rádio. Desvio os olhos quando vejo isso. Não preciso que me façam pensar em lágrimas.

Quando chego em casa, Sam acabou de pôr o bebê na cama para dormir. Ele analisa minha expressão e abre a boca, as perguntas prontas para sair.

— Não fale porra nenhuma — digo com rispidez.

Sua boca ainda está aberta quando eu subo intempestivamente as escadas e bato a porta com força. Ouço seu jipe sair da garagem minutos depois e espio pelas cortinas para ter certeza de que ele foi embora. Ando para cá e para lá em meu quarto, tamborilando as unhas e tentando resolver o que fazer com esse desastre que Olivia criou. Depois, quase abruptamente, me lanço em direção ao quarto do bebê. Caminho na ponta dos pés para seu berço e espio na borda como se esperasse encontrar uma cobra em vez de uma criança dormindo.

Ela está de costas, a cabeça virada de lado. Conseguiu livrar uma das mãos do embrulho feito por Sam e a tem em forma de punho, parcialmente enfiada na boca. A cada segundo, ela começa a sugá-la com tanta força que acho que vai acordar a si mesma. Eu recuo alguns passos para que ela não me veja. Eu nem mesmo sei se ela conseguiria me enxergar. As mães, geralmente, mantêm tabelas dessas coisas — primeiro sorriso, primeiro arroto, primeiro seja lá o que for. Inclino a cabeça e olho para ela de novo. Está crescida, ficou um pouco menos... repulsiva. Estou surpresa por poder me ver agora em seu rosto, na curva de seu nariz e no queixo agudo. Bebês costumam parecer apenas borrões até os quatro meses, mas esse tem alguma personalidade em seus traços. Suponho que se algum bebê pudesse ser mais bonito que os outros, seria o meu. Eu me detenho por outro momento antes de sair. Fecho a porta e depois a abro, lembrando-me de que estou sozinha esta noite. Nada de Caleb. Nada de Sam. Nada da minha mãe egocêntrica e alcoólatra. Eu observei Sam e Caleb o suficiente para saber o básico. Você a alimenta, ela espalha a comidinha, você limpa a sujeira, você a põe no berço... e, depois, vai beber.

Oh, Deus. Deslizo parede abaixo até que minha bunda bate no chão e deixo a cabeça pender entre meus joelhos. Não consigo me impedir de sentir pena de mim mesma. Eu não pedi esta vida — ser amada em segundo plano e ser forçada a ter um bebê. Eu queria... eu queria o que Olivia tivera e jogara fora — alguém que me adorasse, mesmo que minhas entranhas se enroscassem e dessem botes como uma cobra venenosa. Não! *Eu* não sou a cobra venenosa. Olivia é que é. Tudo o que tive de fazer foi culpa dela. Eu sou inocente.

Caio no sono assim, fungando e enxugando o nariz na panturrilha, assegurando-me de minha inocência e ouvindo minha filha respirar. Talvez ela fique melhor longe de mim. Talvez eu fique melhor longe dela.

Desperto com uma sirene. Fogo! Pulo da cama, meus músculos se desembaraçando com protestos. Estou desorientada e sem certeza de onde estou. Está escuro, ainda é noite. Encosto a mão na parede e procuro sentir cheiro de fumaça. Não foi uma sirene... foi um bebê. Sigo para a cozinha, derrubando coisas na minha pressa de encontrar uma mamadeira e uma embalagem de leite materno. Praguejo em voz alta. Sam deve ter mudado as coisas de lugar, porque não consigo encontrar nada. Depois, vejo a nota presa à geladeira.

Não há mais leite materno.

Você precisa usar a bomba de amamentação.

Maldição. Olho para a bomba de peito, que está posta sobre o balcão da cozinha. Levará pelo menos quinze minutos para tirar a quantidade de que ela precisa e ela está gritando tão alto que temo que alguém ouça e venha investigar. Vejo o Serviço de Proteção às Crianças aparecendo em meu edifício e fico tensa. Não posso me dar ao luxo de ter mais discussões com a lei.

Subindo a escada de dois em dois degraus, paro à porta do quarto do bebê, tomando um fôlego profundo antes de abri-la com um empurrão. Acendo a luz e me encolho. A súbita mudança parece deixá-la mais furiosa, de modo que apago a luz e acendo a pequena luminária no canto. Lembro-me de tê-la comprado na Pottery Barn. Um urso marrom... para meu filho.

Vou até o berço para pegar minha filha. Ela está encharcada. Sua fralda vazou através das roupas e sobre seu lençol. Eu a sento na mesa de troca e tiro seu macacão, assim que sua fralda e roupas são trocadas, ela parece se acalmar, mas ainda chora.

— Silêncio — eu digo. — Você parece um gato.

Caminho para a cadeira de balanço de cinco mil dólares que minha mãe comprou para mim e sento-me nela pela primeira vez.

— Você é mesmo um pé no saco, sabia? — Eu a olho com ferocidade enquanto tiro minha camiseta.

Desvio o olhar quando ela ataca. Uso toda a minha força de vontade para não expulsá-la de meu colo. Os próximos trinta minutos são pura tortura. Minhas pernas estão cruzadas e eu me balanço para manter a sanidade. Meus olhos estão fechados e apertados contra os dedos. Odeio isso. Ela cai no sono ainda sugando. Eu a ergo até meu ombro para fazê-la arrotar, mas ela chega antes de mim e arrota no meu rosto. Dou um pouco de risada por ser tão repugnante e a carrego para o berço.

Erguendo-me de volta, experimento certo senso de realização. Posso tomar conta de um bebê.

— Vejamos se você faz isso, Olivia.

O ciclo constante de alimentação continua até que o sol irrompe dentre as palmeiras como um refletor superzeloso, maldito. Escondo a cabeça sob os braços quando ele brilha através das cortinas desajeitadas, abrindo uma linha bem em direção aos meus olhos. Eu me mudei para o quarto do bebê há poucas horas, enroscando-me na cama geminada no canto. Não consegui adormecer — nem um pouquinho. Nada. Fico de costas e olho para o teto. Cheiro a leite azedo. Estou prestes a levantar quando seu miado estridente recomeça.

— Oh, Deus... — E me arrasto até seu berço. — Por favor, deixe-me morrer.

CAPÍTULO 16

PASSADO

ELE ESTAVA COM ELA. TINHA QUE ESTAR. FUI ATÉ SEU apartamento e liguei para seus pais. Ninguém o vira ou ouvira falar dele nos últimos dias. Deixei meia dúzia de mensagens na caixa postal, mas ele nunca me retornou. Minha vida começava a parecer um trem desgovernado. Eu estava indo para algo ruim num passo vertiginoso. Caleb se afastava de mim. Meus dedos, acostumados a se enroscar aos dele, agora, encontravam ar. Eu precisava me agarrar a alguma coisa, tomar de volta o controle. Pensei em pedir socorro à minha mãe, mas depois que ela me dissera para seguir Caleb ao apartamento daquela piranha, eu ficara envergonhada demais para lhe dizer qualquer coisa mais sobre a situação.

Courtney!

Liguei para a minha irmã e contei tudo a ela.

— Jesus, Leah. O que você vai fazer? — Courtney estava em seu primeiro ano como professora. Ela havia aceitado um emprego para ensinar matemática para crianças do colégio do centro da cidade. — Sério, você tem que encontrá-lo e conversar com ele. Quem é essa garota, afinal? Ela, obviamente, sabe de você e não se importa. Que vagabunda sem coração!

— Não sei se ele ouvirá, Court. Caleb não é mais o mesmo. — Ouvi vozes ao fundo.

— Tenho que sair — ela disse. — Estou dando aulas particulares depois da escola. Esse é o amor de sua vida, Leah. Você tem que lutar por ele.

— Certo. Como?

Ela ficou em silêncio por alguns segundos.

— Descubra quem é essa garota. Se for apenas um flerte, deixe passar, ele voltará para você. Se for mais, você terá que dar um fim nisso. Está me escutando?

— Estou.

Ela desligou. Eu me senti rejuvenescida. Parei para tomar um suco e segui direto para o conjunto de apartamentos para onde seguira Caleb na semana anterior. Seu carro não estava lá. Eu bati na porta e ouvi um cão latindo. Tornei a bater, mais alto. Se aquele maldito animal continuasse fazendo aquela algazarra, alguém iria notar. Aos meus pés, havia um capacho de "Bem-vindo" e uma pequena planta num vaso à esquerda. Eu pouco fiz para iluminar o corredor cinzento. Olhando ao redor, me acocorei perto da planta, erguendo-a do chão. Nada.

Huuummmm.

Enfiei o dedo no solo e escavei até que... trouxe para cima uma sacolinha Ziploc. Limpei a sujeira e me inclinei para dar uma olhada mais atenta. Uma chave. Ri com desdém. Levantando-me, pus a chave na fechadura e a porta se abriu completamente. Meus tornozelos imediatamente foram atacados. Consegui me desviar da feia criatura e fechar a porta do apartamento, trancando-a do lado de fora. Encostei o ouvido à porta com força. Pude ouvi-lo gemendo do outro lado e, depois, o débil arranhar as unhas no concreto quando ele se afastou trotando. Ótimo.

Tomando um fôlego profundo, eu me virei para encarar o apartamento. Era bonito. Decente. Ela se esforçara para torná-lo confortável. Fui andando até a sala de estar. Cheirava tão forte a canela que eu quis descobrir de onde vinha. Segui o cheiro até uma tomada de perfume na parede e cutuquei-a com a ponta do dedo. Que tipo de mulher usava essas coisas? Eu nunca pensara em comprar uma.

Foda-se. Chega de ficar perdendo tempo.

Comecei pelo quarto de dormir. Era onde as mulheres vinham escondendo seus segredos desde o começo dos... bem... dos segredos. Puxei as gavetas da cômoda uma por uma, passando as mãos por sobre suas roupas. Quando encontrei a gaveta de lingeries, fiz uma careta. Por favor, Deus, não permita que Caleb tenha visto suas calcinhas. Ela usa as rendadas — preta, branca e rosa. Nenhuma estampa. Fecho a gaveta de mãos vazias e olho para o armário. Até aqui, ela é tediosa. Caleb não gosta de gente tediosa. Bem, o Caleb que eu conhecia não gostava. Balancei a cabeça. Eu não tinha ideia alguma de quem era esse novo Caleb. Queria o antigo de volta.

Acendo a luz no armário. Estava horrivelmente organizado. Uma caixa de sapatos, posta sobre uma prateleira acima das roupas. Eu a puxei e retirei a tampa.

Senti como um soco no estômago. Olhando fixamente para mim, uma fotografia de um Caleb muito mais jovem. Ele tinha o braço em torno de uma garota de cabelos bem pretos. Eu a reconheci do dia em que a segui até seu apartamento. O que isso significava? Eles se conheciam? Caleb a teria procurado depois de ter amnésia? Ele estava tentando se conectar ao passado? Fui olhando as fotografias uma por uma. Eram mais que apenas amigos. Meu Deus. Parei numa foto dos dois se beijando e joguei a caixa para longe de mim.

O que estava acontecendo? Ele sabia quem ela era ou...?

Não, tinha que ser ela. De algum modo ela descobrira que ele havia perdido a memória e aparecera para bagunçar sua cabeça. Oh, meu Deus. Caleb não tinha a menor ideia.

Respirei fundo e procurei, desordenadamente, pela caixa. Dentro dela havia cartas escritas à mão na letra inclinada de Caleb. Meus olhos ardiam enquanto eu as lia. Suas palavras para essa garota sobre quem eu nada sabia. Exceto que ela não era uma garota qualquer. Era aquela do sorvete de cereja. Eu estava quase certa disso.

Eu tinha que encontrá-lo e dizer a ele o que ela estava fazendo. Mas primeiro as coisas prioritárias.

Juntei o que precisava numa pilha e enfiei no bolso. Em seguida, saí à procura de uma tesoura.

CAPÍTULO 17

Presente

NINGUÉM VEM. AO MEIO-DIA, PERCEBO QUE DESTRUÍ MEU casamento e que é folga de Sam. Abro o uísque. Eu nem mesmo gosto de uísque, mas, por algum motivo, ele me liga a Caleb.

A fedelha está finalmente dormindo. Não penso duas vezes em tomar dois dedos do uísque preferido de Caleb. O bebê é tão tenso que um pouquinho de malte deve fazer-lhe bem. Capto um lampejo de mim mesma no espelho do corredor, quando subo as escadas penosamente em direção ao chuveiro. Estou parecendo com uma daquelas mães gorduchas, de cabelos escorridos, que ocupam os bancos dos parques, com todas as esperanças drenadas de seus olhos. É isso que estou predestinada a me tornar? Uma mãe solteira, usando jeans feios e distribuindo aqueles repugnantes biscoitinhos em formato de peixe de aquário na hora da partilha das refeições?

Não. Endireito os ombros. Se eu me tornar isso, não vou para o maldito parque. Irei para a França e alimentarei minha filha com caviar. Posso me sair melhor que uma estereotipada. Posso ser uma mãe Chanel.

Na hora em que saio do chuveiro, sinto-me uma nova mulher. Não é de se admirar que Caleb beba esse negócio caro. Estou praticamente caminhando no ar. Quando o bebê desperta, eu a alimento com o estoque de leite que tirei antes. Ela já parece confusa, como se a mamadeira fosse uma inconveniência em vez de uma refeição. Ela grita e revira a cabeça até que sua pele ruboriza com um vermelho parecido ao do bichinho de pelúcia que está logo acima de sua cabeça.

Enfio o bico da mamadeira em sua boca, até que ela finalmente a fecha, grunhindo de olhos fechados.

— Perdeu essa batalha, não é? — eu digo, pousando a cabeça de volta na cadeira de balanço e cerrando as pálpebras. — Se você acha que vou fazer isso o tempo todo, está enganada. Fedelha mimadinha da cabeça vermelha.

Desperto na cadeira. O bebê dorme em meu ombro. Posso sentir seu calor vazando para minha roupa e ouvir suas pequenas respirações em meu ouvido. Eu a baixo até o berço tão delicadamente quanto posso e examino o celular.

Nada de Caleb, mas duas ligações de Sam. Estou prestes a ligar para meu babá inútil quando ele me envia uma mensagem.

Sam: indigestão; preciso de alguns dias de folga.

Me assusto com a mensagem e antes que eu saiba o que estou fazendo, meu celular sai girando de minha mão em direção à minha maldita bela escada de mármore. Fecho os olhos quando o ouço se espatifar numa dúzia de pedaços. Minha vida toda está se despedaçando.

O bebê começa a chorar, eu começo a chorar. Arrebento mais algumas relíquias sem preço e me recomponho. Tenho uma droga de bebê para cuidar. Quando marcho de volta para dentro de seu quarto, meu soluçar se dissipou num gemido e eu já tenho meu peito de fora.

Sam me encontra em meu habitual lugar: no chão perto do berço dela. Ele me cutuca nas costelas com o pé e eu empurro sua perna para longe.

— Você parou de tomar banho?

Quando não respondo, ele me põe de pé, lançando uma breve olhada no berço antes de me conduzir para fora.

— Eu não a matei, se é isso que você pensa.

Ele me ignora, empurrando-me em direção ao meu quarto.

— Só porque você é mãe não significa que não possa tomar conta de si mesma.

Lanço um olhar feroz sobre ele. Claro que Sam não tem ideia alguma do que é tomar conta de um bebê. Ele me empurra para o banheiro e liga o chuveiro.

— Caleb ligou para dizer que não virá para casa — ele diz, sem olhar para mim.

Afasto suas mãos com um tapa.

— O que mais ele disse?

Sam não me responde. Isso é ruim. Isso é muito ruim. Caleb não expõe aos outros nossa roupa suja. Se ele está dizendo algo ao maldito babá deve ser porque já tomou uma decisão. Pulo para dentro da água e a deixo rolar sobre meu rosto.

Deus... por que não pensei nessas consequências nefastas antes de falar aquilo pra ele? Será que eu realmente achava que estaria ferindo apenas Caleb? Eu me ferrei toda, daqui até Marte, e agora essa pobre e minúscula fedelha não vai ter um pai.

A menos que...

Balancei a cabeça. Como pude sequer pensar nisso?

CAPÍTULO 18

PASSADO

CALEB VOLTOU PARA MIM. EU SABIA QUE ELE VOLTARIA.
Não porque tivéssemos algo insubstituível, mas porque eu era leal. Eu lutara pelo que quisera e expulsara seu passado da cidade. Ela não voltaria. Eu estava bem certa disso. Ela era covarde demais. Eu soube, de algum modo, quando encontrei aquelas cartas e fotografias, que ela nutria sentimentos muito fortes por ele. Uma mulher não mantinha uma caixa de lembranças a menos que a chama ainda estivesse queimando com força. Usei isso para levar vantagem. Joguei com a culpa dela e, graças a Deus, deu certo. Se ela tivesse lutado com mais força, algo me diz que eu teria perdido.

Caleb se refugiou dentro de si mesmo depois que ela se foi. Eu tive que ver seu coração se partir... silenciosamente. Foi terrível. Eu estava tão enciumada que mal podia respirar. Ele não me contou o que acontecera entre os dois, e por que contaria? Caleb estava confuso. Eu não tinha escolha senão esperar. Isso me corroía; o fato de que ele obviamente a amava muito antes da amnésia, tanto que os sentimentos estavam todos ali, muito embora suas lembranças não estivessem. Teria servido de base para um estudo psicológico interessante se eu não estivesse tão incrivelmente incomodada. Caleb vivia olhando fixo para o espaço, mesmo muito tempo depois em que pus um fim no pequeno romance deles. Eu poderia ter me colocado bem diante dele nessas ocasiões e ele não teria me visto.

O que ele diria quando sua memória voltasse?, eu me perguntava. Caleb me contaria que ela era uma garota do passado ou iria fingir que isso nunca acontecera?

E então sua memória realmente voltou. Aconteceu de repente, numa terça-feira de abril. Eu estava no trabalho quando ele me ligou para me contar.

— Oh, meu Deus! — Eu me levantei. Almoçava com um colega no refeitório, mas quis ir embora na mesma hora. — Como você se sente? — perguntei, cautelosa. Entrei no corredor para ter privacidade. Ele mencionaria Olivia? Estaria furioso?

— Estou bem. — Caleb fez uma pausa. — Aliviado por isso ter acabado.

— Devíamos comemorar. Assim que eu sair do trabalho, posso me encontrar com você.

Ele hesitou.

— Certo, Leah. Há muita coisa que eu quero lhe falar.

Meu coração se agitou. O que isso significaria? Agora que ele lembrava quem eu era, talvez quisesse ir em frente comigo. Afastei o pensamento. Não adiantava ficar alimentando minhas esperanças por nada.

— Certo, verei você depois do trabalho. E, Caleb... — Prendi meu fôlego — Eu amo você.

Houve uma breve pausa, durante a qual meu coração disputou com o estômago qual dos dois ficaria pior.

— Também amo você, Leah. — Ele finalizou a ligação.

Eu me soltei contra a parede.

Caleb se lembrou de que me amava. Eu vinha esperando ouvir essas palavras havia meses. Comecei a chorar e, depois liguei para Katine e Courtney. Katine ficou em êxtase; Courtney, nem tanto.,.

— Quer dizer que ele apenas lembrou-se de tudo... assim, inesperadamente? — minha irmã disse, depois que eu lhe contei.

— Sim, é assim que funciona.

— Sei. Só que acho difícil acreditar que você possa esquecer sua namorada por meses e então, bam! Tudo volta de um estalo.

— Não pode apenas ficar feliz por mim, Court? — perguntei, ríspida.

— Nós podemos, finalmente, seguir com nosso relacionamento.

— E se ele não quiser seguir em frente?

Meu coração afundou no peito. Ele dissera que queria conversar comigo. Não eram palavras abominavelmente decepcionantes?

— Courtney — eu silvei —, você está mesmo me irritando.

— Estou tentando apenas avisá-la. O cara estava em uma relação com outra mulher, pelo amor de Deus! Acorde, Leah. Ele não é perfeito como você pensa que é.

Desliguei na cara dela. Courtney estava amarga. Ela rompera, recentemente, com seu namorado e estava jogando isso sobre Caleb. Eu não iria deixar nada amortecer meu ânimo. Ele estava de volta e era meu.

Entrei no apartamento dele sem bater. Agora que ele lembrava quem eu era, não havia necessidade de fingimentos. Encontrei Caleb na cozinha, bebendo uma cerveja, o cabelo ainda úmido do banho.

Deixei cair minha bolsa e corri para ele. Caleb apenas conseguiu pôr sua garrafa sobre o balcão quando me lancei sobre ele. Caleb me pegou, rindo.

— Oi, Vermelha.

— Oi, Caleb.

Olhamos um para o outro por um longo minuto antes que ele me baixasse.

— Como se sente?

— Bem... ótimo. Eu só... há muita coisa...

Pus a mão sobre sua boca.

— Não tem que dizer nada. Estou apenas feliz por você estar de volta.

Antes que ele pudesse argumentar, estiquei-me na ponta dos pés e o beijei. Caleb ficou surpreso a princípio. Eu senti suas mãos em meus braços, tentando me afastar. Enlacei seu pescoço. Eu estava sendo territorial. Deus sabe o que ele teria feito com aquela mulher. Eu precisava reivindicá-lo, fazê-lo me beijar como fazia antes do acidente. Caleb não me beijou. Quando recuei, ele não olhou para mim.

— Caleb, o que há? Você se lembra de tudo, certo?

— Sim.

— Sinto que você está me tratando como se não soubesse quem eu sou.

Ele se afastou, e foi se encostar na janela com as costas viradas para mim. Eu me abracei e fechei os olhos com força. Por que, de repente, passei a sentir tanto frio?

— Você está rompendo comigo, não está?

Ele manteve seu corpo rígido, mas virou o rosto para mim.

— Nós ainda estávamos juntos? Do modo como me lembro, você rompeu comigo na manhã do acidente.

Engoli em seco. Isso era verdade.

— O acidente pôs as coisas no lugar para mim — eu disse, cuidadosamente. — Quase perdi você.

— O acidente pôs as coisas no lugar para mim também, Leah. Ele mudou tudo. O que eu queria... o que eu pensei que poderia ter...

Balancei a cabeça. Eu não entendia o que ele estava dizendo. Estaria se referindo a ela?

Eu me espremi entre ele e a janela para que Caleb fosse forçado a me encarar.

— Caleb, antes do acidente você me queria. Ainda me quer?

Os dois momentos mais longos de minha vida vieram a seguir. Comecei a me afastar. Caleb agarrou meu braço.

Eu já estava chorando. Não queria que ele visse.

— Leah, olhe para mim.

Eu olhei.

— Eu fui muito egoísta...

— Não me importo — disse depressa —, você estava confuso.

— Eu sabia o que estava fazendo.

Eu o encarei.

— O que quer dizer?

Caleb praguejou e passou a mão pelo cabelo.

Houve uma batida na porta.

— Maldição... maldição! — Caleb pressionou os olhos antes de correr para responder à batida.

Eram Luca e Steve. Eu peguei minha bolsa e corri para o banheiro para me maquilar antes que eles pudessem me ver. Se minha mãe tinha me ensinado alguma coisa na vida fora não ser flagrada com as emoções expostas.

— Leah! — ela exclamou quando eu saí do banheiro.

Luca se moveu como uma gata em minha direção. A diferença entre ela e minha mãe era a tremenda quantidade de sinceridade e amor maternal. Esta mulher amava seu filho de uma maneira com a qual eu não estava acostumada. Era incondicional. Eu invejava isso nele. Alguma coisa em sua necessidade de sempre me abraçar me deixava pouco à vontade. Eu me sentia avaliada toda vez que ela fazia isso, como se estivesse testando meus ossos para ver se eu era digna de seu filho. Permiti que o fizesse, olhando para Caleb por cima de seu ombro. Ele nos fitava com uma estranha expressão.

Quando ela se desgrudou, olhou-me no fundo dos olhos.

— Caleb, esta garota... — Luca meneou a cabeça, com uma lágrima escorrendo pelo rosto. — Esta garota é uma raridade.

Minha surpresa deve ter ficado evidente em meu semblante. Ela me abraçou outra vez.

— Obrigada, Leah. Você foi tão fiel a meu filho. Uma mãe não podia querer nada melhor.

Eu não era a única a estar surpresa. O rosto de Caleb ia do total espanto à confusão.

Quando atraí seu olhar, ele deu de ombros e sorriu.

Eles ficaram pela maior parte da noite, conversando e bebendo champanhe — que haviam trazido para comemorar. Eu saí quando eles saíram. À porta, Caleb me pegou pelo pulso antes que eu me afastasse.

— Leah — sua voz estava rouca —, minha mãe estava certa. Não importa como, você ficou comigo. Mesmo quando...

Eu balancei minha cabeça em sinal negativo. — Não quero falar disso. — Dela.

Caleb estreitou seus olhos. Senti que era como se ele estivesse me vendo pela primeira vez em meses.

— Você não tinha que fazer o que fez. Foi uma vergonha minha mãe ter que apontar isso para mim.

138

— Do que você está falando, Caleb?

— Eu tratei você com indiferença. Sua lealdade. Sua confiança. Lamento. — Ele me puxou para si e me envolveu num abraço.

Não sabia o que suas palavras significavam para mim, mas eu, com toda a certeza, ficaria por perto para descobrir.

— Levo você até o carro.

Eu fiz que sim, enxugando as lágrimas com as pontas dos dedos.

Por favor, Deus, não o deixe me magoar.

CAPÍTULO 19

Presente

SAM ESTÁ AO MEU LADO — OU AO MENOS EU PENSO QUE está. Ele não me julga. Gosto disso. Ele sabe o essencial do que aconteceu entre Caleb e eu. Até aqui, não fez nenhuma pergunta para me sondar. Eu quase quis que ele fizesse.

Sinto que somos uma equipe. Ele limpa a casa, mantém-me alimentada, lava a roupa e me diz quando devo alimentar o bebê.

Eu alimento o bebê.

Às vezes, fico olhando quando Sam dá um banho nela e lhe estendo a toalha.

A maternidade não é tão difícil quanto eu pensava. Exceto quando é.

Caleb não liga.

Caleb não liga.

— Por que todas as tatuagens? — eu lhe pergunto um dia.

Sam arregaçou as mangas até os cotovelos e está delicadamente enxaguando o cabelo do bebê. Ele me olha de canto de olho. Eu traço as imagens com meu dedo, uma coisa que nunca fiz antes... com ninguém. É uma mistura de artes: um navio de pirata, uma flor de lótus e uma teia de aranha incrivelmente cafona. Quando chego ao seu cotovelo, ele ergue as sobrancelhas.

— Gostaria de tirar minha camisa para poder continuar?

— Tem mais ainda?

Ele sorri com malícia e tira o bebê do banho.

— Se eu não soubesse o que sei, pensaria que você se sente atraída por mim.

Solto uma gargalhada. Realmente. É um pouco embaraçoso.

— Você é gay, Sam. E, sem querer ofender, não sou chegada ao tipo Kurt Cobain tatuado.

Sam carrega o bebê para o quarto e o coloca na mesa de troca.

— Espero que você seja chegada pelo menos ao som de Kurt Cobain.

Balanço a cabeça antes que as palavras possam sair de meus lábios.

— Eu ouvia quando era mais jovem.

Ele me olha intrigado.

— Vou pegar algo para beber... — Deslizo para fora do quarto antes que Sam possa dizer mais alguma coisa, mas, em vez de ir para a cozinha, sigo para o meu quarto. Fecho a porta tão baixinho quanto posso e me jogo na cama.

Respire, Leah.

Estou tentando pensar em coisas felizes, coisas que meu terapeuta disse para eu me concentrar, mas tudo que posso ouvir são as palavras de uma canção do Nirvana ecoando tão alto em minha cabeça que eu quero gritar.

Grito com a boca no travesseiro. Odeio isso: sou um maldito desastre e não há nada que eu possa fazer para melhorar. Quando as batidas do meu coração voltam ao ritmo normal, vou para o andar de baixo e pego um copo de água.

Estou zapeando pelos canais de TV, poucas horas depois, quando ouço o nome de Olivia. Mudo de canal e tenho que retornar. Desde que Caleb se foi, estou desesperada por saber qualquer notícia dela. Eu sei que ele está vendo. Respiro fundo e olho quando Nancy Grace me dá uma atualização do que vem acontecendo no preparo do julgamento de Dobson. Ela está fazendo um discurso longo e veemente. Eu rio abafado. Quando ela não está discursando? Nancy se afasta de Dobson e demoro alguns instantes para descobrir que seu agudo sotaque sulista é dirigido a Olivia. Aumento o volume e me inclino para a frente. Sim! Olivia acusando! Isso é exatamente o que preciso para me sentir melhor comigo mesma.

Eu me aninho no sofá para observar, um copo cheio de uísque suando em minha mão. Um canto da tela exibe tomadas das vítimas de Dobson. Elas variam em idade e aparência, mas todas têm a mesma expressão assombrada. Quando um videoclipe do estuprador surge na tela, torço o nariz. Algemado e acorrentado, ele usa um macacão laranja. Policiais à paisana o cercam enquanto ele caminha pela curta distância entre o veículo e o tribunal. Ele me dá calafrios. É um homem enorme. O policial perto dele parece insignificante. Como esse bufão conseguia que garotas se aproximassem se seu tamanho gigantesco me deixa espantada?

De repente, na tela surge Olivia. Quero mudar de canal, mas, como sempre, não consigo tirar os olhos de cima dela. Nancy chacoalha a mão cheia de joias. Sua voz vai aumentando num ritmo crescente e ela diz a três pessoas no painel que eles são idiotas por defender o caso de Olivia. Estendo a mão para pegar um punhado de pipoca, sem tirar os olhos da tela. Nancy está certa. Sinto uma súbita afeição por ela. Essa mulher, obviamente, sabe ler as pessoas. Então, ouço meu nome. Cuspo minha pipoca longe e me inclino para a frente.

Olivia ganhou um caso um ano atrás, defendendo uma herdeira de acusações de fraude clínica. Nancy chama alguém no painel. *Ela ganhou esse caso, Dave?*

Dave faz um breve resumo de meu caso e afirma que sim, de fato, Olivia ganhara o caso.

Nancy se indigna.

As provas contra aquela garota eram esmagadoras, ela diz, estocando a escrivaninha com o dedo.

Mudo de canal.

Mas, na noite seguinte, ligo de novo e vejo todos os cinquenta e dois minutos da fúria loira. Na terceira noite, liguei para o programa como sra. Lucy Knight, do Missouri, e expressei minha indignação com Olivia também. Reforço dizendo que aprecio o que Nancy faz para as mulheres, que ela é uma grande heroína. Nancy me agradece com os olhos cheios de lágrimas por ser uma fã.

Ao fim do programa, estou, geralmente, bêbada. Às vezes, Sam fica para vê-lo comigo.

— Ela é mesmo bonita — ele diz sobre Olivia.

Cuspo uma pedrinha de gelo sobre ele, que dá risada. O bebê dorme quase a noite toda agora. Eu ainda durmo em seu quarto, só por precaução, para o caso de ela acordar. Sam pensa que estou, enfim, criando laços com a criança, mas faço isso apenas para não ter que caminhar muito no meio da noite.

Caleb deve voltar da viagem no fim do dia seguinte. Ele me enviou uma mensagem dizendo que pegará Estella tão logo chegue. Planejo uma ida ao spa de manhã. Se tudo correr como espero, ele não irá a parte alguma.

— Então, eles estiveram juntos na faculdade?

Olho para onde Sam está bebericando sua soda.

— Que diabos?

— O que foi? — Ele dá de ombros. — Eu me sinto como se estivesse vendo uma telenovela sem saber da história por trás dela.

Dou uma fungada.

— Sim, estiveram juntos por alguns anos naqueles tempos. Mas não era assim tão sério. Eles nem chegaram a dormir juntos.

Sam ergue as sobrancelhas.

— Caleb estava ligado a uma garota que não transava com ele? — Ele solta um assovio baixinho.

— O que isso significa? — Enrosco os pés sob meu corpo e tento parecer não muito interessada.

A ausência de sexo entre Caleb e Olivia sempre me confundiu. Eu bem que quis fazer perguntas nas raras ocasiões propícias, mas odiaria parecer a namorada ciumenta. Além do mais, Caleb protegia seu passado como se fossem as malditas joias da coroa.

Sam parece pensativo enquanto mastiga um punhado de carne-seca. Ele come tanto desse negócio que eu passei a associar o cheiro a ele.

— Parece um longo tempo para um cara tão jovem esperar. Só vi isso em gente totalmente louca de amor... amor compulsivo.

— O que quer dizer com *amor compulsivo*? Caleb tem a personalidade menos apegada que conheço. Na verdade, isso me aborrece. Num ano ele é um esquiador completo e, no outro, quando eu programo uma viagem a uma casa de campo, ele me diz que não está mais interessado. Isso aconteceu milhões de vezes em nosso relacionamento. Com restaurantes, com roupas... Ele até troca de carro todo ano. Isso quase sempre começava com Caleb amando algo intensamente e, depois, pouco a pouco, enjoando.

— Não sei... — Sam diz. — Acho que parece que ele queria fazer qualquer coisa por ela... mesmo que isso significasse ir contra o que ele estava habituado.

— Odeio você.

Sam dá um tapa de brincadeira em minha perna e se levanta.

— Estou só tentando clarear sua mente um pouquinho, Mamãe Monstro. Parece que ele é a sua compulsão, e não é uma compulsão saudável.

Eu o olho com ferocidade quando ele se dirige para a porta. Sam é um babaca tão pomposo!

— Vejo você amanhã — ele grita por sobre o ombro. — Quando o senhor Perfeição retornar...

Mas, no dia seguinte, Sam liga para dizer que está com problemas com o carro. Cancelo o spa. Eu não tinha passado um dia todo sozinha com o bebê desde que Sam ficara ausente com a indigestão. Como um saco pequeno de milho congelado antes de subir para pegá-la. Pela maior parte do dia, repito tudo o que vejo Sam fazer. Nós temos a hora de ficar de bruços na sala de estar. Eu enxugo seu rosto depois que ela acaba de comer. Até faço um gesto espalhafatoso e a levo para um minipasseio no carrinho que nunca usei.

Quando descubro que estou sem fraldas, ligo para Sam em pânico. Ele não responde, porque ninguém nunca está por perto quando você precisa de verdade. Como devo levar um bebê à loja comigo? Deve haver algum tipo de serviço que mande recados para novas mães. Depois de me debater por mais de uma hora, coloco o bebê no carro e sigo para o comércio de secos e molhados mais próximo. Demoro uns dez minutos para descobrir como transportar seu assento dentro do carrinho de compras.

Praguejo baixinho, até que uma mãe mais madura se aproxima para me ajudar. Eu lhe agradeço sem olhar para seus olhos e desvio meu carrinho para dentro do armazém bem a tempo de escapar da chuva. No momento em que o ar-condicionado frio sopra sobre o bebê, ela começa a gemer. Empurro o carro, acidentalmente, para a passarela de produtos para crianças e ponho dentro dele cinco pacotes de fraldas. Melhor prevenir do que remediar.

Quando corro de volta para a caixa registradora, todos estão me olhando como se eu fosse uma péssima mãe. Ponho tudo na esteira transportadora e tiro a criança do assento do carrinho. Segurando-a contra meu peito, dou tapinhas em suas costas de modo embaraçoso. Estou remexendo em minha carteira e tentando segurá-la quando o caixa — um delinquente juvenil estourando chiclete — me pergunta: "Isso é tudo?". Olho para o saco de fraldas que está agora dentro de uma sacola no meu carrinho e depois para a esteira vazia. Ele está me encarando com seus olhos lacrimosos de maconheiro, esperando pela minha resposta.

— Oh, não, eu gostaria de todas essas porcarias invisíveis também. — Aponto para a esteira e ele é idiota o bastante para olhar. — Deus — digo, limpando maldosamente meu cartão de crédito —, tire a erva daqui.

O bebê escolhe esse exato momento para fazer um movimento intestinal. Antes que eu tenha guardado o cartão de crédito, os conteúdos de sua fralda vazam em minhas mãos e sobre minha camisa. Olho ao redor horrorizada e disparo para fora dali.

Sem as fraldas.

Mando Sam ir buscá-las mais tarde quando ele, finalmente, retorna minha ligação. Quando ele aparece na porta da frente, eu ainda não troquei minha camisa suja de cocô e em acréscimo à arte feita pela minha filha, meus dois seios estão vazando. Ele balança a cabeça.

— Você parece pior cada vez que a vejo.

Debulho-me em lágrimas. Sam coloca as fraldas no balcão e me abraça.

— Vá tomar um banho enquanto ela está dormindo. Eu preparo alguma coisa para comermos.

Concordo com um aceno e subo. Quando desço, vejo que ele preparou espaguete.

— Sente-se. — Sam aponta para um banquinho.

Obedeço, puxando o prato que ele estende para mim.

— Você está perdendo a batalha. — Sam enrola espaguete em seu garfo sem me olhar.

Uso uma faca para cortar o meu em pedacinhos para que ele possa caber no meu garfo.

— Como faço para ele voltar para casa?

— Adote uma nova personalidade e aprenda a calar o bico.

Eu lanço um olhar obsceno para ele enquanto dou um tapinha em minha boca.

— Você sente atração por mim?

Há uma longa pausa.

— Sou gay, Leah.

— Jura? Nunca, *realmente*, pensei que você fosse.

— Você vive dizendo isso!

— Bem, você tem uma filha... Qual é o nome dela mesmo?

Ele ri.

— Kenley. E eu acho que descobri isso só bem tarde na vida.

Deixo cair a cabeça entre as mãos. Esta é uma baixa totalmente nova em minha vida: seduzir um homem gay. Tomo um longo fôlego e ergo os olhos.

— Caleb vai me deixar de novo. Sei disso.

Por um segundo, Sam parece confuso, depois, ele se move de lado no sofá e põe um braço em torno de meus ombros.

— Provavelmente — ele diz.

Minha cabeça se volta para ele de imediato. Homens gays não devem ser mais sensíveis? No momento em que ele disse que era gay, eu já planejava usá-lo para substituir Katine.

— Mal posso crer que ele ficou com você por todo este tempo. — Ele sorri à minha expressão.

— Você realmente disse isso?

Sam faz que sim.

146

— Talvez o cara ame uma boa piranha, mas você está andando numa linha fina entre ser sedutoramente piranha e psicótica. Você descuidou da filha dele. Acredito que ele vai deixá-la, mas vai levar a criança.

— De jeito nenhum. Não permitirei que isso aconteça.

— O quê? O marido ou o bebê?

Mordo por dentro da bochecha. É óbvio o que eu quero dizer.

— Ele não vai acreditar se eu começar a fingir que sou uma supermãe. Caleb vê as merdas com transparência.

Sam arqueia uma sobrancelha.

— Ele não vai me deixar. Caleb acha que me destruirei se ele o fizer.

— É assim que você quer conservá-lo? Manipulando as emoções dele?

Dou de ombros.

— Tento não pensar nisso, para ser sincera.

— Sim, isso está claro, de certo modo. Por que, simplesmente, não deixá-lo ir embora? Você podia encontrar outra pessoa.

Sinto a ânsia de dar-lhe uma bofetada. Em vez disso, acendo um Slim.

— Nunca o deixarei ir embora. Eu o amo demais.

Sam ri de mim com malícia e arranca o cigarro de meus dedos, pisando nele sobre o granito.

— Nunca?

— Nunca — reafirmo. — Nunca, jamais.

Sam aponta o dedo para mim.

— Isso não é amor.

Reviro os olhos para ele.

— O que você sabe? Você é gay.

CAPÍTULO 20

PASSADO

PAPAI ME CHAMAVA DE SEU BRAÇO DIREITO. ISSO DEVERIA ser considerado uma honra. Mas eu sentia mais como se ele tivesse pregado uma letra escarlate* em meu vestido. Todos conheciam sua política rígida de não misturar a família com a empresa, de modo que meu súbito aparecimento foi uma nuvem fria, de granizo, caindo sobre os demais empregados. Teria meu pai recrutado uma espiã? Estaria ele querendo efetuar cortes na empresa, usando-me para relatar quem executava ou não seu trabalho? Eles remexiam com os papéis quando eu passava, fingindo estar mais ocupados do que estavam. Outros eram radicalmente agradáveis, esperando ganhar minha amizade para assegurar seus empregos, enquanto outros eram abertamente hostis. A pergunta *Por que ela está aqui?* era como uma campainha que sempre precedia-me pelos corredores. Era terrível.

Mais terrível ainda era o tamanho de meu escritório. Diferente do de papai, o meu era o mais cobiçado do edifício. Uma parede toda de vidro oferecia uma vista do centro de Forte Lauderdale. Se eu ficasse em pé,

---

* Referência ao livro "A letra escarlate", de Nathanael Hawthorne, clássico da literatura norte-americana em que uma mulher adúltera é marcada com a letra "A" de "adultério". (N.T.)

encarando o oceano, veria o prédio de Caleb a distância. Seu proprietário anterior, que era querido por todos na Instrução de Procedimentos para Operações (IPO), fora demitido uma semana antes de eu chegar. Ele trabalhara na empresa por doze anos e fizera por merecer o escritório que me fora concedido. A placa da minha porta poderia ter a inscrição de Intrometida Autorizada em letras cor-de-rosa, em formato de bolha. Eu ganhava cinco vezes mais do que ganhava no banco. Na superfície, minha vida, já privilegiada, acabara de aterrissar na rua da Felicidade. Por dentro, naquele novo escritório, eu me retorcia.

Meu pai me deu um emprego de prestígio em sua empresa para provar quão pouco ele pensava no que eu realmente queria fazer. Meu namorado me dava sorrisos que não tinham reflexo em seus olhos. Minha mãe me dava um amor tão débil que parecia mais um desprezo coberto de açúcar. Se alguém houvesse se preocupado em dizer: Leah, tudo é coisa só da sua cabeça... tudo que eu poderia fazer era me referir às três pessoas de minha vida que não queriam que eu, realmente, estivesse ao seu lado.

Minha assistente apontou a cabeça.

— Senhorita Smith, todos estão esperando pela senhorita na sala de conferência.

Merda. Eu me esquecera daquilo. Peguei meu MacBook e disparei porta afora. Estava tão envolvida em minha celebração de autopiedade que cheguei dez minutos atrasada para uma reunião superimportante. Eu odiava aquilo. Entrei displicente, evitando os olhos de meu pai, e sentei-me em minha cadeira.

Ergui a cabeça, esperando ver Bruce Gowin, que costumava se sentar perto de mim, mas, em vez dele, fui saudada por uma loira com dentes brancos ofuscantes.

Onde estava Bruce? Ele era meu parceiro em dificuldades na informática. Observei ao redor da mesa procurando-o, até que meu pai me notou.

— Leah, estou muito satisfeito por você ter decidido, enfim, se juntar a nós. Se está procurando pelo senhor Gowin... ele não está mais conosco. Cassandra Wickham acaba de substituí-lo.

— Pode me chamar de Cash — ela disse, estendendo a mão.

Cash... que coisa mais Hollywood!

Cash tinha o cabelo na altura do queixo e lábios que, na certa, enfrentaram cinco sessões de agulha de colágeno. Ela era sexy... de um modo impressionante. Na hora, me senti ameaçada. Dei a ela o sorriso mais autêntico que pude forçar e voltei-me para meu pai, que me observava com atenção. Cash era seu novo animalzinho de estimação, pude notar de imediato. Fiquei pensando se Bruce havia sido demitido só para dar lugar a ela.

— Vamos começar? — Ele ligou o projetor e todas as cabeças giraram nessa direção, como se todos estivessem programados para fazer isso.

E estávamos mesmo. Charles Austin Smith repreendia verbalmente qualquer um que ousasse falar ou discordar durante suas reuniões. Ele repreendia verbalmente minha mãe por expressar suas opiniões com tanta frequência que ela nem mais tinha opiniões. Rei Smith. Nascido Smitoukis, mas isso era parte de sua vida de pobre. Quando o Rei falava, seus súditos calavam a boca e ouviam.

A reunião era um meio para todos dos departamentos centrais do IPO fazerem contato com as bases. Já que eu era chefe de questões internas, era minha responsabilidade coordenar a nova posição de Cash como Química de formulações farmacêuticas. Já que a maioria dos químicos de formulação eram autodidatas ou haviam sido, em essência, aprendizes sob a orientação de pesquisadores experientes, Cash era uma pessoa imediatamente importante na empresa. Uma rock-star farmacêutica, se preferirem assim. Eu não sabia como me sentir quanto à minha nova encarregada. Queria Bruce de volta.

Depois da reunião, segui até o escritório do meu pai para descobrir para onde estávamos indo. Fechando a porta atrás de mim, ocupei a cadeira disponível diante de sua escrivaninha. Esperei que ele desviasse o olhar de seu computador antes de falar:

— O que aconteceu com Bruce, papai?

Meu pai tirou seus óculos de leitura e os colocou sobre a escrivaninha.

— O senhor Gowin não vinha desempenhando um trabalho à nossa altura. Tenho grandes projetos emergentes que vão nos colocar no mapa das empresas farmacêuticas. Precisamos de novos olhares. Confio que você tomará a senhorita Wickham sob sua proteção.

Fiz que sim... ansiosamente demais. Ele franziu a testa.

— Você vai trabalhar em proximidade com ela enquanto formulamos e testamos uma nova droga. Estou colocando você à frente do projeto todo.

Meu queixo caiu. Logo me recobrei, afastando o sorriso tolo do rosto, tentando ser a vice-presidente das questões internas.

Era um negócio grande. Fossem quais fossem os motivos pelos quais meu pai estava me colocando na empresa, foram todos postos de lado por essa nova porção de notícias. Ele confiava em mim para o lançamento de uma nova droga. Isso era monumental!

— Obrigada, papai. Estou muito honrada.

Ele me dispensou com um aceno de sua mão e eu tive que me controlar para não sair correndo do escritório. A primeira coisa que fiz foi ligar para Caleb.

Ele estava sem fôlego quando apanhou o fone. Imaginei que havia acabado de chegar de uma corrida.

— Uau, Vermelha, fico muito orgulhoso por você! Vou buscá-la no trabalho hoje à noite e nós iremos comemorar.

Fiquei iluminada pelo seu louvor. Concordei em estar pronta às sete. Desliguei o telefone e arrumei a saia. Eu tinha que fazer uma jornada até o laboratório onde Cash estaria arrumando seu escritório. Já que íamos trabalhar juntas, era de meu máximo interesse conhecê-la. Quando me virei em direção à porta, ela já estava lá.

— Leah — ela disse. — Posso entrar?

Fiz que sim e um sinal para que ela se sentasse.

— Pensei que talvez pudéssemos almoçar para nos conhecermos um pouquinho.

Resolvi não lhe falar que eu estava prestes a fazer o mesmo. Era melhor que ela estivesse à minha procura. Eu era a chefe; tinha que manter um ar profissional.

Analisei suas feições quando ela se sentou diante de mim. Tínhamos mais ou menos a mesma idade. A pele dela era um tanto esturricada, como se tivesse feito bronzeamento artificial toda semana nos últimos anos. E eu podia respeitar um peito bonito, mas quando você exagera nas tetas, já está imitando demais a Jessica Rabbit. Cash estava, decididamente, exagerando.

— Eu não conheço nada aqui — ela disse, cruzando as pernas. — Acabo de me mudar de Washington.

O que alguém diz para uma coisa assim? Eu não dava a mínima para de onde ela era. Sorri.

— Você pode passear comigo. Amanhã?

Ela fez que sim e se levantou. Tinha a tatuagem de um golfinho no tornozelo. Estranho para alguém de Washington.

— Ótimo, vejo você amanhã. — Ela se demorou à soleira.

Pensei que ela fosse dizer mais alguma coisa, mas, no último minuto, Cash saiu, rapidamente, e virou no corredor a frente, como se estivesse fugindo de algo.

Fiquei vendo Cash descer o corredor e apertar o botão do elevador. Havia nela alguma coisa muito nebulosa. Caleb provavelmente, seria capaz de decifrá-la. Ele era bom nesse tipo de coisa. Fiquei quase tentada a deixá-los se encontrar, mas, depois, pensei no modo como as mulheres reagiam a Caleb e descartei a ideia. A última coisa de que eu precisava era daquela loira em forma de violão flertando com meu namorado. Só precisava ficar, eu mesma, de olho nela.

Quando deu seis horas, fui até o banheiro para me preparar para meu encontro com Caleb. Felizmente, estava usando meu novo terninho Chanel branco. Tirei os grampos do cabelo e o deixei deslizar sobre as costas. O vermelho se destacava de modo impressionante contra o branco. Eu sabia que era linda, os homens me diziam isso o tempo todo, e a maioria das mulheres tinha inveja de mim. Tanta inveja que era impossível manter amizades.

Caleb entrou em meu escritório dez minutos adiantado, cheirando a pinho e parecendo comestível. Ele estava sempre adiantado. Eu me fiz de surpresa, como se não houvesse passado os últimos vinte minutos me embelezando no banheiro. Levantei-me para beijá-lo e meu estômago se agitou quando sua língua deslizou para dentro de minha boca.

— Eu gosto disso. — Ele passou um dedo sobre o material que escapava de meu decote. Estava se referindo ao meu terninho, mas, com Caleb, havia sempre significados nas entrelinhas.

— Por que você não o tira e vê se gosta do que está por baixo? — falei, dentro de sua boca. Eu gostava da ideia de batizar meu novo escritório.

Caleb ponderava sobre minha proposta, quando soou uma batida na porta.

Eu me afastei dele, irritada.

— Entre.

O rosto de Cash surgiu, e corou ao nos ver.

— Meu Deus, eu sinto muito. — Ela recuou. — Eu vim para perguntar se você sabe como chegar ao Panera mais próximo. — Seus olhos passaram por sobre nós, parando no rosto de Caleb.

Não gostei do jeito como Cash olhava para ele. Eu me apertei mais ao corpo de Caleb, passando os braços em torno de seu pescoço como um bicho-preguiça possessivo.

Meu.

Ela pareceu entender minha linguagem corporal. Os cantos de sua boca se viraram ligeiramente. Houve uma pausa desconfortável, durante a qual fiquei esperando que ela se retirasse. Caleb tossiu. Apresentações, claro.

— Cassandra Wickham, este é meu namorado, Caleb — eu disse, fazendo a apresentação inicial.

Caleb se afastou de mim para apertar a mão dela. Eu não queria que ele a tocasse. Cash segurou a mão dele por segundos demais, sorrindo, timidamente.

Será que ela não me via bem a sua frente?

— Você é nova na cidade? — Caleb perguntou, soltando sua mão.

Ele se inclinou para mim e eu me apertei ao seu lado. Caleb conhecia minhas fraquezas, sendo uma delas a insegurança. Toda vez que percebia essas vibrações, ele supercompensava no departamento de atenção. Perfeito, ele era perfeito.

Cash fez que sim.

— Mudei-me para cá há apenas uma semana.

— Cassandra vai trabalhar comigo no novo projeto — eu disse, tensa. Não tinha vontade de chamá-la mais de Cash.

Eu sabia o que viria a seguir. Caleb era um cavalheiro. Se alguém não sabia onde estava ou para onde ir e estava com fome...

— Você devia vir jantar conosco. Estávamos saindo para comemorar.

Eu me encolhi. Ela pareceu não notar, talvez por seus olhos estarem grudados no meu namorado.

— Eu detestaria incomodar...

Está incomodando sim, maldição.

— Claro que não incomodaria — eu me apressei em dizer. — Nós adoraríamos que você viesse conosco.

Seus olhos se voltaram para os meus e eu não tive dúvida nenhuma de que ela ouviu o que eu estava realmente dizendo.

— Bem, então vou só apanhar minha bolsa.

Assim que ela saiu do meu escritório, Caleb me beijou na testa... depois, nos lábios. Ele se sentia atraído pela gentileza, até mesmo estimulado por ela — razão exata pela qual eu ficava insegura. Eu não estava exatamente na Lista do Papai Noel. Ou ele ainda não havia descoberto isso ou estava distraído demais por meus seios para ligar. Reconhecidamente, eu tinha um par ótimo.

Encontramos Cash no saguão e ela insistiu em ir conosco em nosso carro. Quase tive que empurrá-la para fora do meu caminho para me colocar no banco da frente.

Caleb nos levou para o Seasons 52. Pedimos vinho e, um copo depois, Cash descobriu mais sobre meu namorado do que eu descobrira em um ano.

— Então, essa garota, sua ex, não dormia com você. Desculpe-me por dizer isso, mas você é tão deliciosamente sexy... Como isso é possível? Ela era lésbica?

Caleb passou a língua no lábio inferior e contemplou Cash com o que eu chamava de "olhos sorridentes".

— Alguém feriu os sentimentos dela. Infelizmente, eu a feri também.

— Infelizmente? — ela repetiu, seus olhos se dirigindo para onde eu estava.

Senti a agulhada mesmo sem ver o rosto dele. Caleb demonstrava suas emoções pelo queixo. Eu podia imaginar que ele o estava travando com muita força a essa altura. Procurei por sua mão sob a mesa e nossos dedos se entrelaçaram. Caleb pensou que eu estava oferecendo apoio, mas o que eu realmente precisava era sentir que ele ainda era meu. Eu queria lembrá-lo de que era eu, não ela, quem estava sentada à mesa com ele.

Caleb se remexeu na cadeira. Cash já havia feito a ele um interrogatório sobre como nós tínhamos nos conhecido. Assim que ela se fixou na ideia de que Caleb relutara em ir ao encontro às cegas comigo, ela quis saber por quê.

— E quanto a você, Cash? Qual é sua história?

Os olhos de Cash se desviaram. Eu mordi meu sorriso malicioso e me preparei para uma jornada excitante. Caleb tinha um jeitinho especial para arrancar informações das pessoas. Eu estava bem certa de que, ao fim de nossa refeição, conheceríamos a história da sua vida toda.

Cash estendeu um dedo tratado com manicure para puxar seu cabelo atrás da orelha. Estava escondendo alguma coisa. Eu sabia qual o aspecto de uma mulher com um segredo; olhava para uma no espelho todo dia. Mulheres exibiam seus segredos nos olhos e se você prestasse atenção captaria lampejos de emoção aguda se acumulando em conversas comuns. Caleb perguntou a Cash se ela se mudara sozinha para a Flórida e eu captei um rápido olhar para baixo antes que ela respondesse alegremente que sim.

Tive uma aula de psicologia no colégio que analisava a expressão corporal. Uma das palestras se chamava A Arte da Mentira. Tinham-nos pedido para realizar uma experiência lendo um capítulo sobre o qual faríamos uma série de perguntas a uma pessoa que não estava na classe. Para meu grande prazer, descobri que alguém que estava recordando um acontecimento verdadeiro erguia os olhos e os virava à direita, enquanto uma pessoa que no momento usava a parte criativa do cérebro — para mentir — olhava para baixo e para esquerda. Cash estava fazendo um monte de desvios para baixo com os olhos. Pequena. Mentirosa. Indecente.

— Onde sua família mora? — Caleb estava passando uma mecha de meu cabelo entre seus dedos.

Cash olhou com inveja.

— Oh, aqui perto — ela disse, dispensando a pergunta.

— Aqui perto?

— Meu pai mora aqui. Minha mãe, em Nova York.

— Você o vê com frequência?

Ela balançou a cabeça.

— Não muito.

Mais uma família desintegrada, sem dúvida alguma. Eu quase fiz que sim para dar apoio.

— Eu quisera ter mais tempo — ela disse rapidamente. — Fiquei tão ocupada com a mudança! Somos muito chegados.

Sua boca se abriu para entregar mais uma mentira, quando nosso garçom chegou com a comida. Uma pena. Bem que eu queria ouvi-la. O resto do jantar foi acompanhado por conversa fiada. Então, Cash era muito chegada ao pai? Deve ser ótimo.

CAPÍTULO 21

Presente

CALEB ESCONDERA DE MIM O BARCO. O QUE MAIS ELE esconde? A consciência de que pode haver mais está embotando meu cérebro. É tudo em que consigo pensar, até praticamente ficar sufocada por minha desconfiança. Tenho franzido tanto a testa que vou precisar de uma dose de botox no fim disso tudo. Uma coisa é certa: tenho de descobrir se há mais, mesmo que isso signifique violar seu código de privacidade.

Caleb odeia que qualquer pessoa entre em seu escritório quando ele não está lá. Eu sempre lhe dei seu espaço, entendendo que o resto da casa é meu, mas a noite de hoje clama por bisbilhotice. Deixo Sam ir embora assim que ele põe Estella para dormir. É comum eu fazê-lo ficar por quatro horas e ver TV comigo, mas, assim que chegam as sete, eu praticamente o empurro para fora de casa.

Abro a porta para o escritório, ainda mastigando meu talo de aipo, e acendo a luz. Eu raramente venho aqui. O aposento todo tem o cheiro dele. Aspiro profundamente e sinto vontade de chorar. Eu costumava me aninhar nesse cheiro toda noite, e agora...

Examino os livros empilhados por toda a parte. Eu, realmente, não sei quando ele acha tempo para ler. Quando está em casa conosco, Caleb está cozinhando ou interagindo. Apesar do fato de haver sempre um livro estendido em alguma parte da casa, eu nunca o vi ler. Uma vez, eu estava fazendo arrumação, pondo os livros que ele espalhava pela casa de volta em seu escritório, quando seu marcador de páginas caiu de um dos romances que carregava. Curvando-me para apanhá-lo do chão, encontrei o que parecia uma moeda — ou, ao menos, parecia ter sido uma. Havia gravada nela uma mensagem sobre beijo. Tinha um formato estranho também, ligeiramente curvo e alongado. Enfiei a moeda de volta no livro dele e, dias depois, quando saí, comprei um marcador de páginas verdadeiro para Caleb. Era de couro, importado da Itália. Paguei cinquenta dólares ao vendedor, pensando que Caleb ficaria impressionado por minha atenção. Quando lhe dei de presente, ele sorriu, polido, e me agradeceu, não demonstrando nem um pouco do entusiasmo que eu esperava.

— Eu só pensei que você precisava de um. Você usa aquela moeda esquisita e ela não para de cair...

Seus olhos na hora me fuzilaram.

— Onde está? Você não a jogou fora, jogou?

Eu o encarei, confusa.

— Não, está na gaveta no seu escritório. — Não consegui esconder a mágoa em minha voz.

O olhar dele se abrandou, e, então, se aproximou da mesa para beijar meu rosto.

— Obrigado, Leah. Foi mesmo uma boa ideia. Eu precisava usar algo melhor para me lembrar do meu lugar.

— "Meu lugar"?

— No livro. — Ele sorriu.

Nunca mais vi a moeda, mas tive a impressão de que ele a escondera em algum local para guardá-la com segurança. Caleb era estranhamente sentimental.

Pondo de lado uma pilha de livros no chão, eu vou às suas gavetas e começo a retirar os papéis. Contas, notas de negócios — nada importante. A estante de arquivos está próxima. Vasculho em cada pasta de arquivo, lendo-as em voz alta:

— Colégio, Contratantes, Escrituras de Casas, Cartão...

Volto ao de Escrituras de Casas. Nós tivemos apenas uma casa, afora o apartamento de Caleb, que ele insistira em manter. Ali havia três. O primeiro endereço era de nossa casa, o segundo, de seu apartamento, e o terceiro...

Eu me sento e meus olhos vagueiam sobre cada palavra... cada nome. Sinto como se estivesse tentando escavar em vidro. Meu cérebro fica dissociado de meus olhos. Forço-me a ler. Quando termino de fazê-lo, meus olhos já não podem focar em mais nada. Deito a cabeça na escrivaninha, ainda segurando os papéis. Tenho dificuldade para respirar. Começo a chorar, mas não são lágrimas de autopiedade: são de raiva. Não consigo acreditar que ele fez isso comigo. Não consigo.

Eu me levanto, louca de ódio. Estou disposta a fazer alguma coisa imprudente. Apanho o telefone para ligar para ele — para gritar com ele. Desligo antes de digitar. Eu me curvo, abraçando a barriga, e um gemido sai roncando de meus lábios. Como isso pode doer tanto? Já me fizeram coisas piores. Estou sofrendo. Estou sofrendo demais. Quero que alguém arranque meu coração para que eu não tenha que sentir isso. Ele prometeu que nunca me magoaria. Ele prometeu tomar conta de mim.

Eu sabia que Caleb nunca me amara como a amara, mas eu o queria de qualquer modo. Sabia que seu amor por mim era condicional, mas eu o queria de qualquer modo. Sabia que eu era a segunda opção, mas eu o queria de qualquer modo. Mas isso fora demais.

Saindo aos tropeções de seu escritório e entrando na varanda, olhei para a minha mansão ao redor, meu belo pequeno mundo. Teria eu criado este mundo para mascarar o mau cheiro de minha vida? Um ovo de material delicado está sobre a mesa junto à porta. É uma relíquia que Caleb comprou para mim numa viagem que fizemos ao Cape Cod. Custou-lhe cinco mil dólares. Eu o apanho e atiro pelo aposento, gritando. Ele se espatifa contra o ladrilho, se despedaçando todo, como minha vida.

Vou até nossa foto de casamento, que está pendurada acima do sofá. Eu a avalio por um momento, lembrando-me do dia — supostamente o mais feliz de minha vida. Pego a vassoura, que está inclinada contra uma parede, e bato com o cabo no vidro da moldura com toda a força que me é possível. A fotografia cai da parede, chocando-se contra a mobília e batendo de cara sobre a mesa de café.

Estella começa a chorar.

Enxugo o rosto com as costas da mão e subo as escadas. Estou um tanto feliz por ela estar acordada. Preciso de alguém para abraçar.

CAPÍTULO 22

PASSADO

O DIA DO MEU CASAMENTO PARECIA MAIS UMA COROA-ção do que um casamento de fato. Era uma *coroação* para mim, de certo modo. Eu ganhara minha coroa. Era meu o homem mais sexy e mais querido que o mundo tinha a oferecer. Eu vencera a bruxa maligna, de cabelos negros, para consegui-lo. Sentia-me triunfante. Sentia-me valorizada. Parecia a chegada de um tempo muito promissor.

Eu pensava em todas essas coisas, quando fiquei diante do espelho em meu vestido marfim. Era um corpete em formato de coração e uma saia de sereia. Meu cabelo estava para cima, enroscado no que parecia uma concha do mar, com uma fabulosa flor branca presa de lado. Eu quisera usá-lo mais baixo, mas Caleb pedira que o erguesse. Eu faria qualquer coisa por Caleb.

Espiei pela janela o extenso quintal de meus pais. Os convidados começavam a chegar; empregados os conduziam às suas cadeiras. O céu ia ficando mais escuro e as milhares de luzes que insisti que fossem postas nas árvores estavam finalmente começando a aparecer.

Uma enorme tenda fora erguida à esquerda, onde aconteceria a recepção. À direita, a piscina de tamanho olímpico. Meus pais haviam pedido que pusessem uma passarela de vidro sobre a piscina, onde Caleb e eu iríamos fazer nossos votos. Iríamos caminhar sobre a água. Eu ficava zonza só de pensar nisso. Cadeiras foram colocadas em círculo em torno da piscina. Teríamos os convidados por toda nossa volta. Caleb dera risada quando a vira pela primeira vez, no dia anterior. Ele odiava o modo como minha família tentava ultrapassar em tudo os seus vizinhos.

— O amor é simples — ele disse. — Quanto mais pompa você acrescenta a um casamento, menos sincero ele se torna.

Odiei isso. Casamentos eram como o glacê da vida. Se o glacê não era bom, quem iria ficar para o bolo?

Ficamos olhando aquele chão de vidro por uns quinze minutos, antes que eu, enfim, dissesse:

— Eu quero ser a Pequena Sereia.

Caleb achou graça, a princípio, mas depois seu rosto ficou sério. Ele puxou um de meus cachos.

— Vai ser bonito, Lee. Você será a Pequena Sereia. Desculpe, quem estava falando era o babaca que há em mim.

Minha mãe entrou alvoroçada no quarto dez minutos antes do casamento. Foi a primeira vez que a vi naquele dia. Ela se inclinou sobre mim enquanto Courtney passava meu batom. Katine, do outro lado do quarto dando os retoques finais em sua própria maquiagem, olhou para meus olhos através do espelho. Ela estava acostumada demais com minha mãe e seus atos grotescos. Eu contive uma náusea crescente, enquanto Courtney dava umas batidinhas em meus lábios com um pedaço de pano.

— Oi, mãe — eu disse, virando-me para sorrir para ela.

— Por que escolheu esse tom, Leah? Você está parecendo uma vampira.

Dei uma olhada em meu reflexo no espelho. Courtney aplicara meu tom de vermelho característico. Talvez ele parecesse um pouco gótico demais para um casamento. Procurei um paninho e o retirei, apontando para um tubo cor-de-rosa como alternativa.

— Vamos experimentar aquele.

Minha mãe ficou olhando satisfeita para o novo batom que seria aplicado.

— Todo o mundo está aqui. Este será o casamento mais impressionante do ano, posso lhe garantir.

Sorri, radiante.

— E a mais bela noiva. — Minha irmã passava blush nas minhas faces.

— E o noivo mais sexy. — Katine se virou.

Eu dei risadinhas, agradecida pelo apoio.

— Sim, bem, vamos esperar que ela consiga segurá-lo desta vez — minha mãe disse.

Katine deixou cair seu bastão de rímel.

— Mãe! — Courtney esbravejou. — Que coisa mais indelicada! Não pode parar com essa sua mania de megera?

Eu nunca me safaria se dissesse alguma coisa assim. Minha mãe franziu a testa para sua filha favorita. Pude detectar uma discussão iminente.

Pus a mão no braço de Courtney. Eu não queria que houvesse briga. Queria que tudo fosse perfeito. Engoli minha mágoa e sorri para a minha mãe.

— Nós nos amamos — afirmei, confiante. — Eu não preciso segurar nada. Ele é meu.

Ela arqueou suas sobrancelhas perfeitas para mim, seus lábios se apertando.

— Há sempre uma coisa que eles amam mais, Johanna. Seja uma mulher, um carro ou...

Suas palavras se interromperam, mas eu finalizei em minha cabeça — *ou outra filha...*

Courtney, indiferente àquele favoritismo, passou mais blush em minhas bochechas.

— Você é tão mórbida, mãe! Nem todos os homens são assim.

Minha mãe sorriu indulgente para sua filha mais nova e passou a mão sobre seu rosto.

— Não, meu amor — ela disse —, não para você.

Ouvi a insinuação. Courtney não. Olhei para a mão de minha mãe no rosto de minha irmã e isso me doeu. Ela nunca me tocava, a menos que fosse necessário. Mesmo quando eu era pequena, dava sorte se conseguisse um abraço em meu aniversário. Afastando-me delas, pensei em

Caleb e, imediatamente, me senti melhor. Estávamos começando nossa família hoje. Eu nunca, nunca trataria meu filho do modo que eles me tratavam. Não importava qual fosse a situação. Caleb seria o melhor dos pais. Eu podia lançar um olhar retrospectivo sobre minha antiga vida com tristeza, enquanto brilhava na névoa rosada da minha nova vida. Caleb.

Eu o tinha. Talvez não tivesse ninguém mais, mas ele era o bastante para mim.

Cinco minutos antes do programado para começar, ouviu-se uma batida na porta. Minha mãe já tinha saído e apenas Katine e Courtney estavam comigo.

Courtney correu para ver quem era, enquanto Katine me ajudava a colocar os sapatos.

Minha irmã voltou com um esboço de sorriso.

— É Caleb. Ele quer falar com você.

Katine balançou a cabeça.

— Diabos, não! Ele não pode vê-la ainda. Sou divorciada, e você sabe por quê? Deixei o babaca me ver antes do casamento. — Ela disse isso categoricamente, como se essa fosse a única razão pela qual seu casamento fracassara.

Eu olhei para a porta, a batida do meu coração doendo. Não me importei.

— Vocês duas, desçam. Eu as verei dentro de um minuto.

Katine cruzou os braços sobre o peito como se não fosse sair de modo algum.

— Katine, Brian a deixou porque você dormiu com o irmão dele, não porque a viu em seu vestido de noiva. Agora, saia.

Courtney agarrou Katine pelo braço antes que ela pudesse retrucar e puxou-a para fora do quarto.

Ajeitei meu vestido, dando uma olhadela rápida no espelho antes de me dirigir para a porta. O que ele estaria querendo me falar? De repente, senti-me nauseada. E se Caleb quisesse cancelar tudo? Haveria uma boa razão para que um noivo exigisse falar com a noiva antes de se casar com ela?

Abri a porta imediatamente.

— Você não devia me ver — eu disse.

Caleb riu, o que logo me tranquilizou. Um homem sorridente não iria romper com sua noiva.

— Vire-se, Leah. E eu farei o mesmo.

— Tudo bem.

Dei as costas para a porta e alguns passos à frente. Ouvi Caleb entrar arrastando os pés. Ele veio para encostar as costas na minha. Estendeu as mãos para pegar as minhas e ficamos ali, desse modo, por uns bons minutos antes que ele falasse:

— Eu vou me virar...

— Não!

Caleb começou a rir e eu vi que ele estava me provocando. Apertei suas mãos. Ele correspondeu.

— Leah...

Cerrei as pálpebras. Tudo que brotava de sua língua soava belo, mas especialmente meu nome.

— Sim? — eu disse ternamente.

— Você me ama ou ama a ideia que tem de mim?

Enrijeci e ele afagou o topo dos meus dedos com os polegares.

Tentei retirar minhas mãos, porque queria ver o seu rosto, mas ele as segurava firme, não me soltando.

— Apenas responda à pergunta, amor.

— Eu amo você — afirmei com certeza. — Você... não sente a mesma coisa?

Oh, Deus. Ele ia cancelar o casamento.

Senti a minha garganta ficando apertada, baixei a cabeça, puxando fôlegos profundos.

— Eu te amo, Leah. Não teria pedido que se casasse comigo se não amasse.

Então, por que estamos tendo esta conversa? Eu havia parecido mais convicta em minha mente. Minha voz estremecera.

— O amor nem sempre é o suficiente. Eu só queria ter certeza...

Estaria ele falando sobre Olivia? Eu quis gritar. Ela estava ali conosco no dia de nosso casamento. Quis dizer a ele que ela desaparecera! Que ela se mudara. Que ela era... que ela era... uma piranha indigna que não o merecia.

164

Eu o amava?

Empinei o queixo. Sim, amava — mais do que Olivia amara, de qualquer modo. Se ele precisava que eu dissesse isso, eu diria.

— Caleb, há uma coisa que nunca lhe contei. É sobre minha família.

Tomei fôlego e permiti que a verdade brotasse de meus lábios. Era agora ou nunca. Minhas palavras estavam entrelaçadas de vergonha e mágoa. Caleb, pressentindo alguma coisa, apertou-me com mais força.

— Sou adotada.

Ele fez menção de se virar, mas eu o mantive no lugar. Não conseguia olhar para ele ainda. Eu só precisava desabafar isso. A qualquer minuto viriam à nossa procura e eu tinha de terminar antes disso.

— Só não se vire, certo. Apenas... escute.

— Tudo bem — ele disse.

— Depois que meus pais se casaram, tentaram por três anos ter um filho. Os médicos disseram à minha mãe que ela não poderia engravidar, por isso, com relutância, eles se decidiram pela adoção. Meu pai é grego, Caleb. Ele precisava de um filho. Eles resolveram não esperar pela adoção doméstica, que levaria anos. Meu pai tinha ligações na embaixada russa.

— Leah...

Meu coração quase afundou ao som de sua voz.

— Fique quieto. Isso é difícil demais, deixe-me falar. — Lutei contra as lágrimas. Não iria prejudicar minha maquiagem por isso. — Minha mãe verdadeira tinha dezesseis anos e trabalhava num bordel. Eu não era o garoto que eles queriam, mas mesmo assim me trouxeram para cá quando voltaram. Eu tinha seis semanas. Um mês depois, minha mãe descobriu que estava grávida. Ela teve um aborto... imagino que era um garoto. Meu pai atribuiu o estresse do aborto a mim. Eu era, aparentemente, muito difícil, cheia de cólicas e não sei o que mais. Ela ficou grávida de Courtney alguns meses depois, mas meu pai havia perdido seu garoto. Suponho que ele tenha me odiado desde então. Eu passei do bebê que eles desejavam para o bebê que matou o bebê desejado... até me tornar uma inconveniência. A filha de uma prostituta.

Houve uma rápida batida na porta.

— Uns minutinhos só! — eu gritei.

Girei e fiz com que Caleb me encarasse. Ele tomou-me nos braços, com as sobrancelhas franzidas. Senti seu calor se derramando para dentro de mim. Ele ficou em silêncio por um longo tempo.

— Por que não me contou isso?

— Deus, Caleb... É o pequeno segredo sujo de minha família. Eu estava envergonhada. — Tive que arquear a cabeça para trás para olhar em seus olhos.

Ele fazia com que eu me sentisse pequena e protegida.

— Você não tem nada de que se envergonhar, Leah. Eles sim. Não consigo sequer imaginar.

Ele balançou a cabeça.

— É por isso que o seu pai não vai conduzi-la ao altar? — Caleb apertou seus olhos, e eu corei.

Eu tinha dito antes que a gota do meu pai estava subindo. Não havia mais barreiras, porém. Assim, assenti. Meu pai tinha me dito há uma semana que ele não iria me conduzir até meu noivo. Eu, realmente, não esperava que o fizesse.

Caleb xingou. Ele raramente soltava palavrões diante de mim. Pude ver como estava furioso.

— Foi por isso que ele lhe deu o emprego. — Não era uma pergunta. Caleb estava juntando os fatos.

Concordei. Ele parecia muito zangado; notei que meu plano estava funcionando.

— Caleb... não me abandone... — meu lábio tremeu. — Por favor... eu amo você.

Ele me agarrou quase rudemente e puxou-me para seus braços. Eu o agarrei, pouco me importando com minha maquiagem e meu cabelo. Era este o caminho certo para seu coração. Eu jogava com sua compaixão e com sua necessidade de proteger coisas que estavam quebradas e perdidas.

A batida na porta recomeçou. Caleb se afastou um pouco e me olhou. Algo havia passado por seus olhos. Eu me tornara outra pessoa para ele no momento em que descobriu meu segredo. Eu sabia que isso ia acontecer? Teria eu, intencionalmente, escondido dele a verdade caso alguma coisa assim houvesse acontecido?

Caleb passou um dedo de leve sobre meu cabelo, descendo direto por minha testa e por meu nariz, passando sobre meus lábios e descendo o pescoço.

— Você está fabulosa. Posso conduzi-la pela passarela?

Meu coração deu pulos, derrapou, voou... ensaiou uma louca dança feliz. Ele ia se casar comigo.

— Sim, por favor.

— Leah...

— Sim.

— Eu não vou magoá-la. Tomarei conta de você. Acredita em mim?

— Sim — menti.

CAPÍTULO 23

Presente

ELA PARECE A MESMA. CABELO PRETO INDO DE MANEIRA selvagem até a cintura. Ela é quase uma cigana em sua calça de linho verde-azulada e a camisa justa de cor creme que cai informalmente de um ombro definido. Examino seus brincos de argola dourados, que são grandes o suficiente para caber em meu punho. Eles a fazem parecer exótica e um tanto quanto perigosa. Ela sempre fez com que eu me sentisse prosaica.

Seus olhos vagueiam sobre o punhado de frequentadores do restaurante, procurando por um rosto que ela reconheça: um homem idoso, um casal que divide o mesmo lado de uma cabine, dois garçons dobrando guardanapos ao redor de talheres... e eu.

Vejo o choque dominar seu rosto — seus lábios entreabertos, a ligeira diminuição de suas pupilas. Seus olhos perseguem os quatro cantos do ambiente e sei que ela procura por ele. Balanço a cabeça para informar-lhe que ele não está aqui. Tomo um gole de meu café e espero.

Ela se move com determinação em direção à minha mesa. Quando chega a mim, não se senta, mas me encara, ansiosa.

— Um velho cliente? — ela diz, seca.

— Bem, eu sou, não sou? — Faço um sinal para que ela se sente.

Eu mandara uma mensagem anônima para o escritório dela, afirmando ser um velho cliente desesperado com um problema legal. Pedi-lhe para ir ao meu encontro num restaurante chamado Tiffany's.

Não tinha ideia alguma se ela iria ou não, mas era melhor do que aparecer em seu escritório.

Ela desliza cautelosamente na cadeira à minha frente, sem desviar os olhos dos meus nem por um instante.

— Bem, o que você quer?

Eu me encolho. Com Louboutins de pele de cobra ou não, ela é ainda o mesmo grosseiro pedaço de lixo branco que costumava ser.

— Pensei que talvez você pudesse examinar este documento para mim. — Enfio a mão em minha bolsa e retiro os papéis que roubei da pasta de arquivos de Caleb. Colocando-os sobre a mesa, eu os empurro em sua direção.

— O que é isso? — pergunta. Examinando-me com repulsa.

Como ousa olhar para mim desse modo? Ela, com uma só mão, arruinou minha vida. Eu teria tudo se não fosse por suas mãos tortuosas, abrangentes.

Creio que eu também estaria na prisão. Afasto o pensamento. Agora não é hora de gratidão. Agora é hora de respostas. Cutuco o documento diante dela.

— Dê uma olhada. Veja-o por si mesma.

Sem mover a cabeça, ela olha para os papéis e, depois, se volta para mim. É um ato suave, determinado, impressionante, de intimidação. A arte de sua linguagem corporal é algo a ser admirado.

— Por que eu iria querer fazer isso?

Ela está conseguindo fazer com que eu fique gelada. Tenho um lampejo de memória de estar no banco de testemunhas e o ritmo de meu coração dispara. Pratico para ver se posso fazer algo assim também.

— É de Caleb — eu digo, apenas movendo os lábios.

Não sei se é a menção ao nome dele ou se minha imitação de sua linguagem corporal está funcionando, mas ela fica tensa.

Um garçom se aproxima de nossa mesa. Olivia estende a mão para pegar os papéis.

— Traga-lhe um café, dois tubos de creme — digo, fazendo um sinal para que ele se vá.

169

O rapaz se afasta apressado. Olivia, que está lendo, me dá uma olhada breve. Eu passei quase todos os dias com ela por nove meses. Sei do que ela gosta.

Beberico meu café enquanto ela lê, observando seu rosto.

Seu café chega. Sem erguer os olhos, ela puxa as tampas dos tubos de creme e derrama-os em sua xícara.

Olivia ergue a caneca até os lábios, mas a meio caminho sua mão para. O café se derrama sobre a mesa quando ela bate a xícara com força. Abruptamente, ela se levanta.

— Onde você conseguiu isso?!

Ela está se afastando da mesa, balançando a cabeça.

— Por que meu nome está aí?

Passo a língua sobre meus dentes.

— Era o que eu esperava que você me dissesse?

Ela dispara para a porta. Eu me levanto, jogando uma nota de vinte na mesa e vou atrás dela.

Eu a sigo até o estacionamento e a encurralo junto à banca de jornais.

— Você não irá embora sem explicar por que seu nome está nesta escritura junto com o de meu marido!

Seu rosto perdeu toda a cor. Ela chacoalha a cabeça.

— Não sei, Leah. Ele nunca... Eu não sei.

Olivia cobre o rosto com as mãos e eu ouço seu soluço. Isso me deixa apenas mais furiosa. Dou um passo ameaçador em sua direção.

— Você está dormindo com ele, não está?

Ela tira as mãos do rosto e me olha com ferocidade.

— Não. Claro que não! Eu amo o meu marido. — Olivia se sente visivelmente insultada por eu acusá-la de tal coisa.

— E eu amo o meu! — Minha voz treme. — Então, por que ele ama você?

Ela me encara com verdadeiro horror.

— Ele não ama — ela diz com simplicidade — Ele escolheu você. — Dói para ela dizer-me essas palavras. Eu vejo a emoção se derramar em sua pele.

Ergo a escritura e a sacudo.

— Mas comprou uma casa para você. Por que ele comprou uma maldita casa para você?!

Olivia apanha a escritura de minhas mãos e aponta para uma data.

— Não notou este pequeno detalhe? Foi muito antes de você, Leah. — Ela a empurra para meu peito. — Mas por que realmente você me atraiu até aqui?

Engulo em seco — uma reação nervosa. Ela a nota e sorri, cruel.

— Eu deveria ter deixado que a jogassem na prisão, você sabe disso.

Ela se vira e caminha em direção à porta do seu carro. Sua declaração me enfurece. Eu a sigo, cravando as unhas nas palmas das mãos, e bufo através do nariz.

— Assim, você poderia ter ficado com ele? — digo sem pensar. Meu sangue lateja nos ouvidos. Faço esta pergunta a mim mesma o tempo todo. — Você devia ter perdido o caso para poder tê-lo?

Ela para e me olha por sobre o ombro.

— Sim.

Eu não esperava a verdade. Ela me assusta. Abro a boca e forço as palavras a saírem:

— Pensei que você amasse o seu marido.

Olivia também está bufando pelas narinas. A ação me faz lembrar um cavalo agitado. Seus olhos partem de meus sapatos e pousam com repugnância em meu rosto.

— Eu amo o seu também.

CAPÍTULO 24

PASSADO

ANTES DE CALEB E EU NOS CASARMOS, EU RARAMENTE permitia que meus pais se aproximassem dele por medo de que suas opiniões fossem contagiá-lo e ele começasse a me ver como eles me viam. A maioria de meus outros namorados não captara os insultos velados e a frieza deles como pais. Caleb era esperto, ele veria o interior deles — como via por dentro de mim — e começaria a fazer perguntas. Eu não queria as perguntas ou a renúncia que acabariam por provocar: Leah é uma decepção; ela não é verdadeira, apenas uma filha de segunda mão.

Eu não gostava que ninguém soubesse de minha desgraça. Por isso, pelos dois anos de nosso noivado, eu o conduzia cuidadosamente nos eventos sociais de que minha família participava com uma precisão meticulosa. Era exaustivo, na maior parte do tempo — assegurando-me que ninguém falasse demais e que as conversas não passariam de um certo ponto. Após o casamento, isso mudou. Talvez eu me sentisse mais à vontade, já que o compromisso se consumara, ou talvez fosse o fato de que eu havia, finalmente, contado a ele a verdade sobre minha origem.

Fomos formalmente convidados a comparecer a um jantar na casa de meus pais uma semana depois que voltamos de nossa lua de mel. Caleb continuava irritado com o fato de meu pai não ter me conduzido ao altar.

— Não quero ir, Leah. O que ele fez com você foi desrespeitoso. Ele tem sorte de eu não tê-lo expulsado do casamento. Não vou deixar que ele a trate desse jeito.

Amei ouvir isso. Eu me senti muito mais valiosa naqueles cinco segundos do que me sentira em anos.

— Por favor... — Ergui-me na ponta dos pés e beijei seu queixo. — Vamos manter-nos em paz. Eu amo minha irmã. Não quero causar uma desavença.

Ele agarrou meus braços e apertou-os delicadamente, estreitando os olhos.

— Se ele disser uma palavra, Leah, uma só palavra que eu não goste...

— Você dará um soco na cara dele — eu disse, firme.

— Vou dar um soco na cara dele se ele servir pato. Odeio pato.

Dei uma risadinha junto aos seus lábios.

— E se ele lhe contar a piada do mergulho de escafandro?

— Isso também. Ele vai apanhar pela piada...

Seguíamos em direção ao nosso quarto, nossos pés se arrastando juntos, nossos lábios nunca separados.

Enrosquei os dedos em seu cabelo, as últimas gotas de meus pensamentos se esvaindo até que elas acabaram e tudo em que consegui pensar foi no toque de Caleb e em sua voz rouca em meu ouvido.

Naquela noite, mais tarde, caminhamos até a porta da casa dos meus pais de mãos dadas. Duas semanas nas Maldivas deixaram-nos bronzeados e relaxados, e nós ainda estávamos flutuando em nossa calmaria de férias, rindo, beijando e nos tocando como se um de nós pudesse desaparecer. Caleb era finalmente meu. Quando minha mão girou a maçaneta, meus pensamentos dirigiram-se a minha arqui-inimiga. Abri um sorriso triunfante e Caleb empinou a cabeça para mim com ar intrigado.

— Que foi? — ele perguntou.

Dei de ombros. — Só estou feliz. Tudo está perfeito.

Bem que eu queria ter dito: Dum, dum, a bruxa está morta... Mas a bruxa não estava morta. Ela estava no Texas — o que era muito bom.

173

Encontramos meus pais e minha irmã na sala de estar. Eles olharam ansiosos para Caleb quando entramos, quase como se estivessem esperando que ele fosse anunciar que ia me deixar. Houve um embaraçoso silêncio de trinta segundos antes que minha irmã pulasse para nos abraçar.

— Como foi? Conte-me tudo. — Ela agarrou minha mão e conduziu-me até o sofá.

Eu dei uma olhada em Caleb, que trocava um aperto de mãos com meu pai. Papai gostava de Caleb. Ele gostava tanto dele que eu ficava imaginando o que acharia do fato de Caleb o odiar. Eu sentia uma satisfação doentia em saber que fizera Caleb se voltar contra ele. Meu pai pensava que podia ser dono de todo o mundo, e queria mesmo a adoração de todos... exceto a minha.

— Foi lindo — assegurei Courtney. — Muito romântico.

Um rápido olhar para Caleb.

Ela se inclinou para perto de mim.

— Eles ficaram discutindo a manhã toda sobre o quanto o casamento lhes custou — ela disse. — Não toque no assunto.

Senti minhas faces esquentarem. Era um comportamento típico de meus pais. Claro que pagariam pelo casamento de sua filha mais velha. Claro que ele seria extravagante e inimitável para impressionar seus amigos. Claro que eles iriam discutir depois sobre quanto dinheiro tiveram que gastar para alguém que não era de seu sangue. Mas o que mais podiam fazer? Ninguém sabia que eu não era filha legítima. Fazer menos que isso seria lançar uma sombra sobre sua imagem perfeita de pais amorosos.

Por favor, Deus, por favor, não deixe que eles digam nada diante de Caleb.

Minha irmã segurava um copo de vinho tinto. Eu o tomei dela e engoli uma boa dose.

Minha mãe caminhava em nossa direção, cada um de seus passos de passarinho trazendo uma nova onda de terror em minha direção.

— Você realmente devia ficar longe do sol, Leah — ela disse, sentando-se na minha frente.

Baixei os olhos para meu braço bronzeado. Apesar de ter a pele clara e cabelo ruivo, eu pegava cor como uma Italiana.

— Você parece boba com essa cor. Parece que passou um daqueles sprays autobronzeadores.

— Ela está com uma ótima aparência, mãe — minha irmã retrucou.

— Só porque você tem medo do sol não quer dizer que precisamos ter.

Lancei um olhar agradecido à minha irmã e fiquei tensa à espera do próximo comentário mordaz.

— Caleb parece bem. — Ela deu uma olhada para onde ele estava ainda conversando com meu pai. — Tão bonito. Sempre pensei que ele faria um bom par para você, Courtney.

Minha cabeça flutuou, minha visão ficou borrada. Courtney fez um som raivoso no fundo de sua garganta.

— Isso é tão terrivelmente impróprio, mãe! Não só pelo fato dele, definitivamente, *não ser* o meu tipo, como pelo fato de Leah e Caleb combinarem melhor do que qualquer casal que eu conheça. Todo o mundo diz isso.

Minha mãe ergueu suas sobrancelhas. Eu recuperei minha língua.

— Como você pode dizer uma coisa dessas? — eu a repreendi.

— Depois de tudo que fez para me ajudar...

Ela fungou e tomou um gole de sua taça de vinho.

— Uma mulher não devia lutar tanto para ficar com um homem. Ele devia apenas querê-la...

Minha irmã olhava de mim para a minha mãe.

— Do que vocês estão falando?

Os olhos de minha mãe se fixaram nos meus numa advertência muda.

— O jantar deve estar pronto — ela afirmou. — Por que não vamos para a mesa?

Mattia ainda preparava a maior parte das refeições dos meus pais. Ela estava em minha família desde que eu era uma garotinha. Eu sempre ansiava por sua comida. Nesta noite, era salmão com arroz temperado à oriental e uma calda de mostarda e mel. Ela apertou meu ombro quando pôs o prato diante de mim.

— Parabéns — sussurrou em meu ouvido.

Sorri para ela. Eu quis que ela viesse ao meu casamento, mas meus pais acharam inadequado.

— Tenho uma coisa para você — Mattia disse. — só uma coisinha. Deixarei na cozinha, está bem?

Fiz um sinal de assentimento para ela, esperando que minha mãe não tivesse ouvido. Minha mãe tinha um dom especial para fazer gestos de afeto parecer bobos e cômicos.

Mattia saiu da sala de jantar depois que o último prato foi servido e eu voltei minha atenção para a conversa que meu pai travava com Caleb. A despeito de seus sentimentos atuais por meus pais, Caleb era controlado e respeitoso, respondendo às perguntas e fazendo as suas em sequência perfeita.

Ele era um gênio da sociabilidade. Eu atribuía isso ao fato de que parecia capaz de chegar ao âmago de qualquer pessoa num só encontro e, daí por diante, automaticamente, saber como manipular seus estados de espírito. Eu o via fazer pergunta após pergunta a um desconhecido, até que ele deixava cair suas defesas. Inicialmente, o objeto de seu interesse parecia um tanto reservado, dando-lhe respostas censuradas. Caleb compassava suas perguntas investigativas com comentários autodepreciativos que punham a pessoa à vontade. Nunca julgava. Apertava seus olhos quando era a vez do outro falar — um toquezinho charmoso de linguagem corporal que dizia: você é tão interessante, continue falando. Eu amava vê-lo conversar com as pessoas. Amava vê-las se apaixonando por ele. Ao fim de uma conversa com Caleb, as pessoas ficavam tão arrebatadas por ele que pareciam desapontadas quando a interação acabava. Caleb se importava de verdade — essa era a diferença entre ele e alguém que estivesse apenas sendo xereta. As pessoas percebiam isso rapidamente.

Caleb era meu. Enfim, era todo meu. Eu sorri para meu salmão e minha irmã chutou-me sob a mesa.

— Que foi? — fiz com a boca para ela.

Court balançou a cabeça, sorrindo.

Depois do jantar, voltamos para a sala de estar. Meu pai era da velha escola, e ofereceu drinques e charutos assim que nos sentamos. Caleb recusou polidamente o charuto, mas aceitou um dedo de uísque.

Sentei-me perto dele, enquanto minha mãe e minha irmã desapareciam em outra parte da casa. Esta era a hora dos homens, mas eu não deixaria o meu sozinho com meu pai. Não quando ele estava furioso comigo por causa do dinheiro que gastara para o casamento.

— Quais são seus planos? — papai perguntou, ignorando-me acentuadamente e olhando para meu marido. Soprou um pedacinho de tabaco da boca e eu desviei os olhos. Seus maneirismos começavam a me irritar.

Caleb lambeu os lábios.

— Nós fizemos uma oferta em uma casa. Estamos esperando o resultado.

— Espero que você não tenha a intenção de manter Leah em casa. Preciso que ela volte para o escritório.

Caleb enrijeceu. Eu podia ler sua expressão corporal como se fosse a minha. Queria ouvir o que ele ia dizer para o grande e poderoso braço forte dos Smith.

— Não pretendo mantê-la em lugar algum — ele disse. — Fora da minha cama, ela é livre para ir e vir conforme seu agrado.

Engasguei com a minha saliva. Tive vontade de rir da expressão do meu pai. Ele era grosseiro e já o ouvi fazer todo tipo de piada, mas o comentário de Caleb o desarmou. Caleb devia saber que o desarmaria — como um brilhante manipulador que ele era.

Meu pai tossiu, esboçando um ligeiro sorriso.

Caleb se virou para mim.

— Você planeja voltar a trabalhar, Leah?

Papai não estava acostumado com isso. Eu queria dar uma olhadinha sorrateira em como ele lidava com o fato de sua *não* filha ter a opinião consultada.

— Não sei... — eu disse. — Posso pensar nisso...

Por que meu pai me queria de volta? Tinha uma horda inteira de empregados para desempenhar seu jogo corporativo. Talvez isso fosse ele tentando... ser o quê? Meu pai? Meu chefe? Fiquei surpresa pelo simples fato de ele sugerir que eu voltasse a trabalhar, já que acreditava que, depois que uma mulher se casava, seu lugar era em casa.

Meu pai mudou de tática no último minuto; girando seu corpo em minha direção, ele se posicionou longe de Caleb, tornando-me o único receptáculo de sua atenção.

Simpático.

— O que me diz, Leah? Você tem sido de tanta utilidade desde que chegou! Precisamos de você para concluir aquele projeto.

Por mais que eu quisesse dizer "não", eu não podia. Atribua isso ao álcool ou a minha inoportuna inclinação a satisfazer o único homem que não me queria, mas eu não podia recuar quando ele me pedia para voltar. Eu tinha a necessidade de provar que ele estava errado a meu respeito. Que eu não era a filha de uma prostituta indigna, mas um arrimo valioso para a família.

Fiz que sim, sentindo-me fraca por me curvar. Ele estava me usando para alguma coisa. Eu ainda não sabia o que era. Minha maldita alma doía. Caleb me observava. Sorri para ele, meus olhos, sem dúvida, traindo meu embaraço. Ele podia enxergar tudo, do fundo da minha garganta até o ponto onde meu coração batia. Graças a Deus ele tinha classe o suficiente para não mencionar isso.

No caminho de casa, Caleb me perguntou se eu realmente queria voltar:

— Você disse que tinha terminado.

Olhei, irritada, para fora de minha janela, contando as luzes dos carros que passavam por nós.

— Eu sei.

— Então, por que voltar? Você não deve nada a ele, Leah.

— Apenas me deixe fazer isso sem ficar analisando meus motivos.

Ele me olhou de canto de olho.

— Tudo bem. Só me prometa uma coisa.

Eu o encarei. Caleb não era de pedir promessas.

— Se ele aprontar alguma, como fez no casamento, você sairá e não voltará.

— Combinado. — Baixei os olhos sobre meu colo, onde estava o presente de Mattia, embrulhado em papel branco perolado enfeitado com sinos. Deslizando a unha sob a fita adesiva, desfiz o embrulho que revelou um jogo de açucareiro e pote de creme. Era barato, com parte central de vidro e cabos prateados — mas era de Mattia e eu o adorei.

Mattia era a única da casa a me abraçar. Eu contava com seus abraços. Estava prestes a baixar o volume do rádio quando Caleb o aumentou.

Coldplay. Caleb os ouvia como se estivessem sussurrando verdades para ele. Nunca entendi seu fascínio. Eles estavam sempre tentando enfeitar grandes ideias com improvisos de piano. Tamborilei os dedos esperando a canção terminar. Como se alguém pudesse consertar alguém. Se isso fosse verdade, Caleb não gostaria da música de Debbie Downer, ele apenas ouviria a porcaria alegrinha que representava nosso relacionamento. Quando o conheci, estava se afogando em emoções por uma mulher que partira seu coração. Passei anos tentando tirá-lo dessa, apenas para conseguir uma espécie de contentamento flutuante que oscilava conforme o dia. Passávamos semanas felizes um com o outro e, então, de repente, o vento mudava de direção e Caleb voltava a ser a pessoa pensativa e sombria que eu conhecera na festa do iate.

Bem agora — neste momento... neste dia — ele estava feliz. Olhei para seu rosto, cantei a letra da canção e entrelacei nossos dedos. Caleb disse que eu podia confiar nele.

CAPÍTULO 25

Presente

DIRIJO PARA CASA, DEPOIS DE MEU ENCONTRO COM OLI-via, soluçando e praguejando. O mundo inteiro flutua dentro e fora de foco enquanto avalio as chances de perder meu marido. As palavras de Olivia se misturam com meus pensamentos até que eu quase me choco com um caminhão de lixo.

Caminho para a porta da frente, mas sigo em linha reta, do lado de fora, até onde Sam mantém Estella sobre um cobertor. Eu a ergo e a abraço junto ao peito. Ela se contorce e solta um gemido de protesto. Sam a toma de mim e ela para de chorar. Eu a tomo de volta de Sam.

— Tire folga hoje — digo, analisando o rostinho franzido dela. — Está mais que na hora de ela aprender a gostar de mim.

Sam arqueia as sobrancelhas. Estou prestes a lhe dizer que não gosto da expressão em seu rosto quando ele se vira e entra na casa.

Posso vê-lo através das portas francesas. Sam apanha suas chaves do balcão da cozinha e sai com passadas largas sem dar uma olhada para trás. Eu volto o olhar para Estella.

— Talvez possamos tentar de novo. Se descobrirmos como gostar uma da outra, seu pai poderá ficar.

Ela agita os punhos e pisca para mim. É mesmo bonitinha.

Estico as pernas e a ponho sobre as coxas. Converso com ela sobre a vida pelos trinta minutos seguintes até que Estella começa a gritar para mim. Depois entramos em casa para o jantar. Mais tarde, eu a ponho no berço, visto minha peça mais sexy de lingerie e espero. Quarenta minutos depois, ouço a chave na fechadura.

Quando corro para o vestíbulo, Caleb está fechando a porta da frente atrás de si. Fico paralisada e, quando ele ergue os olhos, não tenho certeza de quem parece mais perturbado.

— Estou aqui apenas para pegar algumas coisas minhas. — Ele não me olha.

Eu dou alguns passos em sua direção. Quero tocá-lo, dizer que sinto muito.

— Caleb, fale comigo... por favor.

Ele fixa o olhar em mim e não vejo nem um pouquinho do calor que costumava haver ali. Eu me encolho, recuando. Será que tudo entre nós acabou?

— Volto amanhã para pegar a menina. Há apenas algumas coisas que preciso apanhar — ele repete.

Ponho a mão em seu peito, e ele congela.

Caleb agarra meu pulso.

— Não faça isso. — Desta vez ele me olha nos olhos. — Você usa o sexo como uma arma. Não estou interessado.

— Está certo quando Olivia usa, mas comigo não? — As palavras saem antes que eu possa contê-las.

— Do que você está falando?

Penso em minha conversa com Sam. Se eu quero saber sobre a relação dele com Olivia, agora deve ser a hora de perguntar, já que ele está furioso comigo.

— Por que você nunca dormiu com ela?

Caleb reage na hora, me agarrando pelos ombros e me afastando de seu caminho. Ele segue para a escadaria. Eu o sigo.

— Ora, vamos lá, Caleb. Você a deixa usar o sexo, ou a falta dele, como uma arma. Por quê?

Ele me encara.

— Você não sabe do que está falando.

— Talvez. Mas isso é porque você nunca fala a respeito. E eu quero saber exatamente o que houve entre vocês dois.

— Ela me deixou. Fim da história.

— E quanto à segunda vez — provoco —, durante sua amnésia?

— Ela me deixou de novo.

Seu reconhecimento me fere, profundamente.

— Por que você nunca me falou sobre o que ela fez, quando voltou e mentiu para você?

— Por que você nunca perguntou?

— Eu não queria saber.

Ele começa a se afastar.

— Mas quero saber agora — digo.

— Não.

— Não? — Eu o sigo pelos primeiros degraus. — Quero saber por que você a contratou como minha advogada... por que você não ficou furioso com ela por mentir para você.

Caleb se vira tão rápido que eu quase tropeço.

— Eu a contratei como sua advogada porque sabia que ela ganharia. Estava furioso com ela... e ainda estou...

— Por quê? — grito atrás dele, mas ele já se foi.

CAPÍTULO 26

PASSADO

UMA COISA QUE SE DEVE SABER SOBRE MIM: EU INVES-
tigo. Se não posso encontrar — investigo mais profundamente, com mais empenho. Investigo até achar. A única coisa que eu não conseguia investigar era minha própria mente. Eu não queria vê-la.

Meu pai vinha agindo de um modo estranho, mesmo para seus padrões. Duas vezes, eu o peguei engolindo um punhado de pílulas. As únicas pílulas que eu o vira tomar eram vitaminas. Estas não eram vitaminas. Eu encontrei o frasco na gaveta de cima de sua escrivaninha.

O frasco dizia que era um vasodilatador — um medicamento para pressão alta, mas misturada no mesmo frasco havia uma pílula que eu reconheci — Klonopin, um medicamento antiansiedade. Meu pai tinha ansiedade. Eu quis saber há quanto tempo ele vinha tomando aquilo e *por que* ele tomava. Meu pai sempre foi o homem mais saudável que eu conheci. Tinha sessenta anos e uma barriga enxuta. Era a barriga enxuta de um homem idoso, mas ainda assim de se admirar. Ele zombava de pessoas que sofriam de coisas como depressão e ansiedade, o que era irônico, já que ele fornecia a elas os medicamentos.

Liguei para a minha mãe.

A voz dela gaguejou através da linha quando lhe perguntei sobre as pílulas.

— Ele está bem — ela afirmou. — Você sabe como as coisas ficam no escritório. Ele está estressado com a nova droga que vem testando.

Segurei o receptor mais perto de ouvido. O que quer que eu dissesse dali em diante podia ou finalizar a conversa ou revelar exatamente o que eu precisava saber. Abri minha cópia do Manipulador de Mãe 101.

Até onde eu sabia, o teste de nossa droga mais recente, Prenavene, fora bem-sucedido. Diariamente, eu recebia um aviso impresso que Cash ou meu pai entregavam em meu escritório. A droga estivera em sua fase de testes por mais de cinco anos. Estávamos nos passos finais em direção a colocá-la no mercado. Por que meu pai sofria de ansiedade com um projeto bem-sucedido?

— Aposto que ele está nervoso — eu disse, tentando ao máximo soar simpática. Quase podia vê-la concordando com a cabeça do outro lado da linha.

— Eu queria dar um soco naquele homem terrível — ela sussurrou — que reclamou que o Prenavene provocou seu ataque cardíaco. Seu pai contratou um detetive particular, você sabe. O homem era um ataque cardíaco ambulante. Ele tem histórico familiar e pesa quase cento e cinquenta quilos.

Ela disse *cento e cinquenta quilos* como se fosse um palavrão. Demorei alguns segundos para concentrar minha mente nas palavras *ataque cardíaco*.

Minha nossa!

Por que eu não ficara sabendo disso? Um ataque cardíaco durante o teste de uma droga era uma coisa enorme! Era o suficiente para interromper o teste até que a droga pudesse ser reformulada. Era difícil dizer qualquer coisa depois desse pronunciamento. Por quê? Por que ele arriscaria tudo?

Não querendo que ela soubesse que deixara escapar algo de que eu, obviamente, não estava a par, fiquei ouvindo minha mãe tagarelar por mais alguns minutos. Eu precisava usá-la para obter mais informações. Engoli a traição em minha garganta e disse a ela que tinha outro telefonema para atender.

Por que ele esconderia uma coisa dessas de mim? Por que não haviam interrompido o teste? Pensei em ligar para Cash, mas sua lealdade era dedicada, obviamente, ao meu pai, já que ela ainda não me contara. Eu teria que descobrir tudo sozinha.

Dinheiro. Tinha que ser isso. Na última reunião de vendas, meu pai mencionara uma queda em nossas vendas. O Prenavene era uma maneira de recuperar a empresa. Estávamos todos tão desesperados por uma nova droga que ele faria uma coisa assim? Arriscar tudo?

Na manhã seguinte, fui cedo ao escritório. Meu pai chegava pontualmente às seis horas todos os dias. Eu teria uma hora até que ele aparecesse. Possuía um molho de chaves de reserva do seu escritório. Destranquei a porta e acendi a luz. Andando até seu computador, eu o liguei, tamborilando os dedos na escrivaninha. Seu nível de acesso ao sistema era mais alto que o meu. Eu precisaria de suas senhas para acessar seus arquivos. Praguejando, digitei o aniversário de casamento de meus pais. Apareceu na tela Senha Incorreta. Fora um palpite infeliz de minha parte — ele não era do tipo sentimental.

Tentei datas de nascimento, de minha irmã e minha. Nada. Por fim, tentei as coordenadas para sua cabana de caça na Carolina do Norte. O sistema magicamente se abriu e eu tive a vasta grade do departamento central do IPO diante de mim. Cliquei no ícone marcado como Prenavene e fui até onde queria.

Era verdade. Oh, Deus, era verdade. Quando tranquei a porta de seu escritório, tinha informações suficientes para fechar a empresa do meu pai e colocá-lo na prisão pelo resto da vida. O pior era que eu queria isso. Não, não queria. Ele era meu pai... bem, um pouquinho. Ele me criara. Ou talvez Mattia tivesse me criado. Eu nem tinha certeza mais.

Minha cabeça latejava quando caminhei para o elevador. Eu iria alegar que ficara doente. Não conseguiria encarar aquelas pessoas sabendo o que eu sabia. Precisava desvendar aquilo. Encontrar um caminho para saber exatamente quem estava envolvido e quem estava sendo mantido apartado daquelas informações como eu.

Minha cabeça estava abaixada quando as portas se abriram. Olhei para cima e o vi diante de mim, um jornal enfiado sob o braço. Merda, por que não pensei em descer pelas escadas?

Lancei meus ombros para trás, forçando um sorriso.

— Bom dia, papai.

Ele acenou para mim, saindo do elevador. Então, de repente, parou.

— Por que veio tão cedo?

A mentira saiu facilmente de minha língua:

— Não estou me sentindo bem. Só vim pegar um pouco de trabalho. Vou tirar uma folga.

Ele estreitou os olhos.

— Você parece bem. Vá para casa, troque-se e volte. Preciso de você hoje.

— Estou doente — eu disse, como se ele não houvesse me ouvido da primeira vez.

— Esta é uma empresa farmacêutica, Johanna. Vá pegar algumas amostras do depósito e se automedicar.

Olhei para o corredor vazio por um bom minuto depois que ele desapareceu no interior de seu escritório. Isso teria mesmo acabado de acontecer? Claro que sim. Meu pai nunca tirara um dia de folga por doença em anos de trabalho, portanto, o que me levara a pensar que seria incrível oferecer a doença como desculpa? Entrei no elevador e a porta se fechou. Se eu me apressasse, poderia estar de volta em quarenta minutos.

186

CAPÍTULO 27

Presente

CALEB LEVOU O BEBÊ PARA SEU APARTAMENTO UM DIA depois de vir apanhar suas roupas. Seu rosto estava sombrio e determinado quando ele se ergueu à porta e deixou-me dizer adeus. Eu beijei a penugem ruiva na cabeça da garota e sorri, displicente. Trato a situação toda como se eles estivessem indo ao supermercado, e não que estavam se mudando. *Espere só. Deixe-o ver como é difícil tomar conta de um bebê sozinho.* Eu me sinto segura quando eles saem do estacionamento. Às vezes, uma pequena separação é boa para a alma. Caleb é um homem de família. Dentro de alguns dias, estará de volta, e eu tentarei com mais empenho. Tudo vai funcionar bem. Estella é minha garantia. Ela nos manterá unidos, não importa o quanto as coisas piorem.

Quando a luz de seu carro desaparece, eu abro o freezer e puxo para fora dois saquinhos de legumes congelados. Carregando-os para a mesa, faço furos no plástico com o dedo e começo a jogar ervilhas na boca. Há coisas que eu posso fazer para melhorar a situação. Katine leva seus filhos para as aulas de Mamãe & Eu. Eles se sentam em círculos, cantam e batem em malditos tamborins. Eu poderia fazer isso.

A campainha toca. Jogo um punhado ervilhas dentro da boca e corro em direção à porta. Talvez Caleb já tenha mudado de ideia.

Meu marido não está à porta. Eu analiso o homem que ali está.

— O que você quer?

— Vim ver se você está bem.

— Por que eu não estaria? — Faço menção de fechar a porta, mas ele passa por mim e caminha para o vestíbulo. — Você não deveria estar aqui. — Minhas palavras não tem nele nenhum efeito. Elas não o atingem, ou ele tem seus próprios planos, como é de se esperar.

Ele me olha por sobre o ombro, seu sorriso malicioso tão familiar que sinto minha vertigem começar.

— Claro que eu deveria estar aqui. Estou cuidando de minha cunhada. É o que a família tem que fazer, ainda mais agora que meu irmão a deixou.

Fecho a porta com tanta força que os quadros na parede chacoalham.

— Ele não me deixou, seu babaca desprezível! — Passo por ele e sento-me à mesa com minhas ervilhas.

Ele se põe a andar e um momento depois começa a examinar as fotos na parede como se nunca as tivesse visto. Eu como minhas ervilhas uma por uma e o observo.

Enfim, ele se senta diante de mim, dobrando as mãos sobre o topo da mesa.

— O que você fez dessa vez?

Desvio o olhar da expressão presunçosa em seu rosto.

— Não fiz nada. Tudo está bem. Caleb não me deixou.

— Ouvi dizer que você foi rejeitada no prêmio Mamãe do Ano.

Mordo o interior da bochecha e me recuso a responder. Seth se levanta e marcha devagar até a prateleira de bebidas, servindo-se de um dedo do uísque de Caleb.

— Se você continuar assim, meu irmãozinho poderá realmente preencher a papelada desta vez. Um homem pode se cansar de suas farsas intermináveis.

Lanço-lhe um olhar raivoso.

— E daí, Seth? Você entra e assume o lugar dele?

Desta vez eu o desequilibrei. Ele ergue o copo até os lábios, nunca deixando de me olhar. Diferentes dos de seu irmão, os olhos de Seth são cinzentos. No momento, eu quase consigo ver a fumaça saindo deles.

— Toquei num ponto fraco? Querendo outra vez aquilo que pertence a Caleb? — Eu me levanto e faço menção de passar por ele, mas ele agarra meu antebraço. Eu luto para me livrar, mas Seth aperta até que eu fique imóvel.

Sua boca está próxima de meu ouvido.

— Talvez eu deva contar a meu irmão que já tive o que é dele.

Eu me solto com força.

— Caia fora da minha casa!

Ele põe o copo de lado e pisca para mim, seguindo para a porta.

— Acho que vou visitar minha pequena sobrinha hoje. Tchauzinho, Leah.

A porta se fecha. Filho da puta. Quero dizer isso na cara dele. Marcho de volta para a cozinha e pego o telefone. Precisava sair, fazer alguma coisa, mas... não uma coisa destrutiva. Passo pelo nome de Katine e paro sobre o de Sam.

— E aí, seu gay? — digo no receptor.

— Isso é um pouco ofensivo, Leah.

— Estava pensando que poderíamos fazer algumas compras hoje. Talvez almoçar juntos.

— Só porque sou gay não vou ser seu acompanhante divertido.

— Ora, vamos lá. Você gosta de vinho! Podemos beber um pouco... ir na Armani...

— Estou ocupado hoje. Tenho que fazer uns serviços na rua.

— Irei com você. Venha me apanhar.

Ele suspira.

— Tudo bem. Mas é melhor você estar pronta quando eu buzinar.

— Você virá me apanhar na porta como um cavalheiro — eu digo, antes de desligar.

Subo para me trocar e desço bem a tempo de ouvir a buzina irritante de seu jipe.

Sento-me no sofá e ajeito o vestido. Não sairei sob o chamado de uma buzina. Espero um ou dois minutos, na expectativa de ouvir sua batida na porta, mas, em vez disso, ouço o jipe partindo do estacionamento. Antes que ele possa sumir, eu pulo e corro para fora.

— Você é um cretino tão grande! — digo, me atirando no banco da frente.

Ele faz uma careta para mim para expressar seu desprazer.

— Não estou jogando com você, Leah. Não se cansa de sempre tentar vencer?

— Não — respondo, ríspida. — Isso me tornaria uma perdedora.

Ele balança a cabeça e se volta para a música para abafar qualquer outra coisa que eu queira dizer. Fico em silêncio e fumo. Não sei para onde estamos indo, mas estou contente por ficar fora da casa que está cheia de lembranças. Eu quero... eu *preciso* ficar livre de Caleb por algumas horas. Voltar às minhas raízes.

Desligo o rádio. Foda-se o Coldplay. Que espécie de atração maldita eles exercem nas pessoas? Quando Caleb voltar para casa vou fazê-lo jogar fora todos os CDs deles.

— Vamos fazer algo divertido.

Sam passa a mão pelo rosto.

— Vou levá-la para casa imediatamente e você poderá se sentar em sua grande casa vazia e ficar ruminando sua pequena vida vazia. Entendeu?

— Deus, você é um desmancha-prazeres! — Tiro da língua um pedaço de tabaco e o jogo fora.

Suas palavras me magoam. Sam é um atirador eficiente, mas, neste exato momento, eu preciso é ser mimada.

Dez minutos depois, paramos no estacionamento de um Wal-Mart.

Meus pés, que estão pousados no painel, logo se abaixam.

— Oh, não, diabos! Eu não vou entrar aí.

Ele dá de ombros e sai do veículo.

— Sam! — eu o chamo de volta. — O Wal-Mart me dá urticárias.

Depois de alguns segundos, eu saio desajeitada do carro e vou atrás dele. Sigo-o até o fundo da loja onde ele joga uma dúzia de lâmpadas de luz verde no carrinho e o empurra maniacamente até a secção de alimentos.

— Por que você precisa de todas essas Perriers? — eu observo ao vê-lo transportar garrafa após garrafa até o carrinho, arrumando-as no fundo para que não quebrem.

— São para Cammie — ele diz.

Meus olhos se arregalam.

— Você... você vai... você tem que levá-las para ela?

— Sim, nós vamos para lá daqui a pouco.

Eu pulo para trás dele em pânico enquanto Sam caminha para a caixa registradora.

— Pode me deixar em casa primeiro?

A última coisa que desejo é ver a cara daquela loira presunçosa. Piranha.

— Vamos lá depois que sairmos daqui. Ela está dando uma festa e esqueceu de comprar estas coisas.

— Não é que você é mesmo o primo bonzinho? — resmungo baixinho. Por que o deixei me convencer a vir junto? Eu devia ter ficado em casa.

Quando as compras começam a rolar pela esteira do caixa, eu jogo junto um pacote de balas de menta. Sam olha para mim, e eu dou de ombros.

Permaneço sentada com ansiedade recolhida pelo trajeto inteiro de cinquenta minutos. Como menta após menta até esvaziar a caixa. Minha língua ficou grossa. Sam pega a caixa de mim, espantado.

— Você está louca? São Altoids ardidos, não chocolate.

Sento sobre minhas mãos e olho para fora da janela. Estamos em Boca Ratón. A casa de Cammie fica numa vizinhança de alto nível, de portões fechados. Sam para do lado de fora de uma casa com vasos de flores nas janelas e salta. Eu me encolho mais para baixo, embora o jipe sem capota ofereça pouco lugar para se esconder.

— Ei — Ele dá um chute no lado do carro onde estou sentada. — Uma ajudinha, pode ser?

Dou uma olhada para ele com incredulidade. Sam realmente esperava que eu o ajudasse a carregar sacolas lá para dentro? Esperava. Oh, que merda.

Sam carrega as sacolas para um dos lados da casa e abre um portão que eu suponho que leve ao quintal. Posso ir até o quintal. Eu me abaixo e apanho um par de sacolas do porta-malas. Estou um tanto curiosa para saber qual será o motivo dessa festa, afinal. Assim que contorno o canto da casa para entrar no quintal tropeço em Cammie.

191

Ela me lança um olhar arregalado e grita o nome de Sam. Ele vem correndo, seus braços carregados de caixas.

— O que é isso? — A voz de Cammie está no máximo. — O que é que esta Ruiva está fazendo aqui?

Jogo as sacolas para ela. Sam deixa as caixas caírem e lança um olhar zangado para Cammie.

— Caleb a deixou — Sam diz, pondo um braço em torno de meus ombros — Seja simpática.

— Ele não me deixou — eu garanto a Cammie.

Cammie põe as mãos nos quadris.

— Eu não me importo com quem deixou quem. Ponha essas malditas garrafas ali. — Ela aponta para uma mesa e eu as transporto para lá.

O quintal é espaçoso. Há uma piscina em formato oval e uma banheira de hidromassagem. Homens arrumam mesas alugadas ao longo do gramado, balançando toalhas brancas de linho.

— Oi.

Dou um pulo. Um cara sobe pelo meu lado carregando um enorme microfone. Ele o coloca sobre a mesa e sorri para mim.

Eu o examino, incerta. Não sei se vão gritar comigo por falar com ele. Cammie é meio louca. Ele é atraente. Tudo nele é escuro, exceto os olhos azuis. Fico pensando vagamente se ele não será parte da equipe de arrumação do evento.

Ele estende a mão em minha direção e, sem pensar, eu a pego.

— E quem é você? — Ele pergunta quando não digo meu nome. Está sorrindo para mim com malicia, parecendo me achar engraçada.

— Ela não é ninguém. — Cammie surge ao nosso lado e separa nossas mãos.

— Cammie! — ele a repreende e a olha afetuosamente. Depois seus olhos se voltam para mim.

Seu namorado? Não. Cammie não é o tipo desse cara.

— Sam! — Cammie grita.

Ele vem gingando pelo canto, comendo uma sacola de batatinhas.

— Leve-a para casa! — ela diz, lançando-me um olhar furioso.

O homem empina a cabeça. Ele aponta para Sam e parece estar fazendo alguma espécie de conexão mental. Quando seu olhar retorna ao meu rosto, ele parece ter juntado as peças. Seu rosto todo se ilumina.

— Você é Leah — ele diz, divertido.

Está usando óculos. Quero que ele os tire para que eu possa ver melhor seus olhos.

— E você é...?

Ele volta a estender a mão. Antes que eu possa pegá-la outra vez, Cammie dá um esbarrão nela.

— Cara — ela diz, apontando para ele —, não vamos jogar este jogo. Ele a ignora.

— Eu sou Noah — apresenta-se.

Fico surpresa por sua gentileza. Fico surpresa por seu... Oh, Deus! É o marido de Olivia!

Eu me recomponho antes que grite muito alto. Esta é uma festa para Olivia. Estou na casa de sua melhor amiga, encarando seu marido. Oh. Meu. Deus.

— É melhor eu ir embora — murmuro para o rosto cheio de satisfação de Noah.

Cammie balança vigorosamente a cabeça. Noah sacode a dele.

— Você não parece nem metade da louca que eu pensava que fosse.

Ele realmente disse isso?

— Olivia falou algo sobre uma gárgula ruiva de caninos pontiagudos.

Fico confusa. Então, ela falou sobre mim para ele. Será que Olivia mencionou a brincadeirinha de desarrumação do apartamento dela... ou aquela de levá-la de carro para fora da cidade... ou o julgamento? Por alguma estranha razão, não quero que ele pense que sou uma pessoa ruim.

— Noah — Cammie diz, chacoalhando o braço —, pode não se ocupar com o inimigo? Temos coisas a fazer.

— Ela não é o inimigo — Noah a contradiz, nunca tirando seus olhos de cima de mim. — Ela é uma lutadora da pesada.

Sim, ele sabe. Eu me sinto como se estivesse em transe. Se esse cara me mandasse beber Ki-Suco, eu, provavelmente, o faria. Foda-se. Eu beberia o Ki-Suco com *toda a certeza*.

Olivia se casou com o Gostosão. Não é de se admirar que ame o marido. Eu limpo minha garganta e olho ao redor do quintal.

— Então, esta festa é para ela?

Cammie guincha em algum ponto dos fundos. Noah concorda com a cabeça.

— Sim, é o aniversário dela. É uma surpresa.

Que ótimo. Ninguém me oferece festas de aniversário. Engulo em seco e me afasto da mesa.

— Foi ótimo conhecer você — eu digo. — Sam?

Ele está em meus calcanhares num segundo, desviando-me em direção ao portão. Dou uma olhada por sobre o ombro, para o marido de Olivia. Ele está mexendo com o microfone. As mãos de Cammie se agitam, sem dúvida expressando seus sentimentos por mim enquanto a ignoro.

Maldição do inferno. O que essa mulher tem que eu não tenho? Por que homens como Noah e meu marido se apaixonaram por ela?

CAPÍTULO 28

PASSADO

A PRESSÃO NO TRABALHO MUDOU DEPOIS QUE DESCOBRI sobre os resultados adulterados do Prenavene. Era como se meu pai soubesse que eu desvendara seu segredo e estivesse disposto a me punir. A atenção que eu sempre desejei que ele me desse, de repente, estava ali. Exceto pelo fato de que não era o amor caloroso e paternal que eu esperara. Meu pai ficou hostil e exigente, insultando-me, frequentemente, diante das pessoas. Houve poucas vezes em que ergui os olhos para vê-lo me encarar; a expressão em seu rosto era tão agudamente raivosa que me causava tonturas. Eu ansiava pelo buraco em que me escondia quando ele nem sequer sabia da minha existência. Era mais seguro ficar fora do alcance de sua visão. A pergunta mais importante era: como ele descobrira?

Foi Cash. Tinha que ser. Eu lhe fizera perguntas detalhadas sobre o transcorrer do teste. Ela deve ter contado para meu pai. E o que piorava isso era o modo como meu pai a estava tratando — como uma filha há muito tempo perdida.

A merda atingiu o ventilador uma semana antes de meu aniversário. Meu pai convocou uma reunião de emergência na casa da família. Caleb achou tudo aquilo esquisito, mas eu sabia o que estava por vir. Pensei em prepará-lo no carro, durante o trajeto, mas pensei que seria melhor que fosse o próprio Charles Austin a revelar a fraude farmacêutica. Desse modo, eu poderia bancar a inocente e fingir que não sabia de nada sobre as armações.

Quando chegamos à casa, todos estavam esperando por nós na sala. Deslizei para uma namoradeira junto com Caleb, que examinava a todos com desconfiança crescente. Ele olhou para mim para ver se eu sabia alguma coisa e eu fingi estar relaxada. Minha irmã, sentada perto de minha mãe, olhou para mim com uma súbita iluminação em seu rosto.

— Você está grávida, não está? É sobre isso que a conversa vai ser.

Balancei a cabeça, chocada com a sua falta de critério emocional. Nada afetava minha irmã. Senti um momento de inveja que passou por todos os matizes do verde.

— Johanna não vai ter um bebê — meu pai disse. — Isso é uma coisa mais séria, temo dizer.

Por um minuto, pensei no que poderia ser mais sério que um bebê. Será que ele chegaria a deixar meu bebê chamá-lo de vovô? Caleb estava tenso ao meu lado. Quando papai mencionou o bebê, Caleb agarrou minha mão e a apertou.

Meu pai olhava para Caleb enquanto falava. Era assim que ele fazia. Se houvesse um homem no aposento, era para ele que ele olharia — mesmo que fosse para informar a sua mulher e a sua filha sobre seu falecimento iminente.

Eu ouvi a coisa toda, agarrando a mão de meu marido como se ela fosse a única corrente para minha sanidade. A despeito da raiva que sentia de meu pai, esperava que ele não estivesse numa encrenca grande demais. Era possível quando você fazia uma coisa como aquela?

Ele nos falou sobre os testes e quando admitiu ter adulterado os resultados, eu senti Caleb enrijecer. Ele terminou a história com um belo soco em meu estômago:

— Fui indiciado. Eles vão indiciar Johanna também.

Caleb teve um sobressalto.

— O quê? O que Leah tem a ver com isso?

— Sua assinatura está na papelada toda. Nada do teste poderia ter sido feito sem sua assinatura. O mesmo se aplica aos comunicados à imprensa.

Emiti um ruído que soou como medo estrangulado. Caleb baixou o olhar sobre mim, seus olhos iluminados como duas bolas de âmbar acesas. Ele os estreitou.

— Isso é verdade? Você sabia o que estava acontecendo?

Balancei a cabeça.

— Apenas assinei o que ele me pediu para assinar. Eu não sabia nada sobre os resultados verdadeiros.

Sua cabeça se voltou como um chicote para meu pai.

— O senhor vai contar a eles. — Ele apontou um dedo. Eu não acho que tivesse visto Caleb apontar seu dedo para ninguém até então.

Meu pai deu de ombros.

— Não fará diferença, Caleb.

Senti meu valor àquela altura. Um nada. Eu era uma moeda jogada na calçada — um pegajoso pedaço de metal enfiado sob uma xícara, enfiado em almofadas de sofá, em velhas carteiras sob a geladeira, entre uma uva murcha e um fio de cabelo não identificado — isso era eu. Ele não via valor algum em mim, exceto para me usar quando fosse derrotado.

Merda, merda, merda, merda.

A voz de Caleb era como uma pedra dura sendo triturada para virar cascalho. Não pude entender o que ele estava dizendo até que fosse tarde demais. Eu ouvi as palavras *Ela é sua filha*, pouco antes de ele se lançar para a frente. Vi o tremor do choque passar pelo rosto do meu pai, quando meu belo marido, de cabelo castanho-avermelhado, deu-lhe um soco que teria feito Mike Tyson sorrir largo.

Minha irmã e minha mãe começaram a gritar. Eu tapei os ouvidos. Você podia jurar que elas nunca tinham visto um homem ser posto em seu lugar. Eu queria que Caleb o acertasse de novo, não muito por me amar, mas porque eu estava oficialmente dentro de um barril de problemas profundos.

— Caleb! — eu o agarrei, levantei-o pelas costas. Seu corpo ainda estava virado em direção ao meu pai como se ele quisesse desferir outro soco. — Vamos embora. Eu quero ir.

O maxilar dele estava assustador. De verdade. Prefiro que me ponham num quarto com cem leões da montanha famintos do que ficar num quarto com o maxilar de Caleb.

Ele agarrou minha mão. Meu pai, o grande Charles Austin Smith, estava caído de rosto voltado para a espreguiçadeira, seu nariz sangrando nos dedos e seu rosto da cor do fígado cru. Antes de sairmos, eu parei. Minha respiração procurava entrar em ritmo com meu coração.

Caleb me olhou interrogativamente e eu balancei a cabeça. Encarei minha família, os três agachados em torno do rosto do meu pai, que sangrava. Os olhos de minha mãe estavam aterrorizados, enquanto ela tentava limpar o sangue com um guardanapo de bebida. Minha irmã dizia *Papai* sem parar, chorando. Eu me sentia repugnada e aterrorizada ao observá-los. Pela primeira vez, não quis pertencer a eles. Eu não queria fazer parte de seu trio sangrado, acovardado.

— Papai?

Ele ergueu a cabeça e eu vi seus olhos injetados de sangue me fuzilando. Minha mãe e minha irmã pararam de gemer para me fitar, também.

— Papai — repeti —, nunca mais vou chamar o senhor assim. O senhor não deve se importar nem um pouco, e tudo bem, porque também não dou a mínima. Prefiro ser a filha bastarda de uma prostituta do que compartilhar de seu sangue.

Caleb apertou minha mão e nós caminhamos para a saída.

Dois dias depois ele estava morto.

CAPÍTULO 29

Presente

PERSIGO CAMMIE NO FACEBOOK. JURO QUE TUDO QUE aquela loira estúpida posta são fotografias de seus almoços. Odeio isso. Continuo com a esperança de apanhar algum trechinho de Caleb ou daquela prostituta, Olivia. Entro na minha conta pouca usada e digito o nome de Cammie. Quero ver se ela postou fotos do aniversário de Olivia. Quero ver se Caleb esteve lá. *Isso é muito idiota*, digo a mim mesma. Olivia é casada com um gostoso. Não haveria razão para convidar Caleb.

Passo pente fino em todas as fotografias, de qualquer modo, procurando um pedaço de suas mãos, pés ou cabelo. Tudo que vejo são fotos de Olivia. Alguém pegou um instantâneo dela chegando à festa-surpresa. Sua boca está escancarada e, se você não soubesse do que se tratava, pensaria que alguém lhe apontava uma arma, em vez de estarem gritando *Feliz Aniversário*. Ela usa jeans apertado e um top tomara que caia. Eu fungo à medida que vou clicando sobre as imagens. Olivia abraçando Noah, Olivia rindo com Cammie, Olivia soprando velas numa torre de cupcakes, Olivia atirando em alguém com uma pistola de água, Olivia sendo empurrada para dentro da piscina...

A última foto é de Olivia abrindo um presente. Ela está sentada numa cadeira com a caixa aberta em seu colo. A expressão em seu rosto pode ser de qualquer coisa, exceto felicidade. Suas sobrancelhas estão franzidas e sua boca, apertada numa de suas famosas caretas de lado. Olho para a caixa, tentando ver seu conteúdo, mas só o que posso ver é o papel azul metálico. Cammie intitulou a fotografia: Não sabe de quem é este? Abra ou não conseguirá um cartão de agradecimento.

Olho para o pacote com desconfiança. O que poderia estar dentro dele que faria com que ela tivesse uma expressão tão horrorizada? Clico nas fotos subsequentes, mas Olivia não está em nenhuma delas. É como se ela houvesse desaparecido depois de abrir aquele pacote. Enfio um punhado de cenouras mal descongeladas na boca. Empurrando minha cadeira para trás, saio em busca de Sam. Eu o encontro dobrando roupas no quarto do bebê. Caleb está com Estella, mas Sam tem aparecido, de qualquer modo, para me ajudar a viver.

— Você esteve naquela festa, certo?

— Que festa? — Ele abre uma gaveta, deposita uma pilha de macacões e a fecha sem olhar para mim.

— A festa de Olivia, Sam.

Seus olhos viajam de meus braços cruzados até meu pé que sapateia no chão.

— Não vou alimentar suas tendências de perseguidora.

— O que havia naquela caixa azul que Olivia abriu?

Os olhos de Sam saltam para meu rosto.

— Como você sabe disso?

— Eu estava no... uh... Facebook.

Sam balança a cabeça.

— Não sei. A caixa não tinha cartão. Ela deu uma olhada dentro daquele troço irritante e correu para dentro da casa. Não tornei a vê-la depois disso. Acho que Noah a levou para casa.

— O que aconteceu com a caixa? — Por que estou tão interessada?

— Acho que Cammie está com ela.

Agarro seu braço.

— Pergunte a ela.

Ele se sacode para se livrar, a testa enrugada em três sulcos profundos, e eu aponto o dedo para ela.

— Você devia pensar em pôr botox nisso.

— Não vou investigar essa caixa por sua obsessão com Olivia.

— Não estou obcecada por ela, Sam. Apenas quero desvendar o que a deixou tão perturbada.

— Você e Nancy já não fazem acusações suficientes a Olivia?

Torço meu nariz. Poderia haver acusação suficiente para Olivia? Essa mulher devia usar um aviso nas costas dizendo "Desclassificada Ladra de Namorados".

— Diga o que quiser, Sam, mas não foi a sua vida que ela tentou destruir. — Estou caminhando em direção à sala de estar quando sua voz me alcança.

— Pelo que fiquei sabendo, ela *salvou* a sua vida.

Giro e o fuzilo com o olhar. Não posso acreditar que ele tenha acabado de dizer isso. Que inverdade mais completa! Estou enjoada, enjoada, enjoada de ser forçada a ficar agradecida àquela piranha de olhar matreiro por alguma coisa que qualquer um poderia ter feito. Eu poderia ter contratado qualquer advogado que desejasse. Ela me foi imposta.

— Foi isso que Cammie lhe contou?

Sam põe a última mamadeira limpa na prateleira e me encara.

— Não foi isso que aconteceu? Ela pegou seu caso e ganhou?

— Pelo amor de Deus! Isso era o trabalho dela.

— Por que ela pegou seu caso?

Já estou pálida, mas quando alguém me faz esta pergunta, por exemplo, minha mãe, minha irmã, meus amigos... sempre consigo sentir a cor de minha pele desbotar. Por que ela pegou o caso? Porque Caleb lhe pediu. Por que Caleb lhe pediu? A princípio, pensei que fosse porque ela mentira para ele. Ele estava cobrando pela culpa de Olivia, fazendo-a pagar pelo engano defendendo sua esposa. Mas depois interceptei um olhar. Um olhar. Quão longo um olhar pode ser... realmente? Um olhar pode ter a duração de um segundo, um caprichoso, inofensivo segundo e pode, mesmo assim, revelar longas e complicadas histórias. Você pode ver três anos num olhar que dure um segundo. Você pode ver a saudade, também. Eu não sabia disso até que vi por mim mesma. Quem dera eu não tivesse visto. Quem dera eu nunca tivesse visto outro olhar trocado entre duas pessoas que possuíam uma história em comum.

— Parece-me que você é leal a todas as pessoas erradas — ele diz.

— Do que você está falando?

— Oh, eu não sei... Você quase assumiu o fracasso pelo seu pai, embora ele a tratasse como lixo, e então você põe sua filha de lado como se ela fosse um estorvo para você.

Torço o nariz.

— Pode tirar folga pelo resto do dia.

Sam arqueia as sobrancelhas.

— Vejo você na segunda-feira, então.

Nem noto quando ele sai. Vou para cima para verificar Estella e então me dou conta de que ela se foi. Venho fazendo isso ultimamente, esperando ouvi-la ou vê-la quando entro no quarto. Diferentemente de alguns meses atrás, não me sinto aliviada quando constato que ela não está aqui. Eu sinto...

O que eu sinto? Odeio isso. Eu, decididamente, não quero pensar sobre meus sentimentos.

Vou até o freezer e retiro as ervilhas. Pesando a sacola em minha mão por alguns segundos, de repente, as arremesso de volta como uma bola de beisebol.

Pego as chaves do meu carro do cabide na cozinha e rumo para a garagem: meu conversível vermelho-cereja, pré-bebê, muito divertido. Dou uma batidinha no capô antes de entrar. Depois, passo voando pelo carrinho que mamãe me deu, passando pelas caixas de correio e descendo pela rua.

Sinto-me perdida. E incrivelmente furiosa. Paro, de repente, no estacionamento da mercearia. Marchando para dentro dela, não perco um segundo para agarrar uma cesta e rumar para a gôndola dos doces. Esvazio a prateleira de passas cobertas de chocolate e apanho um punhado de caixas de Twizzlers. Quando jogo tudo na esteira da caixa registradora, o caixa ergue os olhos arregalados para mim.

— Isso vai ser...

— Isso é tudo! — grito. — A menos que você queira me dar uma nova vida.

Ele ainda está boquiaberto quando apanho minha carga e corro para o carro.

A primeira coisa que faço quando chego em casa é esvaziar meu freezer de legumes. Corto as sacolas, uma por uma, e mando os pequeninos

petiscos coloridos para o lixo. Vou cantarolando enquanto trabalho.
. Depois tomo um gole de vodca, direto da garrafa, tiro rapidamente os
sapatos e abro a primeira caixa de passas cobertas com chocolate.

Tudo vai pela goela abaixo a partir daí. Como até a última caixa, até
ficar nauseada. Ligo para Caleb às duas da manhã. Sua voz está ininteli-
gível quando ele atende.

Nada de comer às duas da manhã, eu penso. Sorte dele.

— O que é, Leah? — Caleb pergunta.

— Quero meu bebê de volta. — Mastigo um Twizzler e espero.

Ele mantém silêncio por quase dez segundos.

— Por quê?

Eu fungo.

— Porque eu quero que ela saiba que está certo comer doce.

— O quê? — sua voz está travada.

— Não me faça perguntas. Traga meu bebê de volta. É a primeira
coisa que você tem que fazer amanhã. — Desligo o celular.

Quero meu maldito bebê. *Quero* meu maldito bebê.

203

CAPÍTULO 30

O PASSADO

O JULGAMENTO FOI A EXPERIÊNCIA MAIS SURREAL DE minha vida — não só porque a ex-namorada de meu marido fosse minha advogada, mas também porque antes eu jamais recebera uma intimação para o que quer que fosse. E agora estava metida em uma encrenca real pela primeira vez.

Não concordava com Olivia ser minha advogada. Lutei contra isso até que Caleb viesse direto até meu rosto e dissesse:

— Quer ganhar o caso ou não?

— Por que você tem tanta certeza de que ela pode ganhar o caso? E por que pensa que ela iria querer ganhar? Está se esquecendo de como essa mulher fingiu não conhecer você quando perdeu a memória? Ela o quer de volta e, provavelmente, perderá de propósito.

— Eu a conheço, Leah. Ela lutará pesado... sobretudo se eu pedir.

Foi isso. Caso encerrado. Exceto que o meu ainda estava em aberto e pendendo como um enfeite de vidro de Natal da ponta do dedo de minha arquirrival. Tinha que confiar nele, através dela; não havia mais ninguém. Meu pai costumava ser quem me livrava dos problemas, e desta vez fora ele mesmo quem me pusera num deles antes de morrer de ataque cardíaco.

Eu não confiava nela. Ela era irritante.

Advogados devem fazer você se sentir bem, mesmo que estejam mentindo sobre suas chances de ganhar um caso. Olivia tornava sua única missão na vida fazer-me acreditar que eu iria me ferrar. Não me passava despercebido que toda vez que meu marido estava por perto ela ficava azeda e tensa. Ela não olhava para ele, tampouco; mesmo quando Caleb lhe dirigia uma pergunta, Olivia fingia fazer outra coisa quando lhe respondia. Eu a odiava. E a odiei por todos os dias ao longo do ano que ela levou para me livrar das acusações. Houve apenas um dia durante a coisa toda em que não a odiei.

O dia em que ela me pôs para depor foi o pior de minha vida. Ninguém queria que ela fizesse isso — pensavam que arruinaria o caso.

Deixem-na alegar a quinta emenda, esse era o consenso na firma. Olivia se colocara contra todos os conselhos propostos quando me preparou para depor. Eu vi os olhares trocados à minha custa. Mesmo quando Bernie, a advogada mais velha, se aproximara dela, Olivia a detonara:

— Maldição, Bernie! Ela pode se virar sozinha. Este caso é meu, e ela vai depor.

Fiquei aterrorizada. Meu destino estava nas mãos de uma mulher demoníaca, conivente. Eu não conseguia concluir se aquilo era uma coisa boa ou ruim. A maior parte de mim estava convencida de que Olivia tentava perder o caso de propósito. Quando expus a Caleb minha teoria, ele separava a correspondência na cozinha e mal ergueu os olhos em minha direção.

— Faça o que ela diz.

O quê?

— O que você quer dizer com fazer o que ela diz? Você nem está me ouvindo.

Ele jogou a correspondência de lado e foi até a geladeira.

— Eu ouvi você, Leah.

— Não confio nela.

Caleb tinha uma cerveja na mão quando se virou para mim, mas olhava para o chão.

— Eu confio.

E isso foi tudo. Minha única aliada era uma mulher que lucraria muito mais com minha prisão. Ela me preparava para a tribuna

205

treinando-me com perguntas que a acusação faria, gritava comigo quando eu não estava suficientemente calma, me insultava quando eu falhava nas minhas respostas. Era dura e firme, e uma parte de mim apreciava aquilo. Uma parte muito, muito pequena: odeio essa piranha e quero que ela morra. Mas eu confiava em Caleb. Caleb confiava em Olivia. Ou eu iria acabar despencando em chamas ou sairia da corte uma mulher livre.

No dia em que subi ao banco, eu parecia outra pessoa. Usava o que Olivia trouxera para mim: um vestido em suaves tons de pêssego e lilás, o cabelo num rabo de cavalo baixo, brincos de pérola atarraxados. Com eles em minhas orelhas, me perguntava se eles pertenceriam a ela. Eram pérolas falsas, imagino. Minhas mãos tremiam quando ajeitei meu vestido e olhei para mim mesma no espelho. Eu parecia vulnerável. Me sentia vulnerável. Talvez fosse esse o plano dela. Caleb dissera para confiar nela.

Procurei pelos olhos dela quando ocupei o assento, meus joelhos enfraquecidos sob minhas mãos dobradas. Nas semanas de preparação, eu aprendera a ler os olhos dela. Aprendera que, se ela os mantinha bem abertos, suas sobrancelhas ligeiramente erguidas, eu estava me saindo bem. Se ela me trespassava com o olhar, me maldizia mentalmente, eu precisava mudar de rota, logo. Odiava conhecê-la tão bem. Odiava, e ficava grata por isso. Com frequência, me surpreendia pensando se Caleb sabia o que era pior: eu ser capaz de ler Olivia tão bem ou realmente sentir-me orgulhosa de poder fazê-lo.

Ela se ergueu diante de mim em vez de andar para a frente e para trás como se fazia nos filmes. Parecia relaxada em seu terninho castanho-amarelado. Usava um colar azul-cobalto vistoso que fazia seus olhos brilharem.

Tomei fôlego e respondi à sua primeira pergunta:

— Trabalhei na central da IPO durante três anos.

— E qual era o seu cargo?

Olhei para o colar, depois para seus olhos, para o colar e para seus olhos...

Não era realmente cobalto. Que tom era aquele?

— Eu era vice-presidente de questões internas...

Prosseguimos assim por quarenta minutos. Perto do fim, Olivia começou com perguntas que faziam cada glândula de suor de meu corpo se derreter. Perguntas sobre meu pai. Minha mãe estava sentada perto de Caleb, observando-me com atenção, suas mãos pressionadas sob o queixo no que parecia uma prece silenciosa. Eu sabia que era uma advertência silenciosa.

Não humilhe sua família, Leah. Não conte a eles de onde você veio. Ela pedia aos deuses das filhas malcomportadas, ilegítimas e ferradas.

Olivia não quisera que ela estivesse lá, por medo de ela me intimidar a não contar a verdade. Mas ela insistira em ir.

— Como era a sua relação com seu pai fora do trabalho, senhorita Smith?

O queixo de minha mãe despencou até o peito. Minha irmã ajeitou o cabelo atrás das orelhas e deu um olhar de soslaio para minha mãe. Caleb apertou os lábios e olhou para o chão. Os deuses das filhas ilegítimas e ferradas roncaram nos céus.

Eu me aprumei, reprimindo as lágrimas — aquelas belas lágrimas que expunham minha fraqueza.

Lembrei-me do que Olivia tinha me dito quando discutíamos sobre algumas de suas perguntas, apenas uma semana atrás. Eu disse a ela que não iria sujar o nome do meu pai no banco de testemunhas. O rosto dela ficou cinza e suas mãos pequenas formaram uma bola de punhos.

— Onde está ele, Leah? Ele jogou porcamente um monte de sangue sobre você e morreu! Conte a verdade ou irá parar na prisão.

Depois, ela andou furtivamente para perto de mim, para que ninguém mais pudesse ouvir, e disse:

— Use sua raiva. Lembra-se do que sentiu ao destruir minhas coisas quando eu tentava roubar algo de você? Se eu perder este caso, posso tomá-lo de você de novo.

Isso fez a mágica. Fiquei tão furiosa que respondi a todas as perguntas — mesmo às mais difíceis. Ela assumiu uma expressão presunçosa pelo resto do dia.

Agora, eu tinha que canalizar de novo um pouco de raiva. Eu a imaginei com Caleb. Era tudo de que precisava.

Olivia repetiu a pergunta:

— Qual era seu relacionamento com seu pai, Leah, fora do trabalho?

— Era inexistente. Ele interagia comigo apenas no trabalho. Em casa, me considerava um tanto quanto inconveniente.

Daí em frente tudo se desenrolou.

— Seu pai tinha a reputação de nunca contratar um membro da família, correto?

— Sim — eu disse. — Fui a primeira.

Arrisquei dar uma olhada para minha mãe. Ela não olhava para mim.

O argumento inicial de Olivia incluíra essa informação. Ela se erguera diante do júri com as mãos às costas e os advertira de que a acusação iria me pintar como dissimulada e manipuladora, mas tudo que eu representava em verdade era um peão de xadrez no plano desesperado de meu pai para salvar sua empresa de ir à bancarrota.

— Ele usou sua própria filha para ganho financeiro — ela afirmou.

Essas palavras destravaram meu exterior controlado. Comecei a chorar imediatamente.

Olivia limpou a garganta, trazendo-me de volta ao presente.

— Seu pai alguma vez lhe pediu para assinar documentos sem os ler?

— Sim.

— O que ele disse para impedi-la de olhar para os documentos?

Houve um protesto da acusação. Olivia reformulou a pergunta.

— Qual foi o procedimento típico que seu pai usou para obter sua assinatura?

— Ele me disse que precisava das assinaturas rapidamente e, depois, esperava na sala até que eu tivesse assinado tudo.

— Você alguma vez mencionou ao seu pai que se sentia incomodada assinando os documentos sem lê-los?

Outro protesto: conduzindo a testemunha.

Olivia pareceu irritada. O juiz permitiu. Ela repetiu sua pergunta, com uma sobrancelha arqueada. Eu não queria responder àquilo. Ela me fazia parecer irresponsável e tola. *Melhor tola do que prisioneira*, Olivia retrucara quando expressei minha preocupação no dia anterior. Engoli o orgulho.

— Não. — Eu me retorci na minha cadeira, disparando o olhar em direção a Caleb para ver qual era a sua reação.

Ele estava me encarando estoicamente.

— Então, você apenas assinava os documentos? Documentos que iriam potencialmente liberar uma droga letal para o mercado e matar três pessoas?

Abri e fechei a boca. Não tínhamos ensaiado isso. Eu estava à beira das lágrimas.

— Sim — afirmei. — Eu queria agradá-lo — murmurei.

— Lamento, senhorita Smith, pode, por favor, falar mais alto para que o júri consiga ouvi-la? — Seus olhos estão brilhando como seu maldito colar.

— Eu queria agradá-lo — falei mais alto.

Olivia se virou para o júri para que eles pudessem ver a expressão *Uau, isso é terrivelmente importante* em seu rosto.

Quando Olivia ocupou sua cadeira, minha mãe cobria a boca com a mão e chorava.

Achei que ela nunca mais falaria comigo. Ao menos eu tinha minha irmã. Court havia sido uma filhinha do papai, mas não era cega para a tensa relação que existia entre nós.

Quando desci da tribuna, procurei os olhos de minha advogada. Não brilhavam mais. Pareciam apenas cansados. Percebi quão difícil devia ser fazer o que ela acabara de fazer — especialmente quando me queria atrás das grades para que pudesse conquistar meu marido.

Feroz; ela era tão feroz. Eu devia ser o pano de fundo miserável que a tornava uma lutadora tão boa. Olhei para ela muito séria para ver se tinha me aprovado. Ela aprovara. Eu tive um segundo — não, uma fração de segundo — no qual senti vontade de abraçá-la. Depois, isso passou e eu desejei que ela morresse e apodrecesse no chão.

Eu quis olhar com satisfação maldosa depois que ganhei o julgamento. Quis que Olivia soubesse que ele era meu e sempre seria. Ela precisava saber. Nós estávamos celebrando a vitória num restaurante. Olivia chegou tarde. Francamente, eu nem soube por que ela foi. Qualquer que fosse o débito que tivesse para com Caleb, já o tinha pagado. Ela conquistara minha liberdade, e eu teria, alegremente, tomado um caminho diferente, contente por nunca mais vê-la. No entanto, ali estava Olivia, na minha comemoração, entrando em meu lar toda feliz com sua saia curta e seus sapatos de salto agulha.

Caminhei até ela, com a intenção de expressar meu desagrado com sua presença. Dei uma olhada para Caleb, preocupado do outro lado da sala. Eu não queria que ele me visse falando com ela. Eu queria que ela partisse antes que ele a visse lá.

Quando Olivia viu que eu me aproximava, o sorriso se apagou de seu rosto. Eu tinha que reconhecer — a piranha era exótica. Uma sobrancelha escura se ergueu quando dei um passo à frente, com o champanhe na mão. Sua boca se repuxou num beicinho. Ela baixou o olhar sobre mim. Eu me habituara com isso durante o julgamento, mas, nesta noite, ela me deixava furiosa. A noite era minha... e de Caleb.

Eu não havia articulado quatro sentenças quando ela me olhou dizendo:

— Volte para seu marido, antes que ele perceba que ainda está apaixonado por mim.

Choque.

Por

Que

Ela

Achava

Isso?

Não era verdade. Ela é quem era apegada a ele. Quem poderia culpá-la? Olhei para Caleb. Ele era tudo que eu queria que fosse. Ele me protegia. Ficava ao meu lado. Era o único homem que dissera que nunca me magoaria.

Caleb riu de alguma coisa que seu grupo disse. Meu coração se expandia com a simples visão dele. Olivia estava estafada, e ele era meu. Olhei para meu Caleb, muito segura, naquele momento, de nossa força como casal. Era como se ele sentisse meus olhos sobre si. Eu senti um doce arrepio, bem quando sua cabeça se ergueu. Sorri. Nós compartilháramos olhares íntimos assim na corte. Quando eu sentia medo, olhava para ele, ele retribuía o meu olhar, e eu me sentia melhor na mesma hora. Desta vez foi diferente. Eu senti um maremoto de confusão. A sala se inclinou. Ele não olhava para mim.

No mesmo momento em que lançou seu olhar, o sorriso desapareceu de seu rosto. Pude ver seu peito arfar e murchar sob seu terno, como se ele estivesse tomando fôlegos profundos. Nesses cinco segundos, eu vi cada fragmento da mente de Caleb se espalhando por seu rosto como se alguém houvesse feito mil pequenos cortes e tudo estivesse surgindo ao mesmo tempo: angústia, amor, fé.

Eu me virei para ver para onde ele olhara. Sabia que não deveria. Mas como poderia não fazê-lo? A resposta foi clara demais para mim. Ela me fez querer tapar os olhos e me esconder no abrigo da escuridão. Olivia era o alvo de seu olhar. Senti como se ele houvesse me deixado cair do mais alto dos edifícios. Despedaçada. Com todos os meus pedaços. Ele era um mentiroso. Um impostor. Eu quis me desmontar no chão, ali mesmo, reconhecer minha derrota. Morrer e morrer novamente. Morrer e levar Olivia comigo. Morrer.

Abri a boca para gritar para ela. Para brindá-la com todos os xingamentos e palavrões que eu colecionara ao longo de meus vinte e nove anos. Eles estavam na ponta da minha língua, prontos para serem arremessados sobre ela. Eu ia jogar meu champanhe sobre aquela vadia e arranhar seus olhos até que ela sangrasse. Até que Caleb achasse que era tão feia e deformada que nunca mais olharia para ela daquele modo.

Então ela fez a coisa mais desconcertante. Pôs seu copo na mesa, como se não pudesse suportar o peso. Depois, baixou o olhar e foi embora.

Tomei um fôlego — um fôlego profundo, satisfeito —, e voltei para o lado de Caleb.

Meu. Ele era meu. Era esta a verdade.

CAPÍTULO 31

Presente

BALANÇO PARA A FRENTE E PARA TRÁS DEPOIS QUE DES-ligo do telefonema para Caleb. O que há de errado comigo? Como eu podia venerar o chão que meu pai pisava depois de todos aqueles anos de negligência? Era patético. Eu me odeio por isso e, no entanto, sei que faria tudo de novo. E esse bebê — ela é minha única família de sangue, e eu faço tudo para ficar longe dela. Ela não fez nada de errado. Que tipo de pessoa sou para isolar minha própria filha?

Como podem as passas cobertas de chocolate trazerem tamanha clareza? Não são as passas. Eu sei disso. É o que Sam me disse, a parte sobre eu empenhar minha lealdade para todas as pessoas erradas. A única que realmente a merece é a menininha que cresceu em meu corpo. E, no entanto, não posso dirigir os sentimentos certos por ela. Abro o computador e procuro *depressão pós-parto*. Leio sobre os sintomas, concordando com a cabeça. Sim, tem que ser isso. Não há chance de eu ser alguém assim tão má. Preciso conseguir medicação. Há algo de muito errado comigo.

De manhã, Caleb traz meu bebê de volta. Eu a prendo junto ao peito e cheiro sua cabeça. Ela tem seu emaranhado de cabelo ruivo amarrado num lacinho cor-de-rosa. Eu examino seu vestido riscado e lanço para ele um olhar ferino.

— Por que você a está vestindo como se fosse Mary Poppins? — digo, azeda.

Caleb deposita o saco de fraldas e o bebê-conforto perto da porta e começa a sair.

— Caleb! — grito atrás dele. — Fique. Almoce com a gente.

— Tenho que ir a outro lugar, Leah. — Ele vê o desapontamento em meu rosto e diz de um modo muito mais delicado: — Talvez outro dia, sim?

Eu me sinto como se alguém houvesse estendido a mão e dado uma bofetada em meu rosto. Não pela rejeição de minha oferta de almoço, mas com esse simples "sim?" pingando no fim de sua frase. Esse "sim?" é uma lembrança ácida ardendo dolorosamente no meu cérebro. Penso em Courtney e em seu verão na Europa. O modo como minha irmã voltou, falando como se fosse inglesa de nascimento.

Quer ir para o shopping amanhã, sim?

Pode me devolver aquela camisa que pegou de mim, sim?

Você é a pior irmã do mundo, yeah?

Eu sou a pior irmã do mundo. Courtney, que sempre me amparava, que sempre lembrava meus pais que eu estava viva... Onde está minha lealdade para com Courtney? Eu não a visitei uma só vez desde...

Fecho a porta com um pontapé e carrego Estella para o seu quarto. Tiro o vestido de Mary Poppins. Ela graceja e dá chutes como se estivesse feliz por se livrar dele.

— Sim — eu faço festa. — Deixe o papai vesti-la na escola primária e talvez você não tenha nenhum amigo.

Ela sorri.

Começo a gritar por Sam. Ouço seus passos pesados quando ele sobe as escadas.

— O quê...? — ele diz, sem fôlego. — Ela está respirando?

— Ela sorriu! — Bato palmas.

Ele olha por sobre meu ombro.

— Ela faz isso.

— Não para mim.

Ele me olha como se eu tivesse duas cabeças.

— Uau — ele diz. — Uau. E não é que você tem um coração? E tudo que precisou foram sete caixas de passas cobertas de chocolate para revelá-lo.

Eu fico corada.

— Como sabe disso?

— Bem, eu levei o lixo para fora esta manhã, para começar. E venho encontrando-as por toda parte no chão.

Eu me calo por um longo tempo enquanto visto Estella com uma coisa mais elegante. É como vestir um polvo, todos os membros se movendo ao mesmo tempo. Penso em contar a Sam que foram suas palavras que me sacudiram um pouco, mas resolvo não dar esse crédito a ele. Em vez disso, comento sobre Courtney:

— Sam, eu tenho uma irmã.

Ele arqueia uma sobrancelha.

— Ótimo. Eu também tenho...

— Estou falando sério neste momento aqui, Sam!

Ele faz um sinal para que eu continue.

Roço o cabelo de Estella.

— Eu não a vejo há muito tempo. Ela nem sequer conheceu Estella. Você acha que isso pode ter algo a ver com meu... pós-parto? — Testo a palavra, olhando para ele de soslaio para ver sua reação.

— Não sou médico.

— Ainda assim.

— Ainda assim. — Ele sorri. — Mas qualquer coisa é possível. Você é um ser humano muito ruim.

Eu o ignoro e afago o cabelo de Estella.

— Então, vá visitá-la e leve Estella — ele diz, enfim.

— Sim. Você vem comigo?

— Não vejo por que...

— Certo, ótimo. Arrume suas coisas. Também quero que você faça um pedido ao obstetra para mim. Preciso de remédios.

— Não sou sua secretária. Já tivemos essa discussão.

— Veja se pode conseguir alguma coisa para mim até terça-feira. — Saio do quarto.

— Leah, seu bebê...

— Ah é! — Eu volto para pegar Estella. Ela é tão bonita... — Nós vamos visitar sua tia.

Não vamos, não.

Cash, a assistente contratada por meu pai, liga. Não costumo atender às suas ligações. Ou respondo a seus e-mails ou às suas mensagens no Facebook. Mas já que estou reformando minha vida, atendo quando seu nome brilha na minha tela.

— O que você quer, Cash?

— Oh, você atendeu!

— Teria preferido que eu não atendesse?

Há uma pausa. Suponho que ela esteja juntando todas as suas palavras. Deus sabe que ela as vem guardando há dois anos.

— Leah, eu sinto muito — ela diz.

Ouço sua fungada e me pergunto se estará chorando.

— Isso é lógico — afirmo, ríspida. — Você é uma mentirosa.

— Eu só estava fazendo o que ele pediu.

— Courtney é minha irmã — digo com firmeza —, e eu farei tudo que puder para protegê-la.

— É sobre isso que eu quero lhe falar.

Passo meu braço livre em torno da cintura. De repente, me sinto muito vulnerável. Por que essa mulher pensou que poderia me falar sobre *minha* irmã?

— Eu tentei vê-la. Elas não...

— Fique longe de Courtney, Cash. Ela não quer ver você.

Ouço Cash soluçar e sinto uma pontada de piedade. Talvez eu esteja sendo áspera demais. Fico pensando no que Courtney diria a ela.

— Preciso dizer a ela que sinto muito. Preciso...

Eu a interrompo:

— Tenho que sair. Não me ligue de novo, Cash. Falo sério. — Desligo e, imediatamente, vou até o armário e tiro de lá o quadro do guarda-chuva de Courtney.

Eu o seguro contra o peito, roendo o lábio inferior. Como pude ficar longe dela por tanto tempo? O que tinha de errado comigo? Nós éramos tão íntimas!

Começo a rir, cobrindo a boca, a princípio, tentando abafar os ruídos parecidos com os de uma hiena. Não consigo controlar. A risada escapa para fora de mim, crescendo em volume. É a coisa mais relaxante que fiz o dia todo. Quando Sam vem para se plantar na porta do meu armário, eu paro de repente.

— O que você está fazendo?

— Nada.

Eu me aprumo, escondendo o quadro antes que ele possa vê-lo.

CAPÍTULO 32

PASSADO

ELE ME DEIXOU APÓS O JULGAMENTO. NÃO IMEDIATA-mente após. Tivemos três meses de silêncio durante os quais aprendi o que era estar casada e totalmente sozinha. Caleb voltou ao trabalho sem demora, deixando-me em casa sozinha na maior parte do dia. Eu perambulava como um fantasma e via televisão o dia todo, sentindo-me deprimida. Eu esperara que as coisas voltassem ao normal depois que o julgamento terminasse, nunca levando em conta que estaria sem emprego e que meu caso escandaloso iria manchar meu nome, a despeito de meu veredicto de inocente. A empresa do meu pai desmoronou. O que restou dela foi usado para pagar os acordos feitos com as famílias dos falecidos e os honorários de minha defesa. Caleb não me olhava mais. Era o estresse do julgamento, eu concluía. Sugeri que tirássemos férias juntos. Ele disse que já tinha tirado folgas demais do trabalho para o julgamento. Eu sugeri aconselhamento matrimonial. Ele sugeriu que nos afastássemos por algum tempo.

Um nome continuava soando em minha cabeça sem parar: Olivia. Mais alto, e mais alto, e cada vez mais alto.

Ela abrira uma fenda entre nós. Novamente. Olivia era como uma doença que surgia de poucos em poucos anos, contaminando todos em seu rastro.

Caleb perdeu muito peso no primeiro mês. Pensei que estivesse doente. Fiz com que fosse ao médico, mas os exames mostraram que estava tudo bem. Não havia nada de errado com ele. No entanto, uma coisa estava muito errada. Ele quase não sorria, quase não falava. Quando em casa, passava horas sozinho em seu escritório com a porta fechada. Quando eu lhe perguntava sobre isso, ele não me respondia.

— Não posso ser perfeito sempre, Leah. Às vezes, tenho maus dias também.

O que isso significava? Será que ele sempre tivera maus dias e, simplesmente, nunca me contara? Eu tentava lembrar a última vez que Caleb tivera um mau dia, e não conseguia. Ele estava sempre sorrindo, provocando, estimulando. Isso significava que jamais tinha maus dias? Ou que ele os escondia de mim? Eu não queria pensar sobre isso. Não queria pensar.

— Por que você não está comendo? — eu perguntava.

— Estou sem apetite.

— Você está sob muita pressão. Vamos sair por alguns dias.

— Não posso — ele disse, sem me olhar. — Talvez no mês que vem.

Perguntei de novo no mês seguinte. Caleb disse "não". Aquilo era mais que uns poucos "maus dias".

Enfim, achei que bastava. Almocei com a mãe dele. Se alguém sabia como lidar com Caleb, esse alguém era Luca.

Ou talvez Olivia...

Não, eu não ia reconhecer isso nela. Aquela mulher tinha alguma espécie de poder sobre ele, sim, mas Caleb fora meu por cinco anos. *Eu* o conhecia. Eu!

Luca chegou para nosso almoço dez minutos atrasada. Eu bebia meu segundo copo de vinho quando ela, graciosamente, sentou-se diante de mim. Era raro nós duas termos tempo livre para ficarmos juntas. Depois de fazermos os pedidos, conversamos sobre amenidades por uns dez minutos e ela me olhou dentro dos olhos, como se soubesse que algo estava acontecendo.

— Então, o que há de errado? Conte-me...

Eu evitei seus olhos azuis penetrantes e me concentrei em minhas unhas roídas.

— É Caleb — eu disse. — Desde o julgamento, ele ficou diferente.

Ela tomou um gole de seu drinque.

— Diferente como?

Captei a aresta em sua voz. Eu tinha que ser cuidadosa no que dizia sobre ele. Precisava de seu esclarecimento sem que ela pulasse sobre mim por estar criticando seu filho.

— Distante. É como se Caleb não quisesse mais ficar perto de mim.

Ela bateu com as unhas no tampo e me analisou.

— Você falou com sua mãe sobre isso?

Balancei a cabeça.

— Nosso relacionamento está tenso. Além do mais, ela me dá conselhos terríveis.

Luca fez que sim. Ela nunca gostara muito de minha mãe. Caleb me disse um dia que ela julgava minha mãe fria e inacessível.

— Você sabe de alguma coisa, Luca? Ele lhe disse algo?

Ela estendeu o braço e deu uma batidinha na minha mão.

— Não, querida, não disse. Mas ele ficou assim uma vez, lembra-se?

Eu me lembrava. Fora durante sua amnésia.

Fiz que sim, devagar, incerta do que ela estava sugerindo.

— Você o trouxe de volta, Leah. Pode fazer isso outra vez?

Seus olhos eram iguaizinhos aos de Caleb quando ela os fixava em você: intensos, marcantes.

Eu quis rir com desdém. Luca estava me dando crédito demais. Na última vez, tive que tirar Olivia da cidade para trazê-lo de volta. Mas ninguém sabia disso, exceto Olivia e eu. O que seria necessário agora?

— Não sei. Eu tentei de tudo.

— O que meu filho valoriza mais que qualquer coisa?

Recuei quando o garçom chegou com nossas saladas. Esperei que ele se afastasse antes de responder a ela:

— A família.

— Sim — Luca concordou. — Então, dê uma a ele.

Torci o nariz. Ela estava dizendo o que eu pensava que ela estava dizendo?

— Filhos? Você acha que Caleb quer ter um filho?

Nós não falávamos sobre filhos desde antes do casamento. Eu nem pensara na possibilidade. Não tinha sequer certeza de querê-los. Caleb era suficiente para mim. Caleb os queria. Sempre quisera.

— Os filhos são um meio de reaproximar as pessoas. — Luca sorriu. — Sobretudo quando elas estão rompidas.

Comemos em silêncio por alguns minutos antes que ela tornasse a falar:

— Você não devia tê-lo deixado contratar aquela mulher.

Quase engasguei com minha comida.

— Olivia?

Luca fez que sim.

— Sim, Olivia. Ela é um problema. Sempre foi. Mantenha o passado no passado, Leah. Faça o que você tem de fazer. Eu a apoio totalmente.

Pela primeira vez me perguntei o quanto Luca sabia sobre os meses de amnésia de Caleb. Ela sabia algo sobre o tempo que ele passara com Olivia? Ele teria contado a ela?

Fui para casa preparada para conversar com Caleb sobre a possibilidade de começar uma família. Antes que as palavras pudessem sair de minha boca, ele me falou que estava mudando de volta para seu apartamento.

— Você vai me deixar? — indaguei, incrédula. — Nós éramos felizes... antes do julgamento. Paramos de nos dedicar a nós, Caleb. Podemos procurar um terapeuta.

— *Você* era feliz. Eu não tenho certeza do que *eu* era.

— Então, estava mentindo para mim?

— Você nunca perguntou, Leah. Você fecha os olhos para aquilo que não quer ver.

— Você está se referindo ao Prenavene? Àquelas pessoas que morreram?

Ele se encolheu.

— Para mim, é muito difícil concordar com as decisões que você tomou.

— Isso o fez me ver de modo diferente?

Ele riu com frieza.

219

— Eu sabia, quando me casei com você, que havia problemas. — Suspirou e pareceu quase triste. — Isso fez com que eu *me* visse de modo diferente.

Não entendi. Meu pai me manipulava. Certamente, Caleb percebera isso. O que ele queria dizer exatamente com "problemas"?

Vinte e quatro horas depois, Caleb se foi.

Depressão não serve sequer para começar a descrever o que passei. Eu perdera meu pai, minha carreira e meu marido, tudo no espaço de um ano. Enrosquei-me em posição fetal e chorei dias a fio... semanas. Ninguém apareceu. Tentei ligar para a minha irmã, mas ela não atendia mais ao telefone. Katine vinha se encontrando com algum cara novo e não podia ser importunada. Minha mãe se mudou para nossa casa de veraneio, em Michigan, assim que o veredicto foi proclamado.

Liguei para Seth. Não devia ter feito isso.

CAPÍTULO 33

Presente

ENTRO EM AGONIA DEPOIS DA LIGAÇÃO DE CASH. COMO mais passas cobertas de chocolate. Vejo mais Nancy Grace, a comentarista sobre julgamentos transmitidos pela TV. Vasculho a internet à procura de fotografias de gatos com títulos engraçados embaixo. Ninguém sabe que gosto dessas coisas; é um segredo. Sam me pega em flagrante.

— Jura?!

Fecho o laptop.

— Você não pode contar a ninguém.

— Para quem eu contaria? Para o seu clube do livro?

— Eu tenho amigos. E nenhum deles lê. — Estou bem animada, devido ao açúcar, de modo que dou uma risadinha.

Sam ergue a sobrancelha.

— E você se orgulha disso?

Eu me viro, juntando os joelhos ao meu peito. O Babá transforma tudo que é divertido em crítica.

— Não, Sam. — Suspiro. E depois, como pós-reflexão, acrescento: — Eu costumava ler muito... no colégio.

— A *Cosmopolitan*?

Ele está dobrando roupas — ele sempre está dobrando roupas.

— Você não se cansa de fazer isso?

— Canso sim. Mas é meu trabalho.

Claro.

— Eu lia romances. Mas depois me tornei ocupada demais.

Deixo cair alguns doces a mais entre os lábios e encaro a tela da TV, muda. *Eu fiquei ocupada demais transando com os garotos.*

— Sam?

— Hmmm?

— O que havia naquela caixa que Olivia abriu em seu aniversário?

Ele sacode um cobertor e o dobra com perícia, formando um pequeno quadrado.

— Por que você está preocupada?

— E se fosse de Caleb? — sussurro.

Ele não me olha.

— Cammie disse que era — ele comenta. — Mas eu não sei o que era, por isso, não me pergunte.

Como mais um monte de passas cobertas de chocolate. Finjo morder a língua e grito "Ui!" para disfarçar as lágrimas que brotam de meus olhos.

— Leah, é normal que isso te magoe. Você devia dizer a Caleb que magoa. Outra coisa: se estiver pensando numa carreira de atriz, desista.

— Por que ele compraria um presente de aniversário para ela?

Quando Sam não responde, começo a pensar sobre Cash novamente. É uma interminável e doentia roda de pensamentos: Cash... Caleb... Olivia... Cash... Caleb... Olivia.

A última vez que conversei com Cash foi depois de meu julgamento. Após vê-la na lista das testemunhas de acusação, Olivia fez um trabalho impressionante de detetive e descobriu que Cash era, na verdade, filha bastarda de Charles Smith. Olivia não teve nenhum prazer em me revelar isso, para minha surpresa. Ela até disse que sentia muito. Fiquei remoendo isso por um dia, juntando todas as peças em minha mente, até que tudo fez sentido. Não contei à minha mãe o que eu sabia. Esperei até que Olivia expusesse a paternidade de Cash quando a interrogasse, desacreditando completamente seu testemunho. Olhei para minha mãe quando minha advogada soltou a bomba. Ela não pareceu acusar nada. *Ela sabia*, pensei. *Ela sabia e ficou com ele.* A acusação ficou mortificada. Olivia venceu outro round. Courtney começou a soluçar histericamente na corte. Olhei ferozmente para Cash de onde estava, meu sangue fervendo por todas as razões erradas. Ela me traíra. Por ele. Eu devia ficar furiosa com ele, mas toda a minha fúria se voltava contra seu pegajoso cabelo loiro e seu batom cor-de-rosa.

Depois disso, colapso. Cash ligou para meu celular, suplicando que eu fosse me encontrar com ela. Mas ela permitira que meu pai a usasse para destruir minha vida. Quando não respondi ao seu pedido, ela me mandou pelo correio uma carta manuscrita de dez páginas, detalhando sua vida do momento em que nascera até o dia em que meu pai lhe pedira para ir trabalhar com ele. Comi um saco inteiro de ervilhas congeladas e fumei três cigarros enquanto lia aquela maldita carta.

A mãe de Cash fora secretária de meu pai em 1981 e, segundo Cash, ela fora concebida na escrivaninha dele. Quando meu pai não pôde convencer a mãe dela a fazer um aborto, ele, relutantemente, concordou em pagar a ela um valor mensal para que ela e a criança, ainda não nascida, fossem embora. Mas, a despeito de seus sentimentos iniciais, meu pai fazia visitas anuais para ver Cash e até mesmo pagara seus estudos. Ele lhe falou sobre mim e Courtney quando ela era pequena. Cash cresceu sabendo que seu pai tinha duas outras garotas e que, quando ele não estava com ela, estava com as garotas. Cash admitiu que desenvolvera uma fascinação por nós desde cedo. Ela costumava sonhar sobre como seria viver com as irmãs. Meu pai lhe mostrara fotografias nossas, que ela mantinha fixadas em sua parede. Fiquei mais surpresa pelo fato de que meu pai carregasse fotos nossas do que por qualquer outra coisa. Desde quando Charles Smith desenvolvera uma paternidade? Depois que li a última palavra, queimei a carta. Não podia deixar Courtney vê-la. Ela não estava lidando com as coisas tão bem quanto eu. Courtney era muito parecida com minha mãe. Tinha uma personalidade muito suscetível e entrou em colapso emocional devido à pressão.

— Leah? Leah?

Pulo de volta para Sam, que ainda dobra a maldita roupa.

— O quê? — Gostaria que ele fosse fazer isso em outro quarto e parasse de me estressar.

— Seu telefone está tocando — ele diz.

Baixo os olhos sobre meu celular e vejo o nome de Caleb lampejando na tela. Eu o agarro tão rápido que o aparelho cai. Apanhando-o do chão, atendo com um "Olá?" sem fôlego.

— Oi — ele diz. — Estou ligando para saber como vai Estella.

— Ela tirou um cochilo. E faz um som de riso para mim!

Há uma pausa de dez segundos antes que ele diga:

— Ela se parece com você quando sorri.

Imediatamente, me sinto toda aquecida. Quero saber se isso faz com que ele goste mais de mim.

— Sinto falta dela. — Ele suspira.

— Bem, você pode vir, se quiser. Mas não vai levá-la outra vez até o fim de semana.

— Entendo. Ela tem médico na semana que vem. Eu esperava levá-la a essa consulta. Quero estar lá quando ela tomar as vacinas.

É minha vez de suspirar.

— Ótimo, você pode levá-la. — Penso melhor sobre o assunto. — Mas eu quero estar lá também.

Pausa.

— Estou pensando em levá-la para ver Courtney.

Caleb tosse.

— Faça isso. Você está bem para ir sozinha?

— Vou levar Sam — digo depressa. — É que está... na hora.

— Ainda está brava com ela? — ele pergunta.

— Não. — Mas, estranhamente, estou fazendo que sim com a cabeça.

CAPÍTULO 34

PASSADO

SETH ERA QUATRO ANOS E DOIS DIAS MAIS VELHO QUE Caleb. Os irmãos não eram nem um pouco parecidos. Caim e Abel, se preferirem. Fiquei chocada quando conheci o investigador de polícia de cabelos e olhos escuros.

— Você é irmão de Caleb? — falei, sem pensar.

Ele mal sorriu com minha surpresa.

— Sim, a julgar pela última vez que verifiquei. — Seth segurou minha mão por um tempo, um pouco longo demais, seus olhos me perfurando. — Acho que realmente não nos parecemos, não é?

Balancei a cabeça. Seth não tinha nenhum traço de Caleb nas feições. Ele era o anti-Caleb com seu pequeno nariz de botão, os lábios finos e os olhos tão escuros que pareciam quase negros.

Esquisito, lembrei-me de pensar. Ele era um recluso. Durante as reuniões de família, você encontraria Caleb no meio da ação, cercado por pessoas atentas a cada palavra que ele dizia. Seria sorte encontrar Seth. Ele não aparecia na maior parte dos churrascos e jantares e, se o fazia, movia-se furtivamente pelo jardim ou saía a caminhar sozinho. Se encontrado só, era surpreendentemente cativante e soturnamente inteligente. Fazia-me pensar no personagem Holden Caufield, do livro *O apanhador no campo de centeio*. Eu lera o livro no colegial e lembrava que Holden me dava arrepios. Às vezes, Seth me olhava de um modo tão desprotegido, um esboço de sorriso pairando nos cantos dos lábios, que eu ficava arrepiada.

Uma vez, antes que Caleb e eu nos casássemos, estávamos na casa de sua mãe quando Seth se virou para mim, de repente, e disse:

— Você me lembra um *reality show* barato, Leah. Você é superficial e finge ser idiota por alguma razão que só Deus sabe.

Arregalei os olhos para ele, mortificada, esperando que ninguém mais tivesse ouvido. Olhei desesperada em torno da sala. Caleb estava concentrado em um jogo na televisão, e sua mãe, na cozinha terminando o jantar.

— Que diabos foi isso, Seth?

Ele deu de ombros.

— Sei que você não é tão idiota quanto quer parecer. Superficial, talvez. Você tem os olhos do tipo penetrantes.

Eu o encarei por um longo tempo, pensando se era assim que todo o mundo me via. Pensando se era assim que Caleb me via.

— É sexy — ele afirmou. — Não acho que meu irmão aprecie isso.

Corei e desviei o olhar. Isso fora o máximo que ele me dissera até aquela altura. Eu não saberia dizer se ele estava me elogiando ou insultando. Ocorreu-me que podiam ser ambas as coisas. Eu nunca o vira com uma mulher e deduzi que era um desses homens assexuados e mais preocupados com a carreira do que em encontrar alguém para aquecer sua cama.

— Por que você nunca namora?

— Quem disse que não namoro?

— Você nunca traz ninguém aqui... ou fala de alguém.

Ele riu com desdém.

— Você já viu as boas-vindas que minha mãe dá às mulheres que trazemos para casa?

Ele estava um tanto quanto certo. Eu ficara sabendo pela boca da própria Luca da recepção que ela dera a Olivia. Ela detestava a mulher quase tanto quanto eu. Mas Olivia era fácil de odiar, e Luca era realmente simpática quando você chegava a conhecê-la.

Desconsiderei o comentário com um aceno de mão.

— Luca é sempre simpática comigo.

Seth sorriu.

— Isso é porque você se parece muito com ela. Minha mãe deve ter um medo saudável de uma megera igual a ela.

Meu queixo caiu.

— O que há com as pessoas desta família que dizem sempre exatamente o que estão pensando? É tão grosseiro!

Seth se inclinou para o braço do sofá e piscou, conspiratoriamente, para mim.

— Você devia tentar fazer isso. No entanto, é muito fascinante ficar de longe e observar todos os seus pensamentos fervendo por trás de seus olhos e nunca chegando aos seus lábios.

Fiquei sem palavras. Ao ver minha expressão, Seth começou a rir.

— Não se preocupe, Leah. Seu segredo está seguro comigo. Ninguém precisa saber que há um cérebro debaixo desses belos cachos.

Eu o fuzilei com o olhar, agarrando-me com força ao braço de meu assento. Estava furiosa... e incrivelmente excitada. Caleb sempre dizia só o suficiente para deixar você encantada e pensando aonde exatamente ele queria chegar. Seth vomitava a verdade como se fosse um geiser pronto a soltar do solo seu vapor quente: rápido demais, com aspereza demais, tudo demais. Não era de se admirar que ninguém nunca conversasse com ele.

— Você é um babaca, sabia?

Ele deu de ombros e virou-se para a TV.

— Já me disseram. Mas eu, ao menos, enxergo você. Meu irmão só enxerga seu cabelo.

Eu me levantei, mas suas palavras seguintes me fizeram sentar de novo:

— Eu esperava que você se lembrasse.

— Lembrasse o quê?

Seth me olha de maneira tão direta que eu me encolho.

— Que eu e você dormimos juntos.

Se estivesse segurando meu copo, eu o teria deixado cair. Meus olhos dispararam na direção de Caleb. Ainda bem que ele estava alheio à nossa conversa.

— Do que você está falando?!

— Relaxe, Leah — ele disse, animado. — Foi há muito tempo.

227

Procurei seu rosto em minha memória. Eu não o teria reconhecido imediatamente se tivéssemos dormido juntos? Acho que não. Eu fizera sexo com diversos homens que eu mal conhecia. Mas se fizemos... por que ele esperaria tanto tempo para me contar?

— Você está de sacanagem comigo.

— Nada disso. — Seth balançou a cabeça de um jeito tão displicente que eu fiquei pensando se estávamos falando sobre sexo ou sobre o que comer no almoço.

— Você foi até meu quarto de hotel, no fim de semana depois do 4 de Julho, seis anos atrás. Nós nos encontramos naquele barzinho nos Keys.

Quase desmaiei. Seis anos atrás. Eu, de fato, fora aos Keys durante uma viagem com minha irmã e alguns de meus amigos. Foi uma festa de fim de semana, misturando aniversário e feriado.

— Como você pode se lembrar disso se eu não me lembro?

— Você estava muito bêbada, pelo que consigo me lembrar.

Oh, Deus. Eu realmente me lembrava de ter conhecido um cara no bar. Ele dançou comigo e, depois, fomos ao outro lado da rua, para seu hotel. Teria sido Seth, mesmo? Que diabo de foda teria acontecido?

— Não...

— ...conte ao seu irmão — ele finalizou por mim. — Sim, eu deduzi que você não gostaria que ele soubesse. Meus lábios estão selados. — Seth fez a mímica de trancar os lábios e jogar a chave fora.

Como isso poderia estar acontecendo? Se Caleb descobrisse...

Ele não iria descobrir. Seth e eu tínhamos algo a perder. Eu assenti com a cabeça para ele.

— Obrigada.

Depois daquele dia, tentei reduzir minhas relações com Seth ao máximo. Ele me procurava toda vez que estávamos no mesmo evento. Eu ficava, em parte, mortificada e, em parte, lisonjeada. Ele tinha sempre um gracejo pronto para sussurrar para mim sobre meus olhos penetrantes ou meus pensamentos censurados.

Às vezes, ele me chamava de lado, quando nos achávamos num grupo, e dizia "O que você pensa disso, Leah?" e "Eu gostaria de ouvir Leah comentar a respeito". Ao que eu era forçada a responder. Seth sempre fazia comentários impróprios quando ninguém estava prestando atenção. Às vezes, eu corava tanto com as coisas que ele dizia que Caleb me olhava alarmado e me perguntava o que havia de errado. Apenas Seth conseguia me fazer corar. Isso fazia com que eu me sentisse como se tivéssemos uma camaradagem secreta. Fazia com que eu me perguntasse se ele estava certo, se Caleb me enxergava de verdade — se *alguém* me enxergava.

Durante meu julgamento, Seth apareceu em quase todas as audições. Fiquei satisfeita por seu apoio inesperado, do mesmo modo que fiquei confusa com isso. Foi um apoio silencioso, mas ele estava ali... sempre do lado esquerdo da fileira dos fundos. Caleb ficava contente por ele vir. A relação entre os dois sempre fora tensa. Eu supunha que a ruptura fora forjada pelo óbvio favoritismo de Luca pelo filho mais novo.

— Ele deve realmente gostar de você, Vermelha — Caleb disse, depois de um dia extenuante ouvindo a acusação questionar suas testemunhas. — Ninguém consegue fazer meu irmão aparecer em lugar nenhum, mas, por você, ali está ele.

— Ele é sargento na força policial, Caleb. Estou certa de que este tipo de coisa interessa a Seth.

Eu, realmente, me perguntava se Seth não estaria fazendo seu próprio julgamento, tentando concluir se eu era perversa como ele sempre insinuava. Era extenuante a tentativa de esconder meu eu de todo o mundo. Vigiando os outros, eu me vigiava. Queria conhecer os pensamentos de todos e morria de medo de que aqueles mesmos pensamentos me estivessem condenando. Eu estava tão furiosa com o homem que eu chamara de pai por minha vida toda! Era comum me descobrir pensando o que teria acontecido se ele não houvesse morrido. Teria ele arranjado decência suficiente para me proteger disso? Ou teria me pedido para assumir a queda por ele? E o mais importante: eu teria feito isso?

Seth me fez essa mesma pergunta no dia em que liguei para ele, depois que Caleb me deixou. Ele passou por ali, depois do trabalho, com uma caixa de doces franceses na mão. Seth sabia que eu gostava deles. Tomei-a dele sorrindo, e ele me seguiu até a cozinha.

— Onde está meu irmão? — Seth quis saber.

— No apartamento dele. — Abri a caixa e tirei um croissant de amêndoa.

Seth ficou me olhando mordê-lo antes de falar:

— Esse seu pai foi uma peça rara.

Minha mastigação parou.

— De acordo com aquela sua advogadinha gostosa, ele prendeu você completamente naquela armadilha — Seth prosseguiu. — Ela está certa?

O que era pior: ele chamar Olivia de "gostosa" ou estar questionando minha inocência?

Forcei-me a engolir o que estava em minha boca e o encarei com ferocidade.

— Ele não fez isso de propósito — afirmei. — Eu não acho que ele esperava morrer.

— Então, se seu pai não tivesse sofrido um ataque cardíaco e convenientemente deixado você nessa encrenca, acha que ele teria assumido a falência?

— Sim, acho.

Era uma mentira.

— Segundo Caleb, a assinatura dele não estava em nenhum dos documentos que você assinou.

— Aonde quer chegar, Seth? — retruquei com rispidez. — Você veio até aqui para me alfinetar?

Ele cerrou os lábios e balançou a cabeça.

— Não, Leah. Vim para ver se você estava bem. De verdade.

— Estou bem. — Fechei a tampa da caixa de doces com força e caminhei em direção à geladeira. Pude senti-lo atrás de mim antes de me virar. A minha virada súbita fez com que ele batesse contra mim.

Seth não recuou. Beijou-me. Direto na boca.

— Seth! — Eu o empurrei para longe.

Ele deu um passo trôpego.

— Que diabos acha que está fazendo?!

— Você ligou para mim. Eu pensei...

— Pensou o quê? Que eu queria que você me beijasse? Eu o chamei porque Caleb me deixou e não sei o que fazer! Você não tinha que vir até aqui e tirar vantagem de mim.

Ele me beijou de novo. Com mais intensidade dessa vez. Eu retribuí um pouquinho antes de repeli-lo.

— Dá o fora! — Apontei para a porta.

Eu chorei depois que Seth saiu. Quanto tempo fazia que Caleb não me beijava? Tentei me lembrar. Fora antes de o julgamento começar? Pensei em todos os meses de preparação e não consegui encontrar uma só lembrança de ter sido beijada. Como deixara isso passar? Como o beijo abrupto de Seth me fizera recordar?

CAPÍTULO 35

Presente

ALGUNS DIAS DEPOIS DA LIGAÇÃO DE CASH, NÓS ESTA-cionamos num edifício marrom, por volta de uma da tarde. Sam desce primeiro e tira Estella do carro antes que eu tenha tempo de verificar minha maquiagem. Minhas mãos tremem enquanto abro minha porta. Nós nos posicionamos na frente do carro.

— Você está bem? — Sam pergunta.

Confirmo com um aceno, sem olhar para ele. Não sou capaz de tirar os olhos do edifício. Eu queria não estar usando sapatos de salto. Às vezes, eles fazem com que eu me sinta confiante, mas hoje sinto-me pretensiosa. Caminhamos em silêncio, ou tanto silêncio quanto meus saltos permitem.

Na recepção, dou meu nome: Johanna Smith. Vejo Sam erguer a sobrancelha subitamente. Eu não olho para ele. Deus, odeio esse nome. Disse a Sam apenas que vínhamos ver minha irmã, não onde ela estava. Somos conduzidos por um longo corredor que cheira a antisséptico. Dou uma olhada no bebê, pensando se o cheiro vai incomodá-la. Ela dorme. *Uma dorminhoca tão boa...* Sorrio.

Somos levados ao último quarto. Paro na porta, e Sam põe a mão em meu ombro. Eu, de repente, me sinto muito mal. Ele me dá uma cutucada. Sam é tão malditamente abusado.

Eu entro. Ela está sentada numa cadeira de rodas olhando para a janela. Raios de sol luminosos passam em ondas sobre seu rosto. Ela parece insensível a eles, olhando direto para a frente, sem ver realmente nada. Caminho até ela devagar e me curvo diante de minha irmã.

— Court... — Tomo suas mãos. Elas estão moles e frias. — Court, sou eu. Ela olha através de mim.

Observo o quarto — uma cama, uma televisão, duas cadeiras. Não há toques pessoais; nenhuma flor ou quadros nas paredes, como os outros quartos pelos quais passamos no nosso caminho para cá. Torno a olhar para Courtney.

— Lamento por não ter vindo antes — digo. — Trouxe Estella para ver você.

Sam, que já a tirou do bebê-conforto, a estende para mim. Estella mantém o pescoço rígido quando eu a pego, seus grandes olhos olhando ao redor com curiosidade inocente. Coloco o bebê no colo de Courtney e a seguro ali. Minha irmã não se move, não pisca e não dá sinal de que nota a pequenina presença pressionada sobre seu corpo. Estella se remexe com ela um pouquinho, para que eu a pegue e a segure.

O cabelo de minha irmã está gordurento e escorrido. Está curto demais para amarrar para trás e pende sobre seu rosto. Estendo a mão e o empurro para trás de suas orelhas. Odeio isso. Odeio este lugar e odeio que minha irmã esteja aqui. Odeio a mim mesma por não ter vindo vê-la antes. Ela não pertence a este lugar. Tomo minha decisão bem naquele momento, ali mesmo.

— Sam — eu digo, levantando-me —, quero levá-la para casa... para minha casa. Eu posso contratar alguém para ajudar.

— Ahã. Você está esclarecendo isso para mim ou... — Ele balança a cabeça e eu quero lhe dar um tapa pela décima vez no dia de hoje.

— Estou só falando, seu idiota.

Ele sorri.

— Courtney, vou levá-la para casa. Dê-me só alguns dias, certo? Para aprontar tudo.

Toco de leve seu rosto. Ainda posso ver a bela e vibrante Courtney nas feições desta pessoa, a testa alta e o nariz aquilino. Mas seus olhos estão sem vida. Estendo a mão para a sua nuca e pressiono meus lábios sobre sua testa. Posso sentir a cicatriz sob a ponta dos meus dedos, grossa e dura. Engulo um soluço e me recomponho. Estella se pendura à minha blusa, seus pequenos punhos agarrando o tecido com força. Marcho para fora sem olhar para trás, meus saltos soando no chão com um novo propósito.

Sam espera com Estella enquanto eu falo com o diretor do estabelecimento. Quando saímos, levo comigo um punhado de panfletos para cuidados domésticos.

Estamos de volta ao carro quando ele fala pela primeira vez desde que saímos do quarto de Courtney.

— Então... Johanna?

— Cale a boca, Sam.

— É uma pergunta válida, majestade. Se você não me contar por que odeia o nome, vou chamá-la Johanna de agora em diante.

Suspiro. Quanto eu posso revelar a ele? Caleb era o único que sabia. Que se dane, certo? Eu nem mesmo lembrava mais por que era um grande segredo. Meu pai estava morto, seu império, caído, e minha mãe era uma bêbada. Por queeeee não contar ao babá?

— Eu fui adotada. Ninguém sabe. Tem sido um grande segredo. — Balanço a cabeça, torcendo a boca para o lado como se isso fosse indiferente.

Sam assobia baixinho.

— Bem, seja lá como for, nasci em Kiev. Minha mãe natural trabalhava num bordel, blá-blá-blá.

— Blá-blá-blá — Sam repete. — Parece um pouco mais que blá-blá-blá.

Lanço a ele um olhar severo antes de continuar:

— Minha mãe natural estava relutante em me ceder. Ela era jovem. Dezesseis anos. Quando era pequena, sua mãe costumava ler para ela um livro americano chamado *Contos de Johanna*. Ela concordou em me dar para adoção, mas só se meus pais me batizassem como Johanna. Eles queriam tanto um bebê que aceitaram.

— Então, isso é bom. É como se sua mãe lhe desse alguma coisa de si mesma.

Eu rio com desdém.

— Sim, bem... meus pais só me contaram que eu era adotada quando eu tinha oito anos. Você pode imaginar meu choque. Eles me sentaram na sala de jantar oficial; só eu, pequenina, e eles nessa sala intimidante.

234

Fiquei com muito medo de ter causado um problema; tremia o tempo todo. Assim que descobri as origens do meu nome, não o quis mais.

Sam estendeu a mão e apertou meu ombro.

— Cara, e eu que pensava que meus pais eram horríveis!

Fiz uma careta.

— Então, é por isso que atendo pelo meu nome do meio. Fim.

— Courtney é filha natural deles?

Acenei afirmativamente.

— O que aconteceu com ela?

— Quando meu pai morreu, ela adoeceu.

Ele me interrompe:

— Doente?

— Da cabeça. Courtney sempre foi desse jeito. Teve diagnóstico de desordem bipolar. Ela mergulhava nessas depressões e desaparecia por meses. Não contava a ninguém naquela época. Estávamos tão envolvidos com nossas próprias vidas que ninguém a examinava. Acho que a morte de meu pai e tudo o que aconteceu em torno de meu julgamento simplesmente a levou ao extremo.

— Então, ela...?

Breco com força demais diante do semáforo vermelho e ele pula para a frente com o solavanco.

— Ela atirou em si mesma. A bala resvalou em seu cérebro e puderam salvá-la desta vez. Mas houve danos demais.

— Deus! E esta é a primeira vez que você a vê desde...

— Desde que fui ao hospital quando aconteceu.

Seus olhos se arregalaram.

— Não me julgue, Sam, eu estava grávida. De repouso.

— Você foi uma piranha egoísta, egocêntrica.

Eu o fuzilo com o olhar.

— Eu estava com medo.

— Do que, Leah? Ela é sua irmã. Deus, não posso acreditar que trabalho para você. Estou me sentindo mal.

Eu o olho de soslaio. Sam parece mesmo enojado.

— Estou tentando consertar isso, Sam.

Dirigimos em silêncio pelos minutos seguintes.

— Oba! Jamba Juice. Quer um? — Desvio para o estacionamento e, para a minha satisfação, a cabeça de Sam bate na janela do lado do passageiro com um belo estrondo. — Desculpe. — Sorrio.

Ele esfrega a cabeça, parecendo ter esquecido sua pergunta.

— Vou pedir a Caleb para voltar para casa — digo, quando estaciono num ponto. Examino seu rosto para ver sua reação.

— Não quero suco nenhum.

— Vamos lá, Sam!

Ele balança a cabeça.

— Má ideia. Você vai se magoar.

— Por quê?

Sam suspira.

— Não acho que ele esteja preparado. Caleb é o tipo do homem que tem uma agenda.

— O que isso significa?

Sam coça a cabeça como se estivesse desconfortável.

— O que você sabe? — Estreito os olhos sobre ele.

— Eu sou homem. Eu sei.

— Você é gay! Não tem uma compreensão especial dos homens normais.

Ele bufa.

— Você é a mulher mais ofensiva que eu já conheci, sabia? E eu não sou gay.

Meu queixo cai.

— Do que você está falando?

Ele dá de ombros, embaraçado.

— Eu apenas disse isso para que você não me agredisse.

Eu o olho com estranheza. Sam não pode estar falando sério, de modo algum.

— Por que acha que eu te agrediria? Credo, Sam! Não acredito nisso!

Ele suspira.

— Vamos pegar um suco ou não?

Eu me jogo para fora do carro.

— Não vou pegar nada para você. Fique aqui com o bebê.

Estou tão furiosa que erro o lugar da loja Jamba Juice e tenho que voltar por onde vim. Homens são uns mentirosos tão indignos! Eu devia ter notado que ele não era gay. Usa poliéster demais para ser gay. E eu não o vi apreciando Caleb nenhuma vez. Caleb é loucamente lindo.

Estou bebendo meu suco e, a meio caminho de volta para o carro, caio na risada.

Quando chegamos em casa, eu ligo para o celular de Caleb três vezes até que ele atende.

— Quando você pegar Estella, hoje à noite, espero que possa ficar um pouco para conversarmos.

Há uma longa pausa antes que ele diga:

— Sim, eu preciso falar com você também.

Sinto uma onda de esperança.

— Certo, tudo combinado, então. Farei com que Sam fique um pouquinho mais que o habitual.

Ouço-o suspirar ao telefone.

— Tudo bem, Leah. Vejo você hoje à noite. — Ele desliga.

Eu nem mesmo penso no fato de que Caleb jamais desliga sem dizer adeus, até alguns minutos depois.

O PASSADO

QUATRO MESES DEPOIS DO JULGAMENTO DE LEAH, EU pedi o divórcio.

Olivia. Este foi meu primeiro pensamento.

Turner. Este foi meu segundo pensamento.

Filho da puta. Este foi meu terceiro pensamento. Então, pus os três numa sentença: *Aquele filho da puta do Turner vai se casar com Olivia!*

Quanto tempo me restava? Ela ainda me amava? Ela poderia me perdoar? Se eu pudesse afastá-la de verdade daquele maldito cretino, poderíamos construir alguma coisa a partir dos escombros que criáramos? Pensar nisso me deixava impaciente. Nós dois contamos tantas mentiras, pecamos um contra o outro — contra todos que se interpuseram em nosso caminho. Tentei dizer isso a ela um dia. Foi durante o julgamento. Eu fui à corte mais cedo, naquela ocasião, para tentar encontrá-la sozinha. Ela usava meu tom favorito de azul — azul-aeroporto. Era seu aniversário.

— Feliz aniversário.

Ela ergueu os olhos. Meu coração batia forte, querendo saltar do peito, como todas as vezes que ela olhava para mim.

— Estou surpresa que você tenha se lembrado.

— Por quê?

— Bem, porque você se esqueceu de muitas coisas que aconteceram nesses últimos anos.

Quase sorri com sua alfinetada.

— Jamais esqueci você...

Senti um jato de adrenalina. Era isso — eu ia me purificar. Depois, o promotor entrou e a verdade foi posta em espera.

Mudei-me da casa que dividia com Leah e voltei para meu apartamento. Eu andava pelos corredores, bebia uísque. Esperava.

Esperava o quê? Ela vir até mim? Eu ir até ela?

Fui até minha gaveta de meias — infame protetora de anéis de noivado e outras lembranças — e passei os dedos pelo fundo. No minuto em que minha mão o encontrou, senti uma tensão obscura. Esfreguei a ponta do polegar na superfície ligeiramente verde da moeda de um centavo do "beijo". Eu a olhei por um longo momento, evocando imagens das muitas vezes em que a trocara por beijos. Era uma quinquilharia, um truque barato que um dia funcionara, mas evoluíra para muito mais que isso.

Pus meu moletom e saí para dar uma corrida. Correr me ajudava a pensar. Repassei tudo em minha cabeça quando me virei para a praia, desviando de uma garotinha e sua mãe quando elas passaram de mãos dadas. Eu sorri. A garotinha tinha cabelos longos e negros e olhos azuis faiscantes — ela se parecia com Olivia. Seria essa a aparência que teria nossa filha? Parei de trotar e me curvei, as mãos nos joelhos. Isso não tinha que ser uma situação de "teria". Nós podíamos ter nossa filha ainda. Deslizei a mão para dentro do bolso e tirei o centavo do beijo. Comecei a correr em direção ao meu carro.

Não havia tempo melhor que o presente. Se Turner surgisse no meu caminho, eu simplesmente o jogaria do terraço.

Eu estava a poucos quilômetros do apartamento de Olivia quando recebi a ligação.

Era um número que eu não conhecia. Atendi.

— Caleb Drake?

— Sim? — Minhas palavras ficaram presas. Desviei para a esquerda, para o mar, e pisei no acelerador.

— Houve um... incidente com sua esposa.

— Minha esposa? — *Deus, o que ela terá feito agora?*

Pensei sobre a briga que ela vinha tendo com os vizinhos por causa do cachorro deles e me perguntei se teria feito alguma estupidez.

— Sou o doutor Letche e estou ligando do Centro Médico do bairro Boca Oeste. Senhor Drake, sua esposa deu entrada aqui algumas horas atrás.

Pisei no breque, girei o volante até que meus pneus fizessem um som de guinchar e apontei o carro para a direção contrária. Um SUV desviou de mim e buzinou.

— Ela está bem?

O médico limpou a garganta.

— Ela engoliu um frasco de pílulas para dormir. Sua empregada a encontrou e chamou a emergência. Ela se encontra estável neste momento, mas gostaríamos que o senhor viesse.

Parei diante de um sinal e passei a mão pelo cabelo. Isso foi culpa minha. Eu sabia que ela levava a separação a sério, mas suicídio... isso não parecia de seu feitio.

— Claro, estou a caminho.

Desliguei. E apertei o volante com força. Algumas coisas não tinham que ser.

Quando cheguei ao hospital, encontrei Leah acordada e perguntando por mim. Entrei em seu quarto, e meu coração parou. Ela jazia apoiada por travesseiros, seu cabelo, um ninho de ratos, e sua pele, tão pálida que parecia quase translúcida. Seus olhos estavam fechados, de modo que tive um momento para me recompor antes que ela me visse.

Quando dei uns passos em sua direção, ela ergueu as pálpebras. Assim que me viu, começou a chorar. Sentei-me na beira de sua cama e ela se lançou sobre mim, soluçando com tristeza que pude sentir suas lágrimas encharcarem minha camisa. Eu fiquei abraçado a ela assim por um longo tempo.

— Leah — eu disse, enfim, afastando-a do meu peito e acomodando-a de volta sobre seus travesseiros. — Por quê?

Seu rosto estava viscoso e vermelho. Meias-luas escuras pousavam em torno de seus olhos. Ela desviou o olhar.

— Você me abandonou.

Três palavras. Eu me senti tão culpado que mal pude engolir.

— Caleb, por favor, volte. Estou grávida.

Cerrei os olhos.

Não!

Não!

Não...

CAPÍTULO 36

Presente

MANDO SAM PARA CIMA COM ESTELLA E ESPERO POR CALEB.
Toc.
Toc.
Toc.
As coisas têm que ser do meu jeito esta noite.
Ele bate, em vez de usar a chave. Quando abro a porta, seu rosto está sombrio. Caleb não olha para mim.
— Olá, Caleb — cumprimento.
Ele espera que eu o convide a entrar e depois segue para o quarto para ver Estella. Eu o sigo até lá. Sam faz um sinal de positivo para ele em saudação e Caleb pega o bebê de seus braços. Ela sorri assim que o vê e balança seus punhos. Eu me sinto um pouco enciumada por ele conseguir sorrisos com tanta facilidade.
Caleb beija suas duas bochechas e, depois, debaixo de seu queixo, o que a faz dar risadinhas. Ele repete isso e ela ri de novo, com tanta força, que tanto Sam quanto eu sorrimos.
— Temos que conversar — eu digo, parada à soleira. Sinto-me uma estranha com ele naquele quarto, com Estella.
Caleb confirma com um aceno, sem me olhar, provoca mais risos nela com seus beijos e a estende de volta para Sam. Ela, imediatamente, começa a chorar.

Eu ouço Sam dizer "Traidor" quando saímos do quarto e seguimos para baixo. Caleb dá uma olhada para trás, como se estivesse tentado a voltar.

— Você pode vê-la depois... — afirmo.

Eu tinha a chaleira no fogo antes da chegada dele; está começando a assoviar quando entramos na cozinha. Vou até ela e lhe preparo chá enquanto ele se senta num banquinho com suas mãos apertadas junto à boca. O fato de que sua perna está balançando não me passa despercebido. Eu mergulho um saquinho de chá na caneca de água quente e evito seus olhos. Estou jogando o saquinho de chá no lixo quando ele diz:

— Você foi ver Olivia?

Minha mão fica paralisada, o chá pinga no ladrilho e sobre minha calça.

— Sim.

Agora sei por que sua perna está balançando.

— Você me forçou a isso. — Piso na alavanca que abre a lata de lixo e deixo cair o saquinho dentro dela. Posso sentir seus olhos sobre mim.

Ele apruma a cabeça.

— Você realmente acredita nisso, não?

Não sei do que ele está falando. Mexo com a unha do meu polegar.

— Ela ligou para você? — *Aquela piranha mexeriqueira*, penso com amargor. E depois, quase em pânico: *Que mais ela contou para ele?*

— Você não tinha o direito, Leah.

— Eu tinha todos os direitos. Você comprou uma casa para ela!

— Isso foi antes de você — ele afirma, calmo.

— E você nunca pensou em me contar? Mesmo? Eu sou sua esposa! Ela voltou quando você teve sua amnésia e mentiu para você! Você não podia me contar que comprou uma casa para aquela mulher?!

Ele desvia o olhar.

— É mais complicado do que isso, Leah. Eu estava fazendo planos com Olivia.

Complicado? Complicado parece uma palavra boa demais para Olivia. Eu, decididamente, não quero saber dos planos que ele fez com ela. Caleb precisa ver a verdade. Eu preciso fazê-lo ver a verdade.

— Descobri sozinha, Caleb, como Olivia mentiu para você quando você teve a amnésia.

Ele arqueia as sobrancelhas pra mim. Talvez se eu lhe disser a verdade ele veja quão leal eu sou, o quanto o amo.

— Eu paguei a Olivia para sair da cidade. Ela lhe disse isso durante meu julgamento? Ela estava disposta a vender você por um punhado notas de cem dólares.

Uma vez eu vi um dique natural se romper na televisão. Lembro-me de ter visto uma fotografia pitoresca de um rio cercado por árvores. De repente, as árvores desapareceram, sugadas para longe pela queda da margem do rio. Uma onda de águas furiosas correu por toda parte, destruindo tudo pelo caminho. Foi repentino; e violento.

Vi o dique se romper nos olhos de Caleb.

Os olhos humanos são o sinal da linguagem do cérebro. Se você os observar, cuidadosamente, poderá notar a verdade revelada, crua e sem defesas. Quando você é a filha bastarda de uma prostituta e precisa saber o que seus pais adotivos estão pensando, aprende a ler os olhos deles. Você pode ver uma mentira ferroar a verdade, uma mágoa ser varrida para um recesso do cérebro, a felicidade como uma ampla luz luminosa. Você pode ver o esmagamento de uma alma sob uma terrível perda. O que vejo nos olhos de Caleb é o resto de uma mágoa; mágoa com mofo crescendo sobre ela. Mágoa tão profunda que sangue, lágrimas e arrependimento não podem fazer-lhe justiça.

O que ela tem que eu não tenho? Ela possui a escritura de sua casa e de sua mágoa. Eu fico tão enciumada de sua mágoa que jogo a cabeça para trás e abro a boca para gritar de raiva. Ele não me ouvirá. Não importa quão alto eu grite o seu nome, ele não me ouvirá. Ele ouve apenas ela.

— Ela não pode ter feito isso — ele diz.

— Ela fez. Olivia é uma enganadora. Ela não é o que você pensa.

— Você fez aquilo com o apartamento dela. — Seus olhos estão arregalados, desolados.

Desvio o olhar, envergonhada. Mas, não, não estou envergonhada. Eu lutei por aquilo que queria.

— Por que ela, Caleb?

Ele olha para mim, afavelmente. Não espero que ele responda. Quando sua voz rompe o ar tenso entre nós, paro de respirar para escutá-lo.

— Eu não a escolhi, Leah. O amor é ilógico. Você cai nele como num poço. Depois, apenas fica ali, preso. Você morre de amor muito mais do que vive dele.

Não quero ouvir suas analogias poéticas. Quero saber por que ele a ama. Toco nos brincos de argola dourados que estou usando. Eu os comprei depois que a encontrei no restaurante. Eles não têm o mesmo efeito em mim. Enquanto ela ficava exótica com eles, eu fico parecendo um travesti. Arranco-os das orelhas e os atiro para longe de mim.

Mas eu posso ser o que ele quer. Caleb apenas tem de me dar a chance de provar isso.

— Você precisa voltar para casa.

Ele baixa a cabeça. Eu quero gritar *OLHE PARA MIM!*

Quando ele o faz, seus olhos são frios.

— Eu preenchi os papéis, Leah. Acabou.

Papéis?

Eu digo a palavra. Ela sai num murmúrio de meus lábios — e os queima:

— Papéis?

Meu casamento vale mais do que uma coisa tão débil e sem substância como papel. Você não pode terminar uma coisa com esta palavra vulgar. Caleb é um homem acostumado a obter tudo do seu jeito. Não agora. Eu vou lutar com ele nesse aspecto.

— Podemos fazer terapia de casal. Por Estella.

Caleb balança a cabeça.

— Você precisa de alguém capaz de amá-la do modo como merece ser amada. Eu lamento muito. — Ele aperta o queixo e olha para mim quase suplicando, como se precisasse que eu compreendesse. — Não posso lhe dar isso. Deus, bem que eu gostaria, Leah. Eu tentei.

Penso nisso, como penso. Penso naquela vez em que eu o flagrei olhando para Olivia como se ela fosse a única maldita coisa que importasse no maldito planeta todo, e a vez em que ele manteve a marca do seu dedo no sorvete no congelador por dois anos. Que tipo de amor era aquele? Obsessivo? O que ela fizera para manter o cérebro dele conectado à sua placa de circuitos? Estou tão sem fôlego depois que termino de pensar em tudo isso que retorno para as portas que dão para fora da cozinha e as escancaro. O ar lá fora é denso e imóvel, parece gelatina. E eu sinto que cada fibra do meu coração está se partindo. Fico andando no pátio e, dentro de segundos, posso sentir minha camisa grudando nas costas. Pelo canto do olho, vejo Caleb vindo até mim. Ele mantém as mãos enfiadas nos bolsos, e morde o lábio superior.

Remexo na minha sacola de truques. Olho para seu rosto: duro, determinado, lastimoso. Não quero suas lástimas. Quero o que Olivia tem. Eu quero ser suficiente para ele.

A sinceridade é pegajosa, e eu a odeio. Ela sempre traz consequências que ferram com sua vida... Deus, prefiro apenas contornar a verdade e encontrar uma mentira com que eu possa viver. É isso o que chamo de conciliação. Saber que meu marido ama outra mulher e viver com isso... esta é uma verdade que você não encara, mas agora ele estava me forçando a fazê-lo.

Paro de andar e me posiciono diante dele com as mãos grudadas nos quadris.

— Eu não vou assinar os papéis. Vou brigar com você.

Quero dar uma bofetada nele quando estreita os olhos e balança a cabeça para mim.

— Por que quer fazer isso consigo mesma, Leah?

O que quero é a família que construí com sangue, suor e labuta. Quero que tudo isso signifique alguma coisa. Eu venci, com justiça e objetividade. A piranha o tinha sob seu domínio, e eu o tomei de volta. Por que meu maldito prêmio está tentando se divorciar de mim?

Eu me recomponho, junto todos os pedaços, e os amarro de novo para poder manter o controle. Perversidade não funciona com Caleb. Você pode discutir com ele. Caleb tem a sólida honra britânica e o pragmatismo americano.

— Quero o que você jurou que me daria. Você disse que nunca me magoaria! Você disse que me amaria para o bem e para o mal!

— De fato. Eu não sabia... — Ele cobre o rosto com as mãos.

Não tenho certeza de que quero que ele continue. Seu sotaque, seu maldito sotaque.

— Você não sabia o que, Caleb? Que ainda estava preso ao seu primeiro amor?

Sua cabeça se ergue. Atraí a sua atenção.

— Eu encontrei o anel. Depois que você se acidentou. Por que comprou um anel para mim se ainda a amava?

Seu rosto virou cinza. Eu prossigo:

— Não é real. Esses sentimentos que você tem são por alguém e alguma coisa que não existem mais. Eu sou real. Estella é real. Fique conosco.

Ele continua calado.

Eu aproveito um minuto para soluçar. De onde ele tirou a ideia de que tem a resposta para a felicidade? Eu pensei que tinha a resposta e olhe onde fui parar. Caleb uma vez me disse que o amor era um desejo, e o desejo era um vazio. Eu o lembro disso. Ele parece chocado, como se não pudesse acreditar que eu fosse sequer capaz de entender essas palavras. Talvez eu tenha bancado a estúpida com ele por tempo suficiente.

— Não é simples assim, Leah.

— Você faz o melhor que pode com aquilo que tem. Você não pode nos deixar. Nós somos sua verdade. — Eu bato com o punho na palma da mão.

Caleb pragueja, entrelaça as mãos atrás na nuca e olha para o céu. Não me sinto mal por usar sua culpa. A culpa é uma coisa sólida. Ela sempre nos recompensa com o interesse. Quando Caleb olha para mim outra vez, não está ostentando o rosto contrito que eu esperava.

— Eu e você não sabemos como jogar o jogo da verdade. — Ele sopra através das narinas.

Eu deixaria esse comentário passar com indiferença, mas posso sentir um significado subjacente em suas palavras e me sinto obrigada a escarafunchar:

— Do que você está falando?

Os olhos de Caleb param sobre meu rosto. Eu me sinto embaraçada.

— Por que você faz essas coisas? Chantagear Olivia... destruir o apartamento dela...

Eu não hesito:

— Porque amo você.

Caleb concorda com um aceno, parecendo aceitar. Eu me sinto esperançosa. Talvez ele vá enxergar minhas atitudes como uma luta pelo amor.

— Você e eu não somos muito diferentes. — Ele raspa o ladrilho com a ponta do sapato e sorri como se houvesse engolido um punhado de toranjas. Seus olhos estão claros e arregalados quando levanta a cabeça e olha para mim: xarope de bordo sem a doçura.

— Leah...

Caleb suspira e fecha os olhos com força. Eu me preparo para o que ele está por dizer, mas nada pode me preparar para o que sai de sua boca:

— Aquele anel era dela, Leah.

Sinto o choque me percorrer, como se fosse uma coisa física, semelhante ao sangue. Ele dispara, pressiona e dilacera. Então, Caleb diz aquilo que muda tudo:

— Eu fingi a amnésia.

Ouço cada palavra em separado. Tenho que me deter mentalmente em cada uma e juntá-las para que eu possa compreender. Mas não compreendo. Por que ele faria isso?

— Por quê? Sua família... eu... por que você faria isso com a gente?

— Olivia. — É tudo o que ele diz.

É tudo que ele precisa me dizer para juntar todas as partes. Concluo que detesto a cor de xarope de bordo. Eu preferia engasgar e morrer com um punhado de panquecas secas do que comer xarope de bordo algum dia.

— Foda-se! — eu digo. Depois, digo novamente. E novamente. E novamente. Eu digo até ficar numa posição fetal no chão e só penso em jogar toda a garrafa do maldito xarope de bordo de minha geladeira fora de minha vida para sempre.

Minha cabeça gira. Nunca senti nada tão doloroso. Meu coração arfa e se contrai. Parece pesado, e, depois, parece que não está mais lá — como se ele tivesse enfiado a mão por dentro de minhas costelas e o apertado até que explodisse. Sinto ter um elefante de mil toneladas sentado em meu peito. Debilmente, tento manter minhas reservas, mas as sinto se esvaírem de mim. Alguma coisa se desenrola em meu interior. Com uma sacudida desajeitada de cabeça, olho para ele ferozmente com todo o ódio que estou sentindo.

Caleb permanece de costas para mim até que eu pare de chorar, e quando me levanto, ele me encara.

— Eu sei que dizer *sinto muito* seria um insulto. Estou mais do que sentido pelo que fiz. Eu me casei com você, embora pertencesse totalmente a outra pessoa. Menti para todos. Eu nem sequer reconheço mais quem eu sou.

Estou emocionalmente embriagada. Não sei se o faço me contemplar cortando os meus pulsos ou se corto os dele e ponho um fim à minha desgraça. Meu rosto se tornou um pântano de lágrimas, maquilagem e nariz escorrendo. Eu quero feri-lo.

— Você acha que pode nos deixar e ser feliz? Ela se foi, Caleb — eu rio. — Bem casada... e bem comida.

Eu o vejo se encolher, e minha fúria cresce.

Umedeço os lábios e sinto gosto de vinho. Eu bebi muito vinho, e minha língua está prestes a revolver cada feio segredo que possuo e cuspir sobre ele, um por um, até que Caleb se asfixie com o incrível peso que eles têm. Quero impedi-lo de respirar, esmagar sua traqueia; e, com o que eu sei, certamente, posso.

Por onde começar? Penso em dizer a ele que conheci Noah e que ele é tremendamente gostosão — que eu entendo por que Olivia foi capaz de mudar de homem.

Chacoalho a cabeça, as lágrimas ardendo como suco de limão em meus olhos. Eu preciso saber tudo. O que Caleb fez durante aquelas semanas em que pensei que ela estivesse tirando vantagem dele.

— Você dormiu com ela... durante sua maldita falsa amnésia?

Há uma pausa desconfortavelmente longa, que eu considero resposta suficiente.

— Sim — sua voz soa repentinamente rouca.

— Você alguma vez realmente me amou?

Ele baixa a cabeça para pensar.

— Amo você, Leah, mas não do jeito certo.

Meu coração despenca quando o entendimento se instala. Ele me ama — ele nunca esteve *apaixonado* por mim.

— Você não me ama do mesmo modo que ama Olivia.

Caleb se encolhe como se eu o tivesse atingido. Por um momento, sua guarda está baixa, e vejo tanta mágoa em seu rosto que me sinto confusa. Ele o cobre rápido.

Caleb parece magoado, ele realmente parece — ou é apenas minha visão que está borrada por causa de minhas lágrimas. Eu desmonto outra vez e puxo os joelhos para meu peito.

Vejo-o se abaixar junto a mim. Por um longo tempo, nenhum de nós dois diz nada. Estou rememorando o ano que ele passou fingindo ter amnésia, revisando as conversas e as visitas do médico. Não consigo achar uma só falha em sua história. Luto com as lembranças, tentando encontrar ao menos um momento naquele ano em que eu houvesse farejado que ele estava sendo falso, mas não há nada. Eu me sinto tão tola. Tão usada. Como eu podia estar tão apaixonada a ponto de ser tão simples me enganar? Sinto-me como um pedaço de lixo, disponível e indesejável. Sei que estou um desastre; minhas lágrimas se juntaram a mechas de meu cabelo e grudaram em meu rosto — um rosto que sempre fica borrado e vermelho quando choro. Nunca o deixei me ver assim, nem mesmo quando meu pai morreu.

Há muitas perguntas, muitas coisas que preciso saber, mas minha língua permanece teimosamente colada ao céu da boca. Caleb tentou reaver Olivia. Não uma vez, mas duas — primeiro, ao fingir a amnésia, e depois, quando a contratou para ser minha advogada. Se ele a queria tão intensamente, por que não me deixou quando teve a oportunidade? Não era de sua natureza enrolar uma decisão.

Fico abalada com tudo o que ele disse. A dolorosa verdade de como eu o pressionei para me pedir em casamento depois que expulsei Olivia da cidade ecoa em minha mente. Não. Não é culpa minha. Ele não tinha que se casar comigo. Posso ter me esforçado ferozmente para mantê-lo, mas eu pensava que ele me amava, que queria passar sua vida comigo. Ele nunca me demonstrou o contrário. Então, percebo outra coisa: Caleb não é tão bom quanto eu pensava. Sua integridade, sua honestidade, o modo puro e altruísta com que ele toma conta das pessoas que ama... tudo se evapora à luz deste novo e enganoso Caleb. Meu Deus — ele fez tudo o que pôde para reavê-la e eu fiz tudo o que pude para mantê-lo a distância dela!

Teria eu sabido no fundo de minha mente que era a segunda opção? Muita gente tem primeiros amores que realmente nunca terminam, mas como eu poderia ter percebido o grau de sua obsessão por Olivia? Que tipo de mulher sou eu se conscientemente me casei com um homem que não me amava? Ele é um impostor. Ele roubou minha vida; roubou a dela. Maldição, por que ainda estou pensando na vida dela?

Meu primeiro pensamento, claro, é que eu quero fazê-lo pagar por isso. Tenho um lampejo de irracionalidade e me imagino amarrando Olivia firmemente e jogando-a nos pântanos Everglades para os jacarés a devorarem. Lógico que eu nunca faria isso — contrataria alguém para fazer por mim.

Vasculho por entre todas as outras bombas emocionais que posso jogar sobre ele. Contei tantas mentiras que tenho um balcão inteiro de escuridões para escolher. Arranco a pior de todas e esfrego o queixo em meu ombro. Esta vai feri-lo, na certa, mais profundamente do que qualquer coisa que eu possa dizer sobre Olivia. Preparar... disparar:

— Estella não é sua filha.

EPÍLOGO

O ÓDIO É UM SENTIMENTO MUITO PRODIGIOSO. É QUENTE e opressivo como o fogo. Começa por queimar a razão que Deus lhe deu até que não fique nada senão um monte de cinzas em seu lugar. A seguir, elas tomam conta de sua humanidade, línguas quentes lambendo os poucos fios de inocência restantes até que eles se derretam e se transformem em algo feio. Depois, nos escombros do que você era, o ódio planta uma semente de amargura. A semente cresce e vira uma trepadeira, e a trepadeira a sufoca quando você a toca. É onde estou agora; a trepadeira envolveu com tamanha força o meu pescoço que mal posso respirar. Uma das mãos está nela, a outra, apertada contra meu peito para impedir que tudo se acabe.

Caleb disse que me amava. Ele devia me proteger da mágoa, não infligí-la do modo mais cruel. Ele me traiu. Estou morrendo. Estou morta. Por que ainda respiro? Deus, eu não sei como estancar a ferida.

Ainda tenho espinha dorsal. Fui invalidada em outros membros, mas ainda tenho espinha dorsal. Os braços dele eram quentes. Agora, o único calor que sinto é do sangue ainda pulsando em minhas veias. É assim que sei que estou viva. Eu fingi orgasmos. Fingi sorrisos. Fingi felicidade. Caleb fingiu amnésia e depois fingiu um relacionamento inteiro. Eu lhe dei rasteiras por isso. Ele pensou que Olivia poderia feri-lo. Eu o ferirei ainda mais. E vou continuar ferindo-o. E se Caleb for atrás dela de novo, eu farei tudo que estiver em meu alcance para separá-los. Algumas pessoas nunca mudam. Acho que sou uma delas.

AGRADECIMENTOS

SOU DESAFIADORA POR NATUREZA. MEU DESAFIO DEU origem ao livro *A oportunista*. Meu desafio pressionou o botão de autopublicação da Amazon. Mas, não importa quão corajosa eu pense que sou, precisei que um montão de gente me ajudasse neste processo. Eu gostaria de agradecer a algumas delas.

À mamãe, por me contar belas mentiras e alimentar a escritora em mim. Suas histórias e indulgências à "filha única" alimentaram o que hoje sou.

Ao papai, por achar que sou a maior de todas as coisas. É importante que você, papai, saiba que você sim é a maior delas.

A Rhonda e Mark Reynolds, por acreditarem em mim e fazerem sacrifícios por minha história.

A Jeff Capshaw, por me dar aquele empurrão inicial para publicar e pela constante torrente de sugestões de livros e músicas que abasteceu minha criatividade. (Rainer Maria Rilke é o máximo!)

A Tosha Khoury, por ser, possivelmente, o maior dos fãs e apoiador de *A oportunista*. Obrigada por me amar e por compartilhar a Branca de Neve comigo.

A Melissa Brown, Kerry Ann Ramey, Calia Read e Rebecca Espinoza por serem os primeiros olhos a verem este livro. Obrigada por suas ideias e seu estímulo. A Maria Gowin, por seus olhos penetrantes e boa vontade em ajudar a enxugar meu texto.

A todos os leitores! Saudações a vocês! Seu entusiasmo e sua raiva me mantiveram escrevendo.

A Luisa Hansen; um dos melhores momentos de 2012 foi quando descobri que alguém criara um fã site para mim. Um fã site maravilhoso! O Pressed Penny é ótimo! Assim como as camisas *Passionate Little Nutcase*.

Sarah Hansen, obrigado por sua bela capa. Você é um dom, é moça talentosa. Eu amo suas sobrancelhas.

A minha apaixonada e disponível agente, Andrea Barzvi. Obrigada por sua perícia e suas perguntas sobre a história que a tornaram melhor. Sinto-me afortunada por estar em suas mãos capazes. Acima de tudo, apreciei sua boa vontade em amar uma vilã.

A James; jamais, depois que o conheci, duvidei que eu venderia livros. Obrigada por me empurrar pela porta afora toda noite para que eu pudesse escrever. Obrigada por acreditar que eu podia fazê-lo, mais do que eu própria acreditava.

E, finalmente, a Lori Sabin e Jonathan Rodriguez, meus dois amigos mais íntimos. Vocês permitem que eu me instale dentro de seus respectivos cérebros, onde pilho e roubo todas as suas melhores ideias. Sua massa cinzenta torna-me uma escritora e uma pessoa melhor. Obrigada por salvarem minha história, minha saúde e tudo o mais. Odeio vocês por seu autêntico brilho artístico. Amo vocês por sua bondade. Eu os reverencio.

Conheça também a Marked Series:

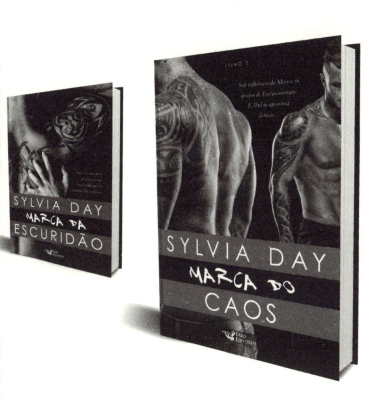

A série de suspense, ação e erotismo
da autora bestseller em todo
o mundo, Sylvia Day.

ASSINE NOSSA NEWSLETTER E RECEBA INFORMAÇÕES DE TODOS OS LANÇAMENTOS

www.faroeditorial.com.br

ESTA OBRA FOI IMPRESSA PELA GRÁFICA CROMOSETE EM JUNHO DE 2016